容器

無瑕的愛

全新手繪封面修訂版

豪雨──著　馬文海──繪

獻給我最愛的家人——
鄧昭慶、詹文惠、鄧詠心，以及我最珍惜的葛瑞絲。

目次

01 搶奪

我翻開百科全書，這是我最愛的書之一——是容器前的世界。裡面有我未曾看過的物種、景色，一些古董級的知識，與無法想像滋味的美食圖片。我的手指遊走在圖片上，在人們臉上畫弧度。他們洋溢著笑容，當時的人們還不會保存情感，他們的快樂能賣多少錢？我不禁這麼想。

馬歇爾來回踱步，這是他緊張時的習慣。

「別分心，會害死我們。」我說。

「你為什麼能這麼冷靜？他們是地下分子——禿鷹，我們還是放棄吧。」

「沒時間了，只有這裡存貨夠多。」我闔上書，「另外，你仔細聽我說，戰士最理想的狀況是一手拿劍，一手持盾，但絕不能兩手空空。」

「幹嘛說這個？這跟計畫有什麼關係？」

我深呼吸，口水吞嚥的聲音異常清楚。「我們當中至少要有一個人回去，即便是犧牲某人。」

我們雙眼直視，平常遲鈍的他，腦筋現在倒是轉得挺快的。「某人——是指你。」

我別過頭，避開他眼神的質問。

他將我的頭擺正，雙手貼在我的顴骨位置。「一定還有方法，我們不需要冒這麼大的風險，我們換偷其他地方。」

「其他地方？住在灰燼區的人，誰沒染上貧窮病？」我冷淡回應。

「你一開始就打算這麼做嗎？想當烈士？想做英雄？」馬歇爾捶向一旁的磚牆。「——讓我內疚一輩子。」

「我只是要你做最壞的打算。答應我，到時你不能猶豫，只管逃走。」

「院長問起怎麼辦？我可不像你善於答辯，你知道我說謊從來無法超過三句。」

「我的枕頭套裡有封信，如果發生意外，你將那封信交給她。」轟隆隆的引擎聲逼近，是一輛軍綠色的卡車。「來了，行動吧。」

「慢著，我——」

我逕自走出暗巷，我不能動搖，我現在要去偷本地最惡名昭彰的集團，行動中不容一絲遲疑。

我壓低棒球帽，走到對面的巷子，依據馬歇爾這陣子的觀察，等下會有兩個人負責卸貨，司機則會下來抽菸，卸貨的人來回一趟約五分鐘，司機抽完菸後，會去一旁的雜貨店借廁所。時間一分一秒過去，我的焦慮逐漸膨脹，當卸貨人員準備搬運第三趟時，司機向前與他們交談，接著走往一旁。

——時機成熟了。

我從暗巷走出，在心中默數秒數，我告訴自己不用慌張，時間很充裕，只要拿一箱就好。我爬上卡車後方，裡面光線昏暗，木箱排列整齊，隱約可以辨識木箱上的字，寫著憂鬱、忠誠、親情……。

我在最上層找到目標——快樂。我搬下箱子，確認裡面容器瓶上的浮雕字無誤，這時黑暗深處打破寂靜。

「你是誰？」

我背脊發涼，手臂起雞皮疙瘩。「我是新來的，負責人要我幫忙卸貨。」

「誰是你的負責人？」一根散發著冷光的金屬管，從黑暗中探出。

「是邁爾斯先生。」幸好我有事先調查，沒想到還有一人守在卡車裡。

「喔，我沒想到他會派人來，你要搬的東西在那。」他的手槍指向我腳旁的好奇心。

「謝謝。」我握緊雙拳，只好另想方法。

當我彎下腰時，後腦勺突然受到猛烈的重擊，我倒臥在地，耳朵傳來嗡嗡耳鳴，思緒彷彿要被連根拔起，為什麼？是哪邊出錯了？

「傻子，我就是邁爾斯。」他怒斥。

原來如此。我的手腳不受控制，後腦勺傳來刺刺麻麻的感覺，有某種溫暖的液體從我的脖子上流下。

「混蛋——你做了什麼！」馬歇爾跳上車。

「不，快走……」我勉強擠出這幾個字，但他向來不是顧大局的人。

他躍過我的身體。馬歇爾將槍口抵往上方，槍口不斷在空中搖擺，他的身材比邁爾斯還要壯碩，但薑是老的辣，邁爾斯見情況不利於他，便朝馬歇爾的側腹連踢。

馬歇爾需要我，我從口袋裡拿出防身的自製手指虎，咬緊牙根，撐起身體，奮力一跳，一記上鉤拳打中了邁爾斯的下巴，他的雙手立刻鬆懈，倒地不起。

「你沒事吧？」馬歇爾扶著搖搖欲墜的我。

「我沒事，快樂在那，拿了快走。」

「嘿——你們是誰？」卸貨的兩人回來。

我撿起地上的手槍，槍比我想像的還要重。「再往前一步，你們的胸口就會多一個洞，現在給我趴下！」此刻起，沒退路了。

「放輕鬆點，孩子。」他們照做。

「遮住你的臉，快走。」我說。

「我不能丟下你不管。」

「這樣下去我們都會死在這，瑞莎也會完蛋，大家都會完蛋。你要相信我。」

馬歇爾知道我是對的，他的五官皺在一起，把想說的話吞下肚，他抱走那箱快樂，跳下卡車，賣力奔跑。

這樣就對了，你沒錯。

「你們幹嘛趴在地上？」司機回來。

我也跳下卡車，我將槍口對著那位司機，他嚇得跌坐在地，手摀著臉求饒命，我跑進他們的大樓。手槍只有六發子彈，根本不夠用，而且我孤身一人，沒有支援。

門後是間倉庫，長廊的盡頭有部電梯，前方有個黑人警衛正在吃著漢堡，他的雙腿還放在辦公桌上。等他注意到我持槍衝向他時，他才急忙起身想拔出腰間的配槍，結果槍卻從他肥短、油膩的手指滑出。

我將槍口抵住他的下巴。他滿臉驚恐，雙手舉高，說：「求求你放我一馬，我上禮拜才進來這。」

「你的老大，帝芬達在哪？」

「或許……在最高樓，我不清楚，我只想安穩地工作。」

「我要你立刻離開這棟建築。」

警衛奪門而出。我想是我滿頭鮮血，讓我看起來像一個瘋子。

我走進電梯，電梯按鈕最高只顯示到二十三樓，我按下它，門關上後，面板的數字不斷攀升，我卻意外地感到平靜。

我抵達了最高樓，「叮——」門打開，只要跨出去就成功。

電梯門開啟，一道刺眼的白光使我閉上眼睛，我的步伐依舊跨出，視力過了幾秒後才恢復。眼前是落地窗，陽光剛好照射進來，整層樓是打通的開放式空間，白大理石的地板，金碧輝煌的吊燈，中間還有一座大型的水族箱，我從沒看過那種顏色鮮豔的魚，但奇怪的是我感覺不到任何人的氣息。

「告訴我，你是誰？」

了無生氣的聲音來自天花板的擴音器，是帝芬達嗎？

「一個搶了你貨品的人。」我說。

「已經有人通報我了，說些我不知道的吧。你為什麼不逃走？還只拿一把槍就獨自闖進龍潭虎穴，你是瘋狂還是愚蠢？」

「我並不打算逃走，我要開槍的對象只有一個。」我緩慢地移動，槍口與我的視線同步。

「是嗎？換個問題，你剛搶了什麼？」

他的語調平板，他難道不害怕我手上的槍嗎？這裡的戒備未免也太過鬆散，跟我預想的差太多，一定有詐，但我勝券在握。

「一箱快樂。」

「你的胃口可真大，是誰指使你？」

「從頭到尾都是我一人策畫，是我欠你的。」

「你覺得我這裡像是可以賒帳的嗎？你知道我是誰嗎？」

「死亡商人——帝芬達，灰燼區的人有誰會不知道？」

「所以你是來送死的嗎？」

「你說對了，我搶走的東西，就拿我的器官來抵。」

「你說什麼？」他的語調終於有些微的變化。

「我相信你有聽清楚，你最好趕快找醫生來，聽說血液凝固前會比較好。」我將槍抵在我的太陽穴。

「你想用性命來交換那箱快樂？」

「我不希望屍體被別人發現，你也同樣不喜歡警察來這裡吧？所以你一定會把我的腦漿擦乾淨。」

死亡商人還持續在說些什麼，但我已無心聽，我不自主地回想起過往，我對拋棄我的父母絲毫沒有印象。霉味、飢餓、歧視，在我的生活裡都不陌生，即使如此，我也從不覺得我悲慘。

在忙著活下來的同時，身旁總有一個樂於相信活著就是好事的人，而那個人卻因為我不再微笑了──我不能忍受這件事。

或許我消失，妳才能保有笑容。瑞莎，對不起……

「砰──」我感到耳鳴，然後，又是一道白光。

02 天堂門與牢門

即使多數的人們已經不信神，瑞莎還是常跟我們說有關天堂的故事，一個風光明媚的地方，在那我們不用擔心凍死，也不會餓得發抖，「爭奪」是一件毫無意義的事，願望通通可以實現。

——她在說謊，我從小就深信不疑。

但我錯了，天堂真的存在，就在我眼前，我走上流水形成的階梯，每一步都激起漣漪。我在金色欄杆形成的大門外躊躇不前，大門始終緊閉，沒有任何天使前來迎接我。我符合進入的資格嗎？

——絕不。我自己也清楚。

但我還是想擠進去，該怎麼辦？再搶一次吧，這次把好人的皮剝下，再披到我身上。這方法可行嗎？但面對門內如此豐收的成果，我想至少值得一試。

滴答、滴答，有人踩著流水階梯而來。那人背對著金色的光源，樣貌隱藏於影子，直到走近後我才看清。

「瑞莎？」我雙手抓住欄杆，「妳怎麼會在這？這不可能。」

「為什麼要搶快樂？回答我。」她站在門內，這是當然的。

「為了妳。」

「為什麼要為了我？」

「育幼院裡的孩子需要妳，還有為了彌補我所犯的錯。」

「錯誤不可能用錯誤彌補。」

「妳的髮色變淡了，我顧不了那麼多。只要沒被看到，就不是偷；只要沒被抓到，就不是罪。」瑞莎的手穿過欄杆縫隙，摸著我的臉龐。「最後，我再問你一個問題——你喜歡活著的世界嗎？」

「我不確定……」

瑞莎的手指滑過我的鼻樑直到嘴唇，我想握住她的手，卻動彈不得，她的樣貌逐漸改變，變成一張蒼白、冷峻的臉，周圍的景色也開始變化，我嚇了一跳，剛剛是惡魔的把戲，我要被帶往地獄了。

惡魔的眉宇之間，有兩道歷盡風霜的皺紋，他用水桶朝我潑水，冰涼的水直接灌進我的口鼻，使我嗆咳。

「多麼愚蠢之人，死亡只是個體的結束，那只代表你再也無法改變什麼了。」他說。

「這是怎麼一回事？」我不是已經死了嗎？為什麼後腦勺還是會感到刺痛？

「剛是幻覺，你一進門就被幻光照到。」

我躺在地板上，無法起身，四肢被麻繩綑綁。「你是誰？你想對我做什麼？」

「我是帝芬達。」他坐到金屬高腳椅上，領圍別著藍光的蝴蝶結，手裡拿著我搶來的手槍。

「賞我個痛快吧。」

他皺眉，看著我不發一語，他在盤算什麼？

「我要把你交給警察。」

「那不如殺了我。」這是我最不願意的結果。

「殺你對我一點好處都沒有，你舊電影看太多，活人才有壓榨的價值。」他的腳踩在我的臉上。

「我猜你的同夥也是來自同個育幼院吧？」

對他所說的一切，只能無言抗議。

他加重力道。「天真。」

「叮——」電梯門打開。是邁爾斯，他衝了過來，然後猛烈地踹向我的腹部，「嗚——」我憋住聲。

「夠了。」帝芬達說。

「這個兔崽子——」邁爾斯又補了一腳。

「大意要人命，是你太小看對手。就這樣把他交給警方，連同貨車裡的監視器畫面一起。另一名同夥呢？」

「被他逃了……」

「你去查灰燼區的育幼院。」

「好的，老大。不過，育幼院裡的孩子，多如芝麻餅上的芝麻。」邁爾斯面露難色。

「查看哪間院長叫做瑞莎，這樣應該很快就能找到。」

帝芬達說得沒錯，是我太天真，我應該在馬歇爾逃跑後，就在卡車上自盡。

「賓果！你看這小子，他的面容如此扭曲。嘿嘿——」邁爾斯露出勝利的笑容，勝利彷彿帶走他下巴的疼痛。

澈底失敗的我被帶往警局，他們簡單幫我包紮後，把我帶往一樓後方最右邊的房間。

我在黑暗中摸索，這裡空無一物，只有冰涼的鐵條將我包圍，我的手指在上面遊走。這裡大約兩坪大，一開始讓人有些緊張，但發現鐵籠內只有我這條鬥犬時，我很快地適應了這裡。

我抱膝蜷縮在角落，馬歇爾還好嗎？瑞莎呢？時間在這彷彿是靜止的，不論張眼、閉眼，眼前都是一片漆黑。

「嘿、嘿，你有菸嗎？」女人的聲音來自我右方，原來隔壁有人，但我不打算理她。「嘿、嘿，你有菸嗎？有嗎？有嗎？」

她真不死心。

「沒有。」我說。

「男人？這裡怎麼會關男人？除非——你還未成年。」

「……」

「你怎麼又不說話了？喔，我懂了，你是第一次進來這裡吧？」

「……」

「你打算這樣下去多久？等待的時間可是很漫長的，我們不如幫助彼此打發時間，你幹了些什麼好事？我的經驗絕對能幫得上你。」

雖然不知道她的年齡，但她的菸酒嗓讓我覺得她至少五十歲。在這什麼都不能做，不如汲取一些經驗，所以我接受了她的提議。

我說：「我搶了東西。」

「有人受傷嗎？」

「我傷得最重。」

「任何人都是從新手開始，菜鳥。」

「我不是菜鳥，我已經做了兩起。」我不甘示弱。

女人竊笑，她的聲帶彷彿布滿鐵鏽。「我懂、我懂，食髓知味了吧，你搶了啥？」

「第一次我偷了一鍋南瓜濃湯，然後今日稍早前我搶了一箱快樂。」

「什麼？我搞糊塗了，這兩者未免也差太多，你是餓昏頭了嗎？你首次的行竊，好比在偷空氣。不過，快樂不同，嘻嘻，人人都需要快樂，但以你的年紀，似乎還不到用快樂來麻痺自己的階段吧？

這兩件事有關聯嗎？」

我頭靠著鐵欄杆，嘆了口氣。「算有吧，南瓜濃湯是為了我的弟妹們，他們想品嚐別人家媽媽做的料理，所以我才去偷。」不可否認的是我也有點好奇。

「男孩就是男孩，總想著吃奶。到底是什麼樣的媽媽，能讓你開始學壞？哈哈——」

她的淒厲笑聲讓牢房更增添一息陰森。

我不理會她的調侃，或許我也想找人談談，一個看不到我的陌生人，她正好是完美對象。

「你到底是如何偷到一鍋湯？」她竊笑不止。

「我在市場選定下手的目標後，尾隨她們，我沿路觀察那對母女，後來我在一家蔬果店中，偷摘下女孩的漁夫帽，她還因此被訓斥一頓。」

「你為什麼要這樣做？」

「為了一個進門的理由。我跟蹤她們回到兩層樓的獨棟木屋，我悄悄繞進一旁的小巷等待，直到窗戶飄出菜香味。我便拿出口袋的石頭，往二樓的玻璃窗砸去，確認上樓的腳步聲後，我迅速地推開門，沒想到婦人還在客廳，手裡還抱著女孩。」

「是誰跑上去？」

「男主人。」

「唉——功虧一簣。」

「我可沒說過我第一次失手，即使聽到男主人下樓的腳步聲，還有一臉錯愕的女主人，我也不慌張。」

「你做了什麼？」

「我說我是蔬果店的員工，前來歸還遺失物，當我一遞出帽子時，婦人的表情果然立刻鬆懈下來。」

「你可真狡猾。」

「我還請她幫我在歸還遺失物的表單上簽名，那當然也不是真的。」

「事情有這麼順利嗎？」

「人總是相信眼前所看到的，一件體面的襯衫、黑長褲，胸口的假員工識別證——有什麼理由好不相信？」

「以初學者來說相當不錯。但你還是沒把湯弄到手，而且多一雙眼出現，你怎麼辦？」

「我的王牌可還沒出。超過我預設的時間後，我的同夥會在外頭大喊：黑色傑森出現了！黑色傑森來了！」

「我的天啊——你們可真是膽大包天，他們一定躲往避難室了吧？」

「沒錯，好心的他們也邀我一同進去，但我婉拒了。」

「你們這樣冒用黑色傑森的名號，不管有條命都不夠。」

「哼，」我冷笑一聲。「當天是國慶日，那些冷血士兵都會待在首都——高區，才沒空管灰燼區的事。」

「厲害、厲害。」她拍手。「我甘拜下風，不過這麼縝密的計畫，只為了偷一鍋湯。啊哈哈——那種東西有必要賠上性命嗎？啊哈哈——」

我也苦笑。「的確很可笑，我的行為愚蠢又毫無意義。」

「真的沒意義嗎？」

「什麼？」我反問。

「你這種聰明人，一定知道整件事背後的意義，沒錯吧？你當初到底為什麼要偷一鍋湯？」

她是對的，我的確知曉意義何在──一種明知卻想證實的衝動，一道在我們家中的禁忌問題，倒也不是真的不能問，而是誰又能給我們解答呢？出題者只給我們留下滿腹疑問。

「我來自一家育幼院。有天，我的兩個小妹妹，夏綠蒂與莎夏，哭著跑過來找我，她們說下午在附近的公園裡玩野餐遊戲時，有一個小惡霸，還有他的哥哥──一個叫尼爾的傢伙，把她們從沙丘上趕走。他們故意找麻煩，譏笑她們用沙子，還有樹葉做的餐點，嘲諷她們只能吃這些，無法吃到來自家庭的料理──」我突然語塞。

「怎麼不說了？我可沒睡著。」

即便過了數個禮拜，但每當我想到那畫面時，憤怒依然難以平息，這時我通常會做伏地挺身，直到手臂發抖為止。把憤怒轉變成勞動力，這樣確實有用，而我的胸膛逐漸厚實，這也表示如果麻煩找上門，我會讓他們後悔不已。

「莎夏她哭紅了雙眼，她告訴我──她不想被賣掉。起初我覺得納悶，便追問這句話是什麼意思。她說：尼爾告訴她，聽他的話，以後我買妳們時，會對妳們溫柔一點。」

「嘻嘻，這尼爾可真夠嗆辣。」

「我想扯下他的舌頭，拿榔頭敲碎整口牙，讓他再也吐不出一個字。」

「你不光是想而已吧？」她冷笑。

我有點吃驚，她竟然如此瞭解我的想法。

「我是做了一些事，我跟同夥埋伏在公園兩個下午，總算被我們逮到尼爾與他弟弟。我們將他們拖進暗處後，我用虎鉗拔掉尼爾的兩顆牙齒，他當場血流如注，他的弟弟嚇得尿褲子，接著我拿出摺疊刀抵著尼爾的下體，我警告他，如果膽敢再對我們育幼院裡的人放肆，我下次就拿走別的東西。」

「復仇的感覺愉悅嗎？」

我愣了一下。「……我不確定，但至少不討厭。」

「你是個可靠的哥哥，你的妹妹們一定以你為榮。所以結局是你不僅打跑壞人，還準備了媽媽味道的料理。真是一段賺人熱淚的故事，偉大的兄妹情誼。」女人用聽似感動的哭腔說著。她是在諷刺我嗎？還是真心覺得我做得不錯？總之，在這本來就不會遇見什麼正常人。

「料理只要好吃就行，管它誰做的。但夏綠蒂根本聽不進去，一直嚷嚷著說不一樣，我想說讓她吃一次，她應該就會閉嘴，我不想她影響其他孩子。」

「哥哥也真不好當呢，這樣聽你說下來，所以我猜——你是讓院長不開心了？」

她怎麼會這麼清楚？準到我不覺得她是用猜的，我剛進門時她真的在嗎？我到底在跟誰對話？我還在幻覺裡嗎？

她說：「我不懂，像你這麼聰明的人，問題應該都能迎刃而解吧？」

「誰叫我唯一的同夥——是個腦袋不靈光的人，我說過等夜深人靜後再把湯端出來，但他想趁熱拿給每個孩子喝，整件事就在晚餐時曝光。」

「這就是災難的源頭吧。」

「那天院長問：『孩子們，今天晚餐怎麼剩這麼多？』我的同夥笑容僵住。夏綠蒂不假思索地說：『我們喝了媽媽味道的南瓜濃湯。』

院長蹲到夏綠蒂面前，輕柔地問：『誰給妳們的？』

夏綠蒂投下另顆震撼彈：『哥哥給我們的，他還給我這顆牙齒，當我的護身符。』

院長拿起那顆門牙，看得她都變鬥雞眼了，臉頰像是燒紅得煤炭，她把我們兩人叫進廚房，當院長要我的同夥說明時，我在心中已經升起白旗，要他自圓其說，而且說得滴水不漏，至少要排演兩天。」

「院長一定用藤條抽打你們了。」

「藤條？從不，她只是一再說著老掉牙的道理。她說：『不用理會帶有惡意的話語。別忘了心中的愛。』」

「咳呸——」女人不知往何處吐了一口痰，希望沒穿過鐵欄。「你怎麼想？」

「愛跟恨是截然不同的東西。愛這種東西是花朵，會隨著時間慢慢凋零，但恨不一樣，它是種子，會隨著時間茁壯。」

「說得好，如果有酒，我敬你一杯，哈哈——」她粗糙的笑聲迴盪在牢房，使這陰暗空間更加詭譎。「後來呢？都還沒提到你搶快樂的事。」

「我拗不過院長，她堅持要去道歉。我們去拜訪時，開門的是一位穿著汗衫的中年男子，滿臉鬍渣，才下午就喝得爛醉如泥，如果不是我們登門道歉，我想他一定沒發現自己的孩子少了兩顆門牙。當院長向他說明來意時，他的眼睛像是看到陷阱套住了獵物的脖子。」

「對方要什麼？」

「十瓶快樂或七千貝茲，限時一個禮拜。」

「哇——你拔的是金牙嗎？嘻嘻，這位院長真是死腦筋，不說就沒事，趁火打劫，乃是人之常情。」

「我也不懂……」

「自以為是的蠢女人，既然沒能力解決問題，就應該遠離。」

我贊同她說的，但還是有些不悅，瑞莎是我見過最堅強的女人。「她確實籌到了十瓶快樂。」

「喔，我懂、我懂，她去找禿鷹了吧，也對，只有他們能幫上這個忙。」

去年的寒冬，十二月的平均氣溫是零下十度，我們並沒沒有足夠的煤炭與保暖衣物，只能把棉被裹在身上。加上政府無預警停了兩個禮拜的配給品，我們只能喝加了少許糖的水充飢。瑞莎當時去禿鷹那，用珍貴的情換交換食物，但她從不肯告訴我她用什麼交換。

她說：「不要把禿鷹當救命丹，他們的毒是甜蜜蜜的，會讓人上癮。」

「妳也跟他們打過交道？」

「他們雖然是群吃人不吐骨的傢伙，但只有他們願意聆聽我們這些走投無路之人。」

「妳做了什麼交易？」

「我用同理心換了隻漂亮的口紅，那顏色真的很漂亮，像是要燒起來，嘻嘻。不過，如果一次抽那麼多的快樂，容器可是會破裂，到時可就無法挽回，這輩子就沒笑容，所以你才下手行搶吧？」她雖然不正常，但洞察力實在驚人。

「我絕不會讓院長容器破裂。」

「我想也是，像你這種人，絕不會甘願當個窩囊廢。告訴我細節，越詳細越好。」她督促。

「我在第三個晚上，返回尼爾家。我觀察過他父親的作息，知道這時候他通常已經醉得不省人事，我不費吹灰之力便把他綑綁在椅子上，嘴也貼上膠帶，為了使他清醒，我拿滾燙的水澆在他大腿上。

我把燭臺拿到我的臉前，使他能看清楚。即使嘴巴被封住，他還是不停對我咒罵與叫囂，我緩緩地將熱水倒完，然後走進廚房，把水裝滿後放到瓦斯爐上加熱。我回到他的面前，說一顆牙齒值一瓶快樂，我只願意給這麼多，不然我會整晚汆燙你。他眼皮在顫抖，我的篤定態度，或許讓他感受到將要發生的折磨。

被折磨整晚或者是拿走兩瓶快樂，我相信這並不難選，當我轉身走進廚房拿燒好的熱水，我知道只差一步，我把水壺平舉到他的面前，讓他感受熱氣，他妥協了。然後我為自己沖了一杯茶。」

「事情該圓滿結束了吧？」

我無奈搖頭，說：「期限那天，對方態度一百八十度大轉變，而且只願意收下兩瓶，院長覺得事有蹊蹺。她將剩餘的八瓶快樂變換鈔票，塞進他的門縫。」

「你的院長活著是奇蹟，她把這世界想得太美好。」

「我也常想，為什麼我們眼中的世界如此不同？」

「你才是對的，看看你的周圍，這才是現實世界。」

黑暗這時被劈開，光從裂縫照射進來，這時我才看清楚隔壁的牢房，原來是個妙齡女子，白皙、凹陷的臉頰，與一頭蓬鬆的亞麻綠長鬈髮。

「你，出來——」警察命令。

「下次把你的憤怒裝起來，一定是很漂亮的鮮紅色，可以給我當口紅。」

「我不覺得是紅色，大概是鐵灰色，像刀鋒透著冷光。」

「罪犯之間，禁止交談。」警察喝斥。

我在走出去前，又回頭瞄了一眼，她正在吸吮自己的手指。

我被帶往長廊另一端，有個轉角。

「你可以從後門出去了。」警察指著前面暗藍色的鐵門。

這麼快？這世上只有一個人會來接我，鐵門推開時發出刺耳的聲音，瑞莎一臉鐵青地站在我面前，恐懼從我的心中直竄每個毛細孔，我打了個哆嗦，不是因為她生氣，而是她的頭髮快變白色。發生什麼事？

「跟我回家。」她轉身離去。

我跟在她後頭，我想開口，但話總是隨口水被吞回肚……街上的行人紛紛避開瑞莎，我們就這樣一路走回育幼院前的紅色大門。

這時瑞莎才終於開口。「你到底要我拿你怎麼辦？偷取、恐嚇、搶劫，你接下還會做什麼？你看你變成什麼模樣。」她指著我頭上的繃帶。

我仔細端詳她瞪大的眼珠，也變成淺棕色。

對我來說，育幼院的每一個人都是家人，而瑞莎是我們的依靠，這世上唯一能給我們慰藉的人。毫無疑問，當問題再次出現時，我不能軟弱。

「我的選擇不變。這次我失敗了，但這會讓我更加茁壯。」

瑞莎呆若木雞，「你說謊。」

「如果這樣可以過得好些，我就會去做。」

「你簡直無可救藥，你給我待在這——」瑞莎的聲音穿過庭院，小弟妹們的臉紛紛貼在窗戶上。她走進屋內，大約過了五分鐘，她丟了一只皮箱出來。「從今以後，你不屬於這裡。」

雖然我還未成年，但我的所作所為，瑞莎確實有權利趕我走。我拾起皮箱，我們對望，她似乎感到錯愕，她沒想到我真的會提起箱子，因為過去被以此要脅的人都會哭著哀求。我觀察到她的唇與手指在顫抖，我知道她在等我認錯，這樣我今晚還有遮風避雨的屋簷。

我不想對她說謊，而且我真的沒有罪惡感，一點也沒有，但她會變這樣都是因為我，或許我離開不是件壞事，不過——這次我要拿更多的快樂回來。

「我不會讓這裡倒下去，不論要我做什麼。」我說完掉頭就走。

在走幾步後，身後傳來撞擊的悶聲。我轉身，手鬆開皮箱，奔到瑞莎身旁。

她的胸口劇烈起伏，上氣不接下氣，她抓著我的手臂，對我說：「當個好人。」瑞莎的臉色轉成一片死白，骨頭像是被抽走，雙眼緊閉。

「瑞莎！瑞莎——」我將她摟進懷中，搖晃她的肩膀。

弟妹們見狀後，急忙大喊：「不好了！不好了！院長昏倒了。」

隨後馬歇爾也神情慌張地從屋裡跑過來。

我問：「到底發生了什麼事？」

馬歇爾面如死灰，他說：「瑞莎拒絕收下來路不明的快樂，不久後，邁爾斯帶著警方到來，他們把快樂拿走。還有，因為我們沒錢繳罰款，所以法律規定必須按比例償還同性質的東西，才能保釋你。」

我的心一沉。「她又拿了多少出來？」

「我們搶的一半，五瓶。警方說瑞莎體內的快樂容器已所剩無幾，叫我們要小心，或許剛剛的憤怒，讓她的快樂容器破了。」馬歇爾涕淚交垂。

「怎麼會……為什麼？為什麼妳要擅作主張啊——為什麼不肯拋下我，妳這個偽善、虛偽的人。」我對著瑞莎咆哮，質問她，但她彷彿變成雕像，深深地沉睡。

當她醒來，她有辦法再次微笑嗎？還是會像我現在這樣，終日淚流滿面？

03 褪色

我從不知道夜晚如此漫長，還有旭日東升的太陽會帶來絕望，瑞莎的髮色隨著時間逐漸褪色，連睫毛也慢慢結成霜，等她張開眼後，過去溫暖的笑容也會被凍結嗎？

我的淚珠比朝露更早凝結，唯有到夜晚，瑞莎看起來是只是睡著，我才能稍稍放鬆。

瑞莎已經昏迷一天，我必須要有所作為。去高區？有錢人都在那，但我缺交通費也沒時間。禿鷹會讓我預支嗎？等我成年後再支付，不過，我應該在搶他們前先想到這一點。

再回尼爾家？這似乎是最可行的辦法。決定了，今晚就去。

「叩、叩——」

我捏自己的手臂，集中注意力。「進來。」我說。

開門的是墨堤，他說：「有三個大人要找院長。」

我從窗簾撥出一小縫，有臺黑色的高級轎車停在泥濘的路旁，與街上景象格格不入。

「馬歇爾呢？」他在樓下看管弟妹，不可能沒注意到。

「他剛出門去領配給。」

真糟糕，我竟然忘了這時間。「那三個人看起來很壞、很兇嗎？」我可不想毫無防備下樓。

「有一個是警察，另外兩個人我不知道。」

警察？代表不是流氓地痞來找麻煩，他們還想幹嘛？

「其中一位要我給你這個。」墨堤遞給我一個小容器，裡面飄散著金沙狀的粉末。我睜大雙眼，瑞莎現在最需要的就是這個。

我將金粉倒入瑞莎脖子上的十字架水晶，但那些量只能解燃眉之急。

對方到底是誰？我下樓，屋內還有院子都意外地安靜，我的防備心又升起。我從門縫窺視，看見穿著黑西裝與銀西裝的人，警察在旁舒展筋骨，看起來一派輕鬆，這讓我鬆了口氣。黑西裝的人左手拿著提籃，右手拿著糖果，弟妹們像小鴨般靠在一起。我告誡過他們別拿陌生人給的東西，他們照做，卻管不住眼睛看向鮮豔的糖果。

而銀西裝的人雙手交叉，站著閉目養神。他們應該沒問題，我推開門，他們三人一同看向我。

黑西裝的人上前，說：「你好，我是貝爾律師。」

「有什麼我能幫你們的嗎？」我問。

「我們今天想來領養一位孩子。」

「我們院長人不舒服，無法見客。」

「你成年了嗎？」銀西裝的男子插話。

我不懂他為什麼這麼問，他的表情嚴肅又帶有些緊張，他有雙濃眉與銳利的眼睛，讓人看不透他的動機，在我們這，誰先被看透就代表輸家。「總之，這裡能做決定的只有院長。」

「變成無色人後無法簽屬任何法律文件。」銀西裝的人說。

我惡狠狠瞪著他。「她不是。」

「那剛是我多管閒事，我以為她會需要快樂，現在還給我。」他伸手向我討要。

是他給我快樂的？他怎麼得知？為什麼又要幫我？這些不明因素綜合起來就是危險。

「已經用完了，我之後會還你。」

「那些夠嗎？」他問。但我的表情大概透露一切，他接著說：「我帶了更多過來，讓我進去，我可以幫上你們。」他舉起煤炭黑的霧面手提箱。

「你到底是誰？」我問。

「我是位容器咖啡師。」

律師在旁補充。「這位是法蘭克，要領養孩子的人就是他。」

我有許多問題需要一一釐清，但現在沒時間，而情況還能壞到哪去呢？反正行不通，也不會影響我晚上的計畫。我告訴弟妹們可以盡情享用糖果，條件是不能打擾我們。

我帶他們前往二樓——瑞莎的房間。法蘭克走到床邊，他伸手想觸碰瑞莎，我抓住他的手腕，刻意加重力道，讓他明白這裡不是個隨便的地方。

法蘭克說：「她的髮色很淡，這是典型破裂前的症狀。需要立即處理。」

「我也有眼睛。」我說。

「但你無能為力。」

他的話使我打了個冷顫，一句簡單明瞭的話，過去的我會因此將手握得更緊，但現在我放鬆力道。

「你能嗎？」我語帶疑問但帶有更多期許。

「我向來認為，成果最有說服力。」我放手，或許他真的有兩把刷子。「但不是免費，這是樁交易。」

「你要什麼？」我並不感到意外，趁虛而入是魔鬼的拿手把戲。

「你，」他輕咳兩聲，為了說得更清楚。「我要領養你。」

「我？」我忍不住笑了出來。「你確定？」

警察說：「你犯罪後，我們登錄了你的ＤＮＡ特徵，發現你在十五年前被登錄為失蹤人口。」

法蘭克看上去大約五十歲，看起來剛正不阿，還有尖挺的鼻子，我問：「你是我的父親嗎？」

「如果是呢？」他反問。

「我會親吻你的手指。」我們四目交接。「然後咬斷。」

他皮笑肉不笑，說：「我不是你的父親。我也不會讓一個蓬頭垢面的人親我手指。」

「我們這裡從來沒人領養過一個年紀這麼大的人。」

「所有的事，都有人開創先例，我的店缺人手，你的年紀正合適。」

「很可惜，你來晚了，我快成年了，可以自己作主。」

「你未來想做什麼？」

「不如談談，你是幾歲才發現自己喜歡男孩？」

他對我的挑釁沒反應，只是靜靜地看著我，像是另有考量。

留著兩撇鬍子的警察，走過來拍他的肩膀。「先生，領養他只會讓你提早進棺材，而且報告也說他並不適合被領養。」

我皺眉，問：「什麼報告？」

律師在旁補充：「我們打算領養你，所以有權觀察你的紀錄，其中包括犯罪紀錄，報告顯示出你聰明、果決、重視家人，還有暴力等特質。」

「少唬我，我可不記得有填過問卷。」

警察發出輕蔑的笑聲。「你應該跟牢裡的獄友聊得很開心吧？她可是一流的評估人。」

什麼！她竟然跟警察是同夥，我握緊雙拳，並再次覺得自己天真，我不甘心在他們的掌握中。

「這樣知道多說無益了吧。」

法蘭克拉了張椅子坐下。「我可以給你時間考慮這筆交易，但每過一秒鐘，都對你越不利。」他瞄了床上一眼。「你要明白，我沒有義務幫她。」

他打算這樣放任瑞莎？這是當然的，他在逼我做選擇，他們才不在乎灰燼區的人，在他們眼中，我們將來會是銀白髮與銀眼珠的人，對他們來說那是可恥的樣貌，因為我們用光了部分的靈魂，是個不完整的人。

但如果我答應他，他就會幫助瑞莎，重點是沒有不合法的地方。

「你的眼中已經沒有猶豫。」法蘭克說。

我討厭他那種看穿人的態度，更討厭被看穿的自己。「跟你走可以，但我有條件，除了幫瑞莎復原外，我還要你捐贈十瓶高品質快樂與五千貝茲給這裡。」

「嘖，這傢伙賊性不改。」警察雙手插腰，秀出他的警棍。

律師也出面阻止。「先生，你沒必要——」

「成交。」法蘭克斬釘截鐵地說。

成交？老實說我並沒料到他會這麼乾脆，我以為他至少會議價。他向我伸出手，我帶著疑慮伸手，他以厚實的手，迅速將我握住，那一剎那，我覺得他是可以相信的人，但隨後我糾正自己，不要懦弱，不要這麼輕易掉落圈套。

接著他將手提箱放置地板，戴上白手套，看似在做準備。

「這陣子她抽取多少快樂？」

「十瓶，外加警方抽走的五瓶。」

「所以總共抽出了十五瓶？」法蘭克的臉掠過一絲訝異，這是他第一次流露出反應。「快樂跟血液一樣，抽取一些時不會有影響，身體還是會自行製造，但一旦抽過頭，就會變成這個樣子，一般我們都跟外行人說，一個月內不要抽超過三瓶快樂。兩者最大的差別在於血液能穩定產生，但快樂不行。」

他向我說明，但我沒心思記下這些，我只希望他能盡快治好瑞莎。
法蘭克問：「她平常的興趣是什麼？做什麼最能使她開心？」
「為什麼問這個？」
「在能使她愉悅的環境中，傳輸快樂給她會更容易且更有用。」
我咬著下嘴唇，嘴角被我咬破一個小洞，但答案並沒有因此迸出，「我、我不知道……」
「你一定知道。」
對啊，我一定知道，我應該知道。我雙手托著額頭，想擠出任何可能。
「她沒時間了。」他持續施壓。
但擠出來的是淚水，我把腦中所有記憶都翻過，絲毫沒發現。瑞莎總是保持著微笑，即使從禿鷹回來，我也沒看過她不開心的樣子。
「她有寫日記的習慣。」馬歇爾站在門邊，「日記在書桌的抽屜裡。」
「唸給我聽。」法蘭克對我說。
我拉開抽屜，拿起米黃色筆記本，隨手翻開一頁，我深呼吸，試著平息情緒，讓一字一句都說得很清楚。
「七月二十四日，邦迪說以後想當一位麵包師，他說這樣就會有吃不完的新鮮麵包，不用再吃受潮、冷冰冰的麵包，想塗多少果醬都可以。
——因為薪柴漲價，所以早上沒把麵包烤熱，聽說鳳梨產量過剩，我應該可以用便宜的價格買到過熟的，製成果醬。
八月三日，莎夏與夏綠蒂在花圃裡玩扮家家酒，她們說以後想開花店，她們特地為我做了一個花圈。

——她們的手藝真不錯。我很開心她們成為呵護花的孩子，花蕾一定能順利綻放。

八月十一日，今天起了個大早，我們將用不到的物資拿到二手市場變賣，我帶著一群孩子顯得很醒目，拉爾多、約可、霍桑卡夫走上街頭去吆喝生意，馬歇爾負責炒熱氣氛。

——今天是大豐收，我們也買到了許多物美價廉的日常用品。

都只是寫一些我們日常的瑣事……」我的目光停留在躺在床上病懨懨的瑞莎，那一刻我才瞭解，什麼才能真正使她快樂。

「我明白了。把孩子們都找來，還有——每個人都要準備一個禮物送給院長，這東西必須是對自己很珍貴的事物，最好是重量輕、體積小。」

馬歇爾打開門，門外早已擠得水洩不通。他說：「你們都聽到了，快去拿。」之後弟妹們陸續回來，填滿了半個房間。他們也同樣憂心忡忡地看著瑞莎。

法蘭克從手提箱取出沙漏狀的容器，還有數根金屬桿。「她的水晶在哪？」

我從口袋裡拿出十字架水晶。「我該怎麼做？」

「放在她的胸口。」

「然後呢？」

「祈禱吧。」金屬桿組合起來變成支架，支撐著沙漏容器，接著他從西裝內袋取出容器盒，裡面放著數顆結晶化的快樂，那光澤與亮度顯示是最頂級的，法蘭克將兩顆快樂結晶置入沙漏上方，下方罩住胸口的水晶。「她現在的情況像是脫水，而我藉由類似點滴的方式，把細微的快樂分子直接傳輸到她體內。」

「這樣夠嗎？」我從沒親眼見過結晶化的快樂，我只知道那東西出現在灰燼區，會招來盜匪。

法蘭克說：「十瓶大容器才能精煉出一顆結晶體。你們把要送給院長的禮物放進沙漏上方。」

邦迪拉著我的衣袖，他的眼神問，我們在做什麼？可惜我也不曉得。

「放這做什麼？這些並不能被吸收。」我問。

「對她來說，你們像是快樂的催化劑，可以使過程更順利。」

赤腳的墨堤最先走到床邊，他歪著頭，似乎想搞清楚發生了什麼事，接著他從口袋裡摸出某樣東西。他說：「這是我之前在路上撿到的圓形石頭，我每天都會用手掌搓揉它，希望它有天能像彈珠一樣圓，這是我的寶貝，現在送給院長。」

霍桑卡夫脫掉鴨舌帽，從帽子裡拿出一袋東西。「這是我從捐贈的衣服裡收集的鑽石。」

「我也有，」這回是莎夏。「我的是全公園裡最好的橡實果子。」

我將弟妹們珍藏的寶貝擺進沙漏，那兩顆結晶化的快樂，彼此繞圈像在追逐嬉戲，它們散發出柔和的光芒，下方容器開始飄散著金色的粉末，粉末聚集在水晶旁，然後逐漸消散，而瑞莎也開始恢復血色，頭髮的顏色似乎也加深了一點。

十分鐘後，快樂結晶已經消失得無影無蹤，法蘭克輕翻瑞莎的眼皮。「她沒事了。吸收良好，轉換也沒問題，其餘的東西我會請人送過來。」他收拾完後對我說：「我後天會來帶你走。」

「慢著，」這一切太順利又美好，不明的善意，等於加倍的惡意。「為什麼是我。」

「現在還不是告訴你的時候。」他說這話時，神情溫柔又帶有點悲傷，我被他搞糊塗了。

「是誰在我身旁？」瑞莎醒了，羸弱的手在床邊摸索。

我上前抓住瑞莎的手，弟妹們都往床邊靠攏。「我們所有人都在妳身旁。」

「剛是你在唸我的日記嗎？」

我靠著床緣，好讓她能摸到我的臉頰。「對。」

「我剛待在一個好暗、好暗的房間，那裡什麼都沒有，連自己的聲音都聽不到，直到你唸了我的日記，我跟隨聲音，才慢慢找到出口。」

「對不起……」我說。

她努力給了我一個微笑，微笑瓦解我連日來的緊繃。

「哼嗯——既然院長醒了，我們今天要帶走他嗎？」警察說。

瑞莎問：「還有誰在？」

「我是警察，今天我帶人來辦理領養手續。」

「不好意思……請等我一下。」瑞莎想勉強起身，被我阻止。

「妳好好休息，都談好了。」我說。

「什麼意思？」瑞莎問。

律師站到我身旁。「您好，我是貝爾律師。」他的手搭在我的肩膀。「我們打算領養這位孩子，文件我已備妥，您只需要簽名即可。」

瑞莎皺著眉頭，她一定也覺得這件事很詭異，誰會想領養一個叛逆的青少年？何況是有前科的。

「我……要考慮一下。」

「後悔可拿不到東西喔。」警察說。

「拿什麼？」瑞莎開始躁動。

那位警察真多嘴，律師尷尬地看著我，我對他點頭，要他把話說完。「我們剛有達成一項協議，就是如果我們能領養這位男孩，他希望我們能幫助改善這裡的生活，而這位法蘭克先生也允諾了。」

法蘭克這時走向床邊，他的手輕輕放在我和瑞莎的手上面，並帶著誠懇的語調說：「請您放心把他交給我，我不會讓他再走上歧路。」

瑞莎手縮了一下，顯然這句話打動了她。

瑞莎問：「你們今天就要帶他走嗎？」

「不，我打算後天，妳明天就能下床走動，今天我們先告辭。」法蘭克提著手提箱，大步邁向門口，律師留了張名片，並告訴瑞莎他們會待在隔壁鎮的旅館，他與警察也一同離去。

瑞莎醒後我們全部的人都很高興，疲憊感這時侵襲而來，我的眼睛又酸又澀，我跟馬歇爾安頓好所有人的晚餐後，我便上床休息，躺在柔軟的床上，像是卸除盔甲的騎士，今晚可以不用再守夜。

隔天中午，我們收到了十瓶快樂，與數箱食物，有些還很罕見，有培根與香腸、茄子、番茄、玉米、花生、洋蔥等，多到令人眼花撩亂，有些是新鮮的，有些是罐頭，還有各種尺寸的衣物，大家都相當開心有新衣服可以穿。

我跟馬歇爾將食物搬進廚房後，便坐在門口的階梯休息。

他問：「你真的要去嗎？」

「他說話算話，所以我也會。」

「他看起來像是高區的人。」

「大概吧。」

「那裡的人竟然要收養你？你的年紀這麼大了，你不覺得很奇怪嗎？你不怕是被抓去摘器官嗎？」馬歇爾小聲地說。

我冷笑一聲，說：「那只是電影。」

「我的意思是，你明天非去不可嗎？」

「當然，反悔會讓這些東西被要回去。」弟妹們穿著新衣服在前院嬉戲，還有豐富的一餐在等著他們，說實話，這交易挺划算的。

「可是——」

「放心吧，我會沒事的。」

「也對，你一定沒問題，我知道你不會讓自己吃虧，我會想你，別忘了我們。」

「你在說什麼傻話，我會回來這裡，我只是出去工作一段時間。等我把欠他的東西還清後，我們便互不相欠。」我說。

「你難道不想當有錢人的兒子？」

「我的家是這裡，我成年後，他也不能管我要去哪。」

大門開啟，瑞莎探出了頭，她的髮色已恢復。剛剛的談話她有聽到嗎？她說：「還好你們在這，我有事情要出去一下，家裡給你們看管。」

「讓我替你去吧，你需要靜養。」我說。

「不用，我在床上待太久，想活動身體，晚餐前會回來。」

「妳別勉強自己。」我叮嚀。

「我沒事，別擔心。」院長纖細的手指輕撫我還有馬歇爾的臉頰。

日落時分，晚霞點燃夜空，我陪莎夏、夏綠蒂在庭院裡玩耍，我將莎夏的金髮梳開，重新綁了辮子，她們想用藤蔓編成手環送給院長，她們認為這樣瑞莎的快樂會更多。晚風呼嘯，樹葉隨風飄落，路燈也一一亮起，我也差不多該去準備晚餐。

「哥哥，你看星星亮了。」莎夏指向遠方——高區的摩天輪。「你什麼時候要帶我們去坐。」

「等我工作存了一筆錢後。」

「還要去動物園！」夏綠蒂說。

「沒問題。」

莎夏說：「院長回來了，她手裡拿好多紙袋。」

我見狀後，急忙過去把東西接下。「如果要採買，妳怎麼不帶我或馬歇爾其中一人去。」

「抱歉，臨時決定，晚餐我也買回來了。」

「院長，這是我們為妳做的手環。」夏綠蒂洋洋得意。

「哎呀——這麼貴重的禮物，那我可要回禮給妳，不如今晚吃牛排吧。」

「真的嗎！」她們兩個異口同聲。

「當然，去叫其他人準備吃晚餐。」

夏綠蒂牽著莎夏，往屋裡的方向奔去。

瑞莎問：「離開的東西準備好了嗎？」

「好了。」

我們也走進屋裡，地板的聲響今天異常明顯，我跟瑞莎之間夾雜某種尷尬，跟以往的都不同，我這時應該說點什麼，例如：「謝謝她多年來的照顧，我會想念你們大家。」之類的，在電影裡，大家這時候都會依依不捨，滿臉鼻涕、眼淚，但那不是我的風格。

「你天資聰穎，我一直覺得你待在這很可惜，到那要好好跟人家相處，從今以後他是你的家人了。」

「我會回來的。」

「有空當然可以回來看看。」

我微笑，這是我能擺出最友善的表情。

不一會工夫，桌上擺滿了佳餚，下午出爐的麵包還有餘溫，番茄、高麗菜、苜蓿芽、葡萄乾等數種蔬果混和的豪華生菜沙拉，金黃酥脆的馬鈴薯條，當然還有壓軸——飄散著熱氣的牛排。

那當然不是真的牛排，只不過我們一律這麼叫它，在老電影裡，人們似乎每天都可以品嚐這道美食，我們一年之中只有少數幾天會出現在餐桌上，大小跟杯墊差不多，今天的份量是以前的好幾倍。

我看著瑞莎，她也看向我，我對她搖頭，意思是——為我花太多。

她也搖頭，表示不會。

弟妹們滿心期待坐在餐桌前，眼睛不停地游移。等瑞莎禱告完後，餐桌上像是點燃爆竹，餐具碰撞發出乒乒乓乓的聲響，也不管是否能吃完，他們迫不及待把自己的餐盤裝滿。

瑞莎拉高分貝，「不要狼吞虎嚥，還有很多。」

大家吃得很盡興，臉上洋溢著幸福，終於又能一家人好好吃飯，如果能用容器把這瞬間保存起來，那該有多好。

晚餐結束後，瑞莎點了我的肩膀，她用眼神示意跟她走，我們來到書房，孩子們全都是在這學習基本知識，這裡的藏書五花八門，我至少都看過一遍，但有些資訊已經不適用。她蹲下打開矮櫃，端出一盤覆盆子蛋糕。

「這是特別給你的，當提前為你慶生。」

「妳應該省下這些錢。」我說。

她微笑。「所以我只有買一塊，快吃吧。」

我用叉子切開上層的白色糖霜、蓬鬆的蛋糕中間夾著桃紅色的鮮豔果實，我將一塊放進嘴裡，酸甜又綿密。我抬頭一看，發現瑞莎直視我。「要嚐看看嗎？」

「不用，你吃就好。」

我放下叉子，「我惹出這些麻煩，我很抱歉。」

「都過去了，沒關係。你喜歡這裡嗎？」

「這裡是我的家。」

「我很開心聽到你這麼說，我本來就極力想讓在這的每個人，都有家的感覺。你是兩歲左右時來這，是前任院長發現你，當時我還只是剛被派來這裡的一個小助手，你對被送來前的事還有印象嗎？」

「我只記得我不是一開始就在這，但我不在乎。」

「你對這個家的第一個記憶是什麼？還記得嗎？」

「紅色大門，小時候我覺得那是扇會流血的門。」

「我們對你來說是家人嗎？」

「當然是。」

「對你來說我算是母親嗎？」

「……算，為什麼這麼問？」

「我也不曉得。」書房只開一盞小夜燈，我沒辦法看清楚她的表情。

「瑞莎，我不會離開太久。」

「我會等你的。記住，跟隨你的心，你就可以做出好的選擇。」

我突然感到一陣暈眩，地板如海浪般搖晃，碗盤從我手中滑落，我跪坐在地。

「已經可以了。」窗簾後方走出一個人，是誰？「條件已經達成，可以將他關於『家』的記憶上鎖。」

我靠著意志力不讓蠶絲般的理智斷線，在搖晃的海中，我忽然得到了一個救生圈，是瑞莎，她把我環抱住，在她懷裡我感到好安心。

因為我知道……我會沒事的……

04 未知的旅程

「妳給了他一個很好的家庭。」我看著容器瓶，琥珀色的星芒相當耀眼。

「對不起，法蘭克先生，造成你的麻煩。」院長說。

「是貝爾律師幫了妳，他必須一天之內申請完記憶容器的使用許可。一般人使用這種容器是違法的，但如果對象是罪犯或有危險思想的人，經過申請後則不在此限。」

「他唯一犯的罪是太為別人著想。」她壓低音量，開始啜泣。

「可以告訴我這麼做的理由嗎？」雖然我原本也打算這樣做，如果事情沒有朝我預期發展的話。

「我知道他會回來，但他待在這個環境學不乖的。」

「我感覺他是一個相當堅強的孩子，或許是環境造就他。」

「他的行為與想法都有偏差，但我就是無法怪罪他，他從來都不是為了自己，請你相信我，他的本性絕不壞。」她將他緊緊摟在懷中。

「我相信。他在我這會重新開始。」

「你在蛋糕裡放了什麼？」

「我放了睡粉在裡面，有助於將他深層的記憶連根拔起。妳的份量在家的記憶中最重，所以由妳來當上鎖的人會最強烈。」

「他會忘了我嗎？」

「只要牽扯到有關家的記憶，從紅色大門開始到剛剛的蛋糕，他通通不會想起，已學會的技能則不受影響，可能會遺忘某些常識，個性或多或少也會改變。」
「他會變成一個怎樣的人？」
「我會努力讓他變成一個正直的人，我該走了。」
我從院長懷中將他抱起，他該多吃點東西。
「等等，」她看著他，眼淚像是荷葉上的露珠，不斷滑落，她從脖子上取下十字架水晶，為他戴上。「一切拜託你了，法蘭克先生。」
「我答應妳。」
她幫我開門，車子已經在外面等候，我將男孩放到後座。我與她道別後，坐進副駕駛座，車子揚長而去，我從後照鏡觀察她，她落寞的神情，使我不自覺地嘆了口氣，睡粉剛應該留一些給她。
灰燼區的黑夜與高區截然不同，路上的街燈彷彿隨時會熄滅，路人們提著油燈或帶著頭燈，屋內也只傳來搖曳的燭光。我們的車頭燈在這顯得太過醒目。
「法蘭克，等他成年後，你打算怎麼做？」雷伊問。
「看他的發展。」
「如果組織知道我們找到他，等他成年後，他們會取出他們要的，然後殺了他。」
「我不同意，他並沒有任何錯，而且要培養人，所花費的時間太長。」
「你不懂『白鯨』把他丟在灰燼區的理由嗎？這裡是犯罪的溫床；惡人的出生地，我們不能冒任何風險。」
「你放心，他性格中的惡意，都在我的公事包裡，還有——我剛上鎖的記憶不只有家，我也把跟容器相關的記憶都摘除，這等於重新塑造他的人格，我還真怕他醒後會吮大拇指。」

「你想怎麼做？」

「等著看吧，如果到時失敗的話，我會一刀劃過他的喉嚨。」

05 容器

我正在走路，這裡是哪？我從何而來？我毫無頭緒……前方有個拿鮮黃色氣球的孩子，或許他知道我在哪。

「嗨，你知道這裡是哪嗎？」我問。

男孩大約十歲，他逕自走著，他說：「這是我回家的路上。」

「你家在什麼地方？」

「你怎麼不先介紹你自己。」

「我叫……我叫……」我是誰？

「我家到了，我要把氣球送給媽媽。」

眼前突然出現一排老舊的水泥房屋，牆上有數道長長的裂縫，屋上的瓦片零散，男孩走到一扇血紅色大門前。

「我可以進去嗎？」我問。

「不行，門上鎖了。」他鑽進大門旁附設的小門，那個空間容不下我。

我左顧右盼，路上沒半個行人，我索性在門口坐下，等待下個行人經過，黑夜降臨，氣溫驟降，空氣變得冷冽，我蜷曲在牆邊，讓四肢依偎在一塊。夜空中，星星開始墜落，墜落到地面，激起七彩火花。

有人從其他房屋走出，是一群銀白髮的人們，他們手裡拿著瓶子，並將星星的碎片裝入瓶中，有些人則放入嘴裡咀嚼。我好奇他們的行為，並盡可能不讓他們發現我的存在，但事與願違，一顆星星落在我腳邊。

他們的注意力集中到我身上，那些人的眼睛只剩一個小黑點，看得我頭皮發麻，那眼神帶有一種嫉妒、渴望，他們朝我步步逼進。

我使勁拍打身後的門，放聲嘶吼。「快開門——把門打開！」

忽然間，門上伸出了一隻手攫住我的脖子，我立刻抓住了那隻手。

——那隻手的主人，是一位中年男子，他的臉形偏方，臉色紅潤，嚴肅的神情中帶有一股傲氣。

「我在幫你擦汗，你看起來做了一個惡夢。」

夢？我不停地轉動頭部，餘悸猶存的我已經到一個狹小的房間裡，我們兩人隔張小臺桌，窗外一片漆黑，這裡又是哪裡？我又為什麼會在這裡？問題回到原點。

「可以放開我的手嗎？」

我驚覺地收手，他的手腕已經有淡淡的壓痕。無論如何，至少他看起來是正常人。

「這裡是哪裡？」我問。

「高速列車上。」他頭部仰起，像是在觀察我。

「高速列車？」

「是我帶你來的，從現在起，我是你唯一的監護人。」

「什麼？我根本不認識你。」

「我的全名是法蘭克．柯納爾．佛斯。但你必須叫我老師。」

「什麼是老師？」

「是一種稱謂，指會傳授你知識或技藝的人。」

這難道也是另一個夢嗎？突然出現一個自稱是我監護人的傢伙，又說著我從沒聽過的詞彙，我扶著額頭，感到有些頭暈，想不起任何前因後果。

「叮——叮——」他拉了牆上的繩子。

門隨後開啟，「請問有什麼需要嗎？」是一位女性，著湖水綠的連身長裙。

「請給我兩瓶冰可樂，玻璃瓶裝。」他說。

「好的。」她轉身從推車上取下。「還有什麼需要嗎？」

「檢查還要多久？」

「快好了，先生。」

「我沒有需要了，謝謝妳。」

她離去後，這裡再度變成密室。桌上擺了兩瓶黑水，水珠從旁滑落，喝下去一定很清涼，想到這我就覺得口乾舌燥。

「喝了會舒服些，你有段時間沒有進食與喝水了。」

我看著冒泡的黑水，有些遲疑，但他喝得津津有味，我也轉開瓶蓋輕啜一口，喝下去的瞬間像是有東西在嘴裡爆炸，我差點噴了出來，這刺激感提醒我——這不是夢，還有嘴中傳來的甜味……我有些印象，我曾喝過，這感覺既熟悉又陌生。

「即使是相同產品，不同的包裝，品嚐的感覺就會改變，可樂與啤酒都要喝玻璃瓶裝。」

我注視著他，他到底是誰？另一方面——為什麼我想不起任何一件事？「為什麼我會在這裡？」

他深呼吸。「我就開門見山地說——你的記憶被保管了。」

「什麼？這是什麼把戲？」我感到荒謬。

「把戲可不會讓你連名字都忘記。」

我的名字？我的手臂發麻，一陣涼意從背脊竄出。「是你把我變這樣的嗎？」

他的手肘靠在桌上。「對，因為你犯了罪，這是為了矯正你。」

「什麼！怎麼可能——」我的驚訝大過疑問，不過我的腦中一片空白，現在的我，沒有把握……

「那你說，我……做了什麼？」

「現在不適合告訴你。」

他說的是真的嗎？我心一沉，在知曉自己不是一個好人時。「我的父母對我感到失望嗎？所以才將我送走。」

「這你就錯得離譜，如果他們已經放棄你，就不會把你交給我，你會在我這脫胎換骨。」

他的語氣堅定，我想我或許還來得及挽回人生。

「你怎麼不繼續喝可樂？」他問。

「我要分給其他人。」

「你要分給誰？」他的神情瞬間變得犀利，使我起雞皮疙瘩。

他說得對，我要分給誰？有種奇妙的違和感。「我也不知道為什麼我會這樣說……」

「這裡只有你跟我，你不必分給其他人。」他恢復了剛剛的柔和。「大口喝下，這才是正確的品嚐方法。」

我照著他的話做，可樂在體內飆竄，氣泡奔出食道，響了個嗝。座位開始震動，我看著他，沒問題吧？因為他老神在在。

「你還記得什麼嗎？」

「不記得……」

「你會慢慢記起一些事，但不會有關你的家庭。以後你在我的店裡，會有很多可以學。」

「是什麼樣的店？我要去工作嗎？」

「我開了一間咖啡館，是全高區品質最好的，你去那是當我的學徒。」

「高區？」

「我們要去的地方。」

本列車，即將抵達終點站高區，請民眾準備好隨身的行李。

聲音來自車廂上方的擴音器。

「高區是個怎樣的地方？」

「你看窗外。」

原本漆黑的窗戶，變成風光明媚的景色，有棟高聳入雲的尖塔豎立在遠方，我們搭的高速列車馳騁在空中軌道，底下是一大片的綠油油的草皮，人們在下面野餐、騎腳踏車與放風箏。

抵達終點站，請民眾在此下車，預祝您有個美好的一天。

「下車後跟緊我。」

我跟在他的身後，車站的地板光可鑑人，壁上掛有精美的巨大畫作，畫中天使牽著旅人。樑柱上的雕花做工精細，連蝴蝶的觸角也沒少。

出口傳來人群熙攘往來的聲音，走出車站後，我舉手遮住眼睛，有人在人群中施放了煙火，無數繽紛的星光映入我的眼簾，我原地站立不動，那美得令人屏息。我仔細看那些光源，原來是行人們身上配戴的首飾，矢車菊藍光的耳環、火焰般的項鍊，還有每踩一步，便掉落螢光綠粉末的高跟鞋。

我看得眼花撩亂，彷彿步入萬花筒，我捨不得將眼睛別開。「他們穿戴的發光體是什麼？真美。」

「你覺得那些漂亮嗎？」

「對，我從沒看過。應該說，我不記得我看過。」

「那是人們最珍貴的事物，黃金、鑽石、翡翠，都無法比擬——那是容器的產物。」

老師的講解，每個字我都聽得懂，但還是不明白他說什麼，那些發光體像是冬天的爐火，讓人覺得舒服，看得入迷。「所以是什麼？」

「你需要懂的事都可以編成十本書，首先，」他在我耳邊輕聲地說：「你記憶被上鎖的事，必須保密，正常人的記憶不會被上鎖。其次，容器的任何問題，到店裡我會慢慢跟你解釋，別在外面談。」

「好。」

「我們接下來要搭上天際線，我的店在第四平臺——東站附近，別忘了。」他昂首闊步。

我問：「店名叫什麼？」

「THE NEST。」

「我平常要做哪些工作？」

「在外別聊公事，你應該讓頭腦放鬆，等會有一堆事情塞進你的腦袋。」

「要是我記不住怎麼辦？」

「聽好了——別隨便去想像失敗。你看旁邊的人。」

我看向老師指的方向。

「噢——為什麼打我？」

「為了加深你的印象。」

我摸著無辜的後腦勺，我的後腦勺有一塊異物，我摳它，頭皮感覺要被掀起，我摳下了一小塊，黑褐色的碎片……是結痂嗎？我發生了什麼事？

我們在告示牌前停下，上面寫著天際線——弗拉德爾車站，二號出口，不久後，悠揚的鋼琴聲傳來。

「準備上線。」老師說。

天際線是像高速列車那種龐然大物嗎？這裡人來人往，要如何開進來？正當我納悶時，一道陰影悄無聲息地從上方掩蓋了我——同時有數個巨型玻璃盒子經由纜繩，出現在我頭上，它們一字排開，緩慢降落，我們站在自動門前，老師一腳踏進詭異的房間，現場只有我猶豫不前，我突然感到害怕，我能相信他嗎？我像是掉落陰鬱黑暗的水井，抓著蜘蛛絲般的細線——只是因為我沒得選而已。

「你在等什麼？快上車。」他向我伸出手，對我露出微笑，總之，我終究牽起了。

玻璃房內可以容納約三十人，座位圍成一圈，它緩緩上升，纜繩遍布街道，橫越城市。我望著玻璃地板，行人們像被縮小，街道上五光十色，絢麗斑斕。

傍晚時分，太陽與我的視線平行，我們再度往上攀升，來到更高的區域，門上的指示燈寫著第四平臺，與剛剛的街道相比，這邊的房屋像是分配好般地整齊劃一，有一致的建築風格，玻璃房在這層轉了個彎，沒再繼續爬升，我追尋著原本的纜繩，天際線的盡頭通往一座純白無瑕的高塔，整座城市如蛋糕一層疊一層。

老師說：「快到了。」

他按下座位旁的按鈕，玻璃房的速度逐漸緩和，下降後，我們走到一棟三層樓的紅磚建築，房子前擺滿了五顏六色的波斯菊盆栽，門上的招牌被樹枝包裹著，像個鳥巢，招牌上寫著——THE NEST。

「以後你就住這。一樓是店面，你的寢室在二樓，三樓是儲藏空間。」

「還有誰與我們同住嗎？」

「只有我跟你。」他從銀西裝掏出一大串鑰匙開門。「只要門沒上鎖，你都可以隨意參觀，我去換個衣服。」

「好。」

老師開燈後走上樓，我開始探索。橘黃的燈光照在老舊的海報上，海報上的女人彈奏著口風琴。窗邊是開放式包廂，數張暗紅色的高腳椅佇立在吧檯前，吧檯後方的櫃子擺著琳瑯滿目的酒類、果汁。

我被一旁半掩的木櫃吸引，光從縫隙中瀉出，它沒上鎖，所以我可以打開吧？我一邊思考，手卻已經伸向拉環。

裡面放置各種閃亮的瓶子，應該說是瓶中的東西在閃耀，與人們的飾品是同種光輝。瓶上的浮雕字寫著著迷、舒坦、滿足等。

瓶子裡有氣體、液體、固體，其中一瓶的金煙不斷扭動，另一個則是不停冒泡的岩漿色液體，感覺隨時都在沸騰。還有裝著藍紫色的粉末，那粉末像有脈搏般地閃爍。

我看得渾然忘我，背後突然傳來急促的腳步聲，一雙手用力地把木櫃關上。「以後沒有我的允許，你不能打開這櫃子。」

我被老師的舉動嚇一跳，他的耳朵發紅，我問：「這些有危險嗎？」

他換了寬鬆的米白色長袖衣衫。「使用不當就非常危險。這種瓶子通稱叫做容器。」

「容器裡裝了什麼？」我問。

「悲傷或快樂，憂鬱或開朗，自大或謙虛，瓶上的浮雕字有寫。」

「這瓶子可以裝進各種情感？」

「沒錯，但它只能裝進相對應的單一情感。」

「裝起來要做什麼？」我感到不解。

「你拉張椅子坐下吧。」他的耳朵轉成粉紅，並從木櫃拿出那瓶金煙。「我想讓你體驗一次，你就會曉得葫蘆裡賣什麼藥。我幫你調製一杯快樂的飲料，算是歡迎你到此。」

他打開冰箱，將柳橙汁倒入杯中，他用銀夾子，夾出一道金色的煙。我緊盯著那條像蟲般扭動的煙，老師將它放進柳橙汁裡攪拌，杯中的柳橙汁隨即變成金橙色的光芒。

「這是最基本的調配方法，你喝一口看看。」

我有點不安，其實只要給我普通的柳橙汁就好，我皺眉，帶著疑惑，輕輕地啜飲一口。

我的胸腔急速收縮，感覺飛到九霄雲外，全身舒暢，像是經歷了某種刺激的冒險。「這是怎麼一回事？你做了什麼？」

「那道金煙就是快樂。更精確地說——是來自泛舟的快樂。快樂可以儲存，而且還能以這種形式與他人分享。」

「所以街道上的人，他們所配戴的飾品都是在跟別人分享囉？」

老師說：「飾品的作用在於炫耀。加工後的情感不會消散，但再也無法使用。」

「這快樂是從哪來的？」

「只要有需求，就會有人提供。市面上有專門的容器市場，人們會去那邊交易或交換自己所需的情感，有時客人也會直接向我兜售。好比來說，你剛喝的快樂是來自一位上班族，將來自托拉比溪流的泛舟快樂賣給我。」

「什麼是泛舟？」

「指利用橡皮艇或竹筏，在湍急水流中，順流而下的一種戶外運動。」

「他為什麼要賣掉？難道這對他來說不夠快樂嗎？」

「他想籌措下次旅行的費用，所以賣了部分給我。」

「泛舟這工作聽起來好有趣。」

老師含笑。「工作才不可能帶給人們快樂，會帶給你快樂的是熱情。再說如果你玩了十次，你的感覺難道還會跟第一次相同嗎？最珍貴的通常都是第一次。」

「為什麼人們不自己去體驗？為什麼願意花錢買別人的情感？」

「為何不？人總是在需要冷靜的時候沉不住氣，相同的體驗卻有人能更樂在其中，愛情總是隨時間消逝。」他又幫我倒了杯柳橙汁，這次只是普通的，並附上一盤三明治，中間夾著起司、火腿。

「你不也是光坐在這，就能體驗泛舟的刺激嗎？」

「但這感覺是假的。」我咬下三明治後，才意識到自己有多飢餓。

「你難道覺得剛剛的愉快不真實嗎？」

「剛剛的確很逼真。」我坐在椅子上，下一秒卻感覺被拋飛出去。

「聽起來你是個實踐主義派，的確有人想法跟你一樣。但人的時間有限，現在也還沒有可以儲存時間的容器，對於那些每天工作到焦頭爛額的人，來這是希望能稍微逃離苦悶的世界。只要等候幾分鐘，馬上就能體驗到幾百公里外的海邊，豔陽跟你勾肩，海潮的味道湧進你的鼻腔，你還能說這感覺是假的嗎？容器無法偽造，所以人們才依賴它。」

「除了快樂，我們店裡還提供什麼？」

「劇作家通常喜歡添加些憂鬱、哀愁，詩人偏好失戀，音樂人則特別鍾愛激昂沸騰的情緒。我們也提供愛情、友情、親情等。」

「似乎沒有不能買賣的東西。」

「沒錯，歡迎你來到新世界，我們進入正題，你仔細聽好。」

我屏氣凝神。

「你必須在成年前，成為一個好人，這樣才可能取回你的記憶。」

「我的記憶也被裝在容器裡嗎？」

「對，被保管著。」

「我該怎麼做？」

「這我自有安排，你只要照著我的規劃走。」

「怎樣才算是好人？」

老師抿嘴，說：「這是一個抽象的問題，好人的定義會隨著立場、主觀、場合，而有所不同，我建議你多與人相處，這些人情世故只有親身體會才能明白，如果遇到你不明白的事，我會跟你解釋。」

「過去的我是個怎樣的人？又做了什麼？」我對陌生的自己感到恐懼。

「我對你的過去並不瞭解。告訴你這些事是禁止事項。而你犯的罪，我只能告訴你是第二級的罪。」

「第二級？那代表什麼？」

「代表你讓某人流血。」

剛剛的快樂已經退散，我的心情宕到谷底，我看著雙手，上面有著大大小小的傷口，但我一個都不認得……我真的做出了那麼可怕的事嗎？又是為了什麼？

「人生總有新的失敗在等著你，不必拘泥於過去，重點是你想改變嗎？」

我篤定地說：「──我想。我離成年還有多久？」

「大約半年。生理上的你雖然快成年，但因為記憶被上鎖，你的心智還很稚嫩，這是個大問題。」

「為什麼？」

「怕你揮霍掉情感。你現在雖然可以體驗他人的情感，但只有成年後才能使用自己體內的容器，容器有容量，你自己當然也是。」他拉起袖子。「記住我現在說的這件事，這是今天最重要的事，一道絕不能打破的鐵則——別將任何一種感情用完。」

「會怎樣？」我豎起耳朵。

「你將再也無法擁有那種情感，你會變成一個不完整的人。假如是愛情用光的人，他們依然能感受到愛，但那種愛稍縱即逝，取而代之的是強大的失落感，那彷彿是種詛咒，提醒著你逝去的美好。現今社會對這種人都嗤之以鼻，唾棄無色人。」

「無色人？」

「在第四平臺通常不會看到這類人，他們銀白髮、銀眼珠。你不知道他們用光了什麼，所以我勸你別信任他們。」

我聽完後打了個冷顫，跟我的夢一樣。

「那當我獨自一人，遇到不明白的事該怎麼辦？」

「模仿是學習的第一步。模仿多數人的行為，基本上是安全的，但不是絕對，你必須還得加入自己的想法。覺得複雜嗎？」他問。

我皺眉點頭。

「讓水晶指引你。」他指向我的胸口。

我的手掌貼在我的胸前，我的衣服裡有樣東西，我拉出，是條十字架水晶項鍊。

「這是什麼？」我的眉頭皺得更深。

「水晶是容器的媒介，你必須透過水晶，才能將情感存入容器，而水晶還有兩個作用——向人展示、訂下契約，人們可以藉由觀察水晶中的色澤、亮度、純度，更重要的是帶給你的感受，來決定是否要跟這個人訂下契約。」

「這些又是什麼意思？」

老師深呼吸，他大概覺得永遠解釋不完吧。「好比說，你想和某人成為生意上的夥伴，想知道他是否值得信任，你可以請他把信任放入水晶中，讓你鑑賞與感受，這種情況並不等於將信任存入容器或水晶，當對方停止時，水晶就會恢復透明。

確認沒問題後，你們才訂下契約，假設你們談好各拿出百分之十的信任，你們可以不用透過數十個大容量的容器，只要水晶靠在一起，你們就能交換信任，之後你們能永遠保持這一份情誼，交易過程只有當事人才清楚。」

我說：「總之，就是我能先驗貨，還能相互交換情感，對吧？」

「沒錯，解除契約除非雙方同意，或者是另一方死亡，如此一來對方的情感，則會屬於你，水晶只要年滿十五歲就可以與成人交流，但一樣未成年前不能展示情感與訂下契約。」

「情感放在容器裡不會壞掉嗎？」

「容器裡的情感沒有保存期限——是永恆的，除非沒有保存好，裡面的情感會因型態不同，消散速度也不同，或自動靠近半徑十公分內的水晶。」

「喔，那麼我——」

「停，今天到此為止，先好好思考我剛告訴你的事。急躁只會加快出錯。」

「好，但我還有一個問題，」我感到彆扭，因為我自己也覺得奇怪。「我叫什麼名字？」

「嗯——」老師雙臂交叉，這次換他眉頭深鎖。「其實我稍早在高速列車上，都在思考這個問題，我不能告訴你本名，我必須想一個替代。」

「那你想到了嗎？」

「就在剛剛你問我時，我的腦中出現一個聲音——R。從今以後，這就是你的新名字。」

「R？一個字母？是我原本名子字的縮寫嗎？還是有什麼涵義？」

「我對你懷抱著許多期許，等時機成熟了再告訴你，但其中一個涵義是Right，你必須做正確的事。」老師扭動、舒展他的脖子。「今天早點休息，明天霍華德會來我們店裡，會忙碌到沒時間眨眼睛。」

「他是誰？」

「明天你就知道。你的房間在二樓的左手邊，早上七點前下樓。」

窗外天色已經暗下來，街上變得璀璨明亮。老師將我的杯盤收起，並要求我快上樓，我想不只我要適應，他或許也要學習照顧一個什麼都不懂的人，我們應該多給彼此空間。

我走上二樓，左手邊只有一道門與通往三樓的樓梯，右手邊則有三道門。

我轉開喇叭鎖，裡面有一間浴室，中間是一張單人床，一旁有衣櫥跟書桌，床上鋪著全白的床單與整頭套，我打開一旁的衣櫃，裡頭擺了幾套乾淨的白襯衫、黑長褲，浴室裡有盥洗用品。

我褪下衣物，發現袖子摺起，上衣大了個尺寸。

接著我陷入四方的雲朵裡，我埋頭苦思：以前我究竟是個怎樣的人？又為了什麼而犯罪？希望不要是為了某個無聊、愚蠢的理由。對了，老師跟我父母一定有很深的淵源，不然他怎麼願意收留一個危險人物，明天我再找機會問問。

我將頭埋進枕頭中，我該難過嗎？但我想不到理由……我有朋友嗎？他們會想念我嗎？會有戀人等我回去嗎？想到這我就覺得好笑。但至少會有人在等我吧？

我蜷曲在床上，床單被我弄得皺巴巴，我覺得這是我現在內心的寫照，這該隸屬於什麼感覺？空虛？寂寞？還是失落？我不清楚⋯⋯

我將老師告訴我的事，在腦中進行整理。

首先——這是個可以自由交易情感的世界。

第二——容器上有浮雕的立體字，只能裝進相對應的單一情感。

第三——容器若沒保存好，裡面的東西會自動靠近半徑十公分內的水晶或消散，除非經過加工，但加工後的情感則不能再次使用。

第四——容器裡的東西不能造假。

第五——我可以依靠脖子上的水晶十字架驗貨。

第六——透過水晶訂下契約，可以永遠保持那份情誼，要解約除非雙方同意或另一方死亡。

第七——容器裡的情感是永恆的。

第八——最重要的鐵則，絕對不能將某種情感用盡。

我累了，大腦放棄思考，如同這張白床單，今晚我會做什麼夢呢？

06 從畫走出的男子

清晨冷風將我喚醒，百葉窗昨晚忘了關上，窗外是濛濛的淺黃色。我環繞四周，對這裡感到陌生，卻也不瞭解什麼才是熟悉。

我走進浴室，站在浴缸裡，熱水從蓮蓬頭傾瀉而出，淋在我每一寸肌膚上，我感受到水的熱情，它迅速地流竄我全身，造訪每個毛細孔，帶走了油汙，也帶走了不確定感。

梳洗完後我神清氣爽，我打開衣櫃看到一排同款的白襯衫與黑長褲，還有兩件黑背心，衣櫃都這麼單調嗎？我不禁這麼想。六點四十分我已經準備就緒，我走下樓，發現一樓已經有人，老師與一位粗獷的男子一起將木箱搬進店裡。

「早安，老師。」我說。

「早安。」他捲起白色袖子，臉頰發紅，他的腳邊擺了數個木箱。「將木箱搬到廚房。」

我也捲起袖子，過程中我聽到男子跟老師的談話。

男子聲音洪亮，他問：「最近生意怎麼樣？」

「一如往常，受客人們的愛戴。」老師說。

「我聽說你們的價位，」男子半摀著嘴。「很貴……」

「本店向來只提供最好的品質，所謂一分錢一分貨。如果你肯光臨，我會招待你一杯。」

「不了、不了，我這個粗人啊，到這種地方來不自在，我喜歡在第五平臺油膩膩的酒吧大口喝酒，這樣才暢快。」

「請你等我一下。R，冰箱最上層有藍鑽啤酒，還有把昨天的那瓶快樂也拿來。」

「好。」我說。

男子的音調提高：「你這有供應藍鑽啤酒？」

「是我自己享用的，政府分配給繳稅優良的店家。」

「你們店一定賺了不少。我聽說那種啤酒的氣泡永遠不會消散，喝一瓶可以使人一小時內都飄飄然。」

「生產地是以前的比利時區，品質絕對沒話說。」

「老師，東西在這邊。」

我將啤酒遞給老師，老師卻神色大變。

「R，我明明是說兩樣東西，怎麼你手裡只有一樣？」

「我已經把快樂的金煙加進去。」我說。

老師惡狠狠地瞪了我一眼，我做錯了什麼？他隨即恢復神情，仔細盯著啤酒，然後轉身將啤酒遞給男子。

「這瓶招待你。」老師對男子說。

「這怎麼好意思呢。」男子的手不斷在皮帶上磨蹭。

「我代表這條街的人感謝你，感謝你平時為我們服務，請收下。」

「那我就不客氣了。」男子笑得眼睛都瞇了起來。

「我相信你喝一口後，就懂人們為什麼會來我這裡。」

「哈哈——我怕一喝成主顧，謝謝你，慷慨的先生。」

老師站著目送男子。「R，你看到了嗎？他心滿意足地離去，這是我們店的宗旨，是你要追求的境界。但在你還沒學會調配時，別做多餘的事。」

「我搞砸了什麼？」我戰戰兢兢地問。

「每一道程序都有其理由，材料不是只要混在一起攪拌就好，要有正確的比例、順序、器具等，都缺一不可。幸好快樂啤酒連猴子都會調配，所以還能矇混過關，不至於砸了我們店的招牌。」他用食指點了我的頭。

「對不起。」一醒來不到半小時就出錯，或許我真的有犯錯的才能。

「剛剛你在調配時，你在想什麼？」

「嗯——我——只是把東西放進去而已，我什麼都沒想……」

「知道我為什麼會這麼問嗎？」

我搖頭。

「容器裡的東西是純粹又敏感的，調配者的情緒與想法會連帶影響風味，我們可以讓感覺有漸層，或者是引導出更高層的享受。」

「該怎麼做？」

「透過與客人對話、背景音樂、氣味等等，這個過程像是找到一片完全契合的拼圖。想做到這點，除了大量的練習外，還必須瞭解人們內心深處的渴望。」

「所以剛有辦法使啤酒更好喝嗎？」我問。

「正是如此，你只要能明白這點，這次犯錯就值得。你自己去廚房弄點吃的，吃飽後跟我出去採買。」

廚房在一樓的後方，裡面有一張長桌，橡木製的櫥櫃、四個烤爐，牆面上掛著由大到小的勺子、長湯匙等用具。

長桌上有土司、番茄，煙熏火腿與起司，這些食材能讓我做一個完美的三明治。我將食材切片，切完火腿時，我才發現，我竟能將這些食材切得厚度一致，原來我的刀工不錯。我以前常下廚嗎？

我坐在長桌的主位，這個餐桌可以容納十二個人。當我要品嚐三明治時，又有某種不協調的感覺……這種感覺使我味如嚼蠟，我仔細觀察後，發現這裡安靜得令人窒息，空曠的餐桌使我分心，我不瞭解為什麼我會這樣？

我匆匆吃完早餐，收拾完畢後，與老師一同上街。

「路要記熟，之後會派你一個人採買。」老師說。

「好。」

出店門後右轉到第一個交叉口，是一條更寬廣的道路，路旁種了成排的楓樹，飄落的楓葉像是某種動物的足跡。我跟在老師的後頭，昨天還沒有機會好好認識這個地方，風格一致的房屋，外觀是用珍珠白的大石磚砌成，各種花卉在長矛狀的圍欄下爭奇鬥豔，從欄杆的縫隙中我看見平坦、翠綠的草皮，裡頭的涼亭還有兩張躺椅。

行人們的服裝大部分都是樸素、淡雅的風格，他們也都配帶容器的飾品，那些小小的發光體有畫龍點睛的效果。

「快看！」聲音來自一個男孩，他手指著天空。「有隻小鳥。」

一旁的婦人說：「真的耶——看見小鳥要把帽子脫掉，牠會帶給我們好運。」

其他行人也紛紛佇足觀賞，對小鳥行注目禮。唯獨老師沒有停下。

我好奇地問：「老師，那是什麼鳥？」

「是隻麻雀，我們還有更要緊的事要做。」

我與老師繼續走著，來到了另個告示牌，上面寫著——第四平臺，梅爾遜街。一旁有兩臺我陌生的機器。「那是什麼？」我問。

「那叫中督電腦，只要人們有疑問，可以先試著從那找尋解答。」

「什麼疑問都可以嗎？」

「不──有些疑問是不能問的，機器不會顯示，還有些問題價格不菲，得到答案前，你必須先付錢。」

我默默記下這裡，原來有這麼方便的東西。大約等了五分鐘，天際線上的玻璃房緩緩降落在我們面前，隨著玻璃房升高，腳下的景色一覽無遺，我們彷彿在飛行，像坐在一張魔毯上，魔毯……

「老師，為什麼我們不搭魔毯？」我問。

老師與其他乘客不約而同地看向我，有些人則竊笑。

「你指的魔毯是會飛的毯子嗎？」老師小聲地問。

我也小聲地回答：「對。」

他眼睛用力地眨了一下。「你說的東西並不存在，」他聲音比剛剛更細微，幾乎是用唇語。「那只存在於童話世界裡，另外，一般人禁止飛行，除非是政府或軍人。」

「為什麼只有他們能飛。」

「R，以後當我做出這個動作時，」老師將食指放在嘴唇中間。「你必須馬上安靜，有些話只適合關上門說。」

我點頭。「那我們要到哪裡去採買？」

老師似乎鬆了口氣，但他仍然小聲地說：「第五平臺的阿茲曼傳統市場。」

天際線來到了交叉點，其中一條仍往象牙白的高塔延伸。

「老師，」我盡量不讓其他乘客聽到。「那高塔是什麼？」

「那邊是第一平臺，是政府機關與軍隊的駐紮地。」

「那邊有很多士兵嗎？」

老師將食指放在唇間。

我只好把問題吞下肚，天際線開始下降，咦——那又是什麼？我忍不住發問。「那邊的天際線怎麼會是圓的？」

「那是摩天輪，你可以搭乘它眺望遠方，它不是交通工具。」

「可以看到我的家嗎？」

「要下線了。」老師沒跟我解釋，也沒伸出食指，我又問了不該問的？現在不是時候？說話真難。

玻璃房門上顯示第五平臺——阿茲曼市場。

「等會跟緊我，我們要抄捷徑。」

下線後，我們轉進郵筒旁的小巷，裡面是一條狹窄、幽靜的巷子，如果人們交會，必須雙方的背部貼牆，寬廣的天空壓縮成一條細線，陽光也無法探頭進來，真是不可思議，不過是轉個彎而已，儼然成兩個世界。這裡像是在闖迷宮，我如果跟丟，肯定無法找到原來的路，不遠處傳來鬧哄哄的聲響。

「前方是阿茲曼傳統市場的中段。」老師說。

出口的亮度逐漸增強，有些許刺眼，出巷口後，又是另一個世界。人潮擁擠，活力沸騰，人們擺攤做生意，有罐頭、蔬果、穀類、調味料、衣物等，一應俱全，服裝造型上也很雜亂，不像第四平臺規律，有帶草帽的、穿夾克的，有些人則用烏紗包裹頭部，只露出一雙眼睛，連打赤膊的都有。

我喜歡這裡，這裡的人少了拘謹的感覺，我想即便我說錯了幾句話，在這也會被當成玩笑。

「我常去的店在前面，先買咖啡豆。」

我們來到一家藍底黃字橫招牌的店，店名是——合法藥頭。

「嘿——法蘭克，上個禮拜天怎麼沒來進貨，去度假了嗎？」一個麥色肌膚的彪形大漢站在店中央，他雙手環抱胸前，留著濃密的絡腮鬍。「唉？你身後的少年是誰？」

「他是我沒出現的理由，他是我的學徒。」

男子快步走到我面前，「哇——這可出乎我的意料，沒想到你會收學徒。我叫喬米・喬斯特，叫我喬米就好，我是這家店的老闆。」

「很高興認識你，我叫R。」我們握手。

「R？」他皺眉時，眉毛會連在一起，「好吧，你成功勾起了我的好奇，我一定要問，R是什麼意思？」

「是我幫他取的暱稱，我期許他能做出正確的選擇——Right。」老師說。

「哈——那我也來幫R想一個意思。」喬米過分熱情地盯著我瞧，使我有點不自在。「我從你的眼神覺得你是一個可靠的人——Reliable。」

「R，人家可是在稱讚你。」

老師提醒後我才反應過來。我說：「謝謝。」

喬米輕掐了我的臉頰。

「這個禮拜你進了什麼貨？」老師問。

「唉——說到這個，」喬米壓低音量，「聽說綠星又開始打仗，上天保佑舊南美洲。」

「知道是哪嗎？」

「戰火一路從福塔雷薩延燒至聖保羅，是『動物』搞的鬼。」

我靜靜地聽他們說，並默默記下，等回去店裡才能問老師。

「政府這邊呢？」老師問。

「我聽說有派黑色傑森過去，看來政府也認真了。如果那邊無法供應咖啡豆，真不知道生意該怎麼做下去。」喬米捶胸頓足。

「你是我重要的生意夥伴，如果你倒下，我可是會很傷腦筋的。」老師面有難色，我卻不覺得他真的傷腦筋。

「你這麼仰賴我，那我可不能輕易倒下。」喬米燦爛的笑容，露出泛黃的牙齒。「前些日子我烘焙了從盧安達的費力莊園百分百的水洗卡杜艾，還有坦尚尼亞的肯特與藍山，同樣都是百分百水洗，你要嗎？」

「我都要，請各給我五百公克。」

「算你兩百五十貝茲，這個價格只給你。」喬米把咖啡豆從密封罐裡倒在磅秤上，聲音像滂沱大雨，接著裝進牛皮紙袋。「有人幫你提東西真是太好了。」

「是啊，這裡只是第一站。」老師說。

「R，法蘭克很重用你呢，這是好事。」

「先告辭了。」老師轉身出門。

「再見，喬米。」我說。

他一邊搓揉他的鬍子，同時給我個微笑。

「我們接下來還要去哪？」我跟上老師。

「水果店、餅乾店、蛋糕店。」

「我們店裡也賣這些東西嗎？」

「要準備一場精彩的表演，除了主秀的飲品外，也需要一些點心炒熱氣氛。」

我跟老師擠進人群，行人的肩膀不斷推擠著我，老師像艘破冰船，他的背部寬廣，頭髮是深棕色微捲，有些白髮參雜其中。當我們好不容易採買完畢，回到THE NEST時，壁鐘的布穀鳥跳出，剛好十點整，我的襯衫殘留木箱的印子，衣領也被汗水浸濕。

「休息一下，吃點東西，我們十點半營業，還有你去換套衣服，記得穿上黑背心。這裡是一流的服務店，而一流的服務員會讓人看起來舒服。」

「好。」

我換了件白襯衫，老師站在吧檯前，他同樣穿白襯衫，但他配戴橄欖黑的領帶。還有，我剛一下樓便聞到某種神祕的甜味，是花香嗎？怎麼會如此濃郁？我試著找尋來源。

「別東張西望，第一位客人隨時會上門。」

「好。」我有點緊張又有點興奮，這是我全新的開始，我要努力做好。

「開燈吧，」老師指向大門的右邊。「將營業的牌子掛出去。」

外頭太陽高掛，現在正是一天當中最燦爛的時刻，店內卻是橘黃色系的燈光，映照在鮭魚紅的吧檯，有種黃昏將至的感覺。對比外頭蓬勃的朝氣，我們店裡展現出一種寧靜的氛圍，我注視每個經過我們店門口的人，誰會是我生命中的第一個客人呢？

「叮呤——」門鈴清脆的提醒。

一位身穿鮮黃洋裝的豐腴女子率先進門，她後頭還有兩位女子，啊——我忘了問該怎麼迎接客人，我與她乾瞪眼。

「歡迎光臨，懷斯特夫人。」老師說。

「你好，法蘭克，外頭天氣真不錯。」她們一行人走到吧檯，坐最旁邊的位子。

老師向我招手，他吩咐我：「問她們要點什麼？一字一句都要記下。」我拿著紙筆，走到她們面前。

「請問妳們要點些什麼？」我可以感覺到我的胃部在翻攪。

黃洋裝問：「法蘭克，他是你們的新店員嗎？」她的顴骨有淡淡的銀色粉末。

「今天是他第一天上班。」老師說。

「你的頭髮還有眼珠黑得真漂亮，應該不是染的吧？」黃洋裝問。

真的嗎？我並沒特別注意，我傻愣住。

「他有東方的血統。」老師補充，我則壓抑驚訝，白紙的邊緣被我捏皺。

「難怪給人種神祕感。」佩戴淡紫色絲巾的妙齡女子說：「你怎麼不告訴我們這邊缺人，我們或許可以來幫忙，你看她怎麼樣？她的外貌會幫你招攬很多客人喔。」

粉紅連身裙的少女，害羞地把頭低下，她的年齡應該跟我差不多，她有一頭大波浪鬈髮。

「呵呵，我不大會跟女性相處。」老師露出尷尬的笑容，我猜這是真話。

黃洋裝：「這還不容易，我教你一個訣竅——女人不管到幾歲，你還是得把她當少女看待。」

紫絲巾：「說得好。」

「我的工作就是我的另一伴。」老師說。

黃洋裝：「難怪你調的愛情飲品都這麼好喝，原來是這個原因。不過，我今天想要一杯維也納咖啡，加入家庭放鬆劑。」

紫絲巾：「我要冰美式，給我怡然自得的感覺，像是在一片無際的草原上。」她手拿著紫晶的扇子搧風。

最後粉紅裙說：「我要摩卡奇諾，加入——」

「初戀的感覺。」另外兩人同時搶答並捧腹大笑，少女則滿臉通紅。

「請稍等一下。」

我故作鎮定，在聽完這些謎樣的菜單後。如果不是昨天的體驗，我一定會無法理解，直到現在我還是半信半疑，昨天的金煙，說不定只是某種興奮的藥物在作祟。

我把菜單交給老師，他仔細凝視著菜單，說：「你站在我旁邊，看我怎麼做，首先是維也納咖啡。」老師將煮好的咖啡倒入杯中至七分滿，接著加入白砂糖一匙，然後擠入鮮奶油。「R，每個人與生俱來都會有一段自己的故事，咖啡也不例外，相傳發明這杯維也納咖啡的人，是因為思念妻子，所以不小心加入過多的鮮奶油，口感卻意外喝起來滑順。」

鮮奶油像是純白的綢緞，層層堆疊在咖啡上。

「傳統的做法是最後加入些許彩色糖，但這位想要家庭放鬆劑，」老師從櫃子拿了胡椒罐，在他轉動下，銀杏黃的亮粉緩緩飄下。「家庭壓力從古至今就壓得許多人喘不過氣來，在高壓的環境下只會產生更多衝突。」

「只要喝下就能解決嗎？」我問。

「沒那麼容易，放鬆劑只能達到舒緩的作用，真正有效的是靠這個。」老師又從架上取出柳橙光的小瓶子，他朝咖啡裡加了一滴。

「那是什麼？」

「是親情，它能夠讓人想起家人的珍貴，珍惜與他們相處的時光。」

真是不可思議，這杯咖啡竟然能改善這些情況。

「再來第二杯是冰美式，把早上買的咖啡豆磨成極細粉狀後，再裝入濾杯後輕敲桌面，使咖啡粉平整，接著用抹刀刮去過多的部分，再用填壓器將咖啡粉壓平，力道均勻向下並略微旋轉，啟動

Espresso機器時，先放掉一些熱水，避免前端過熱的水燙壞咖啡粉，按下開關後煮好的咖啡液會流入杯內，二十五到三十秒後大約會萃取出五十毫升。」

「老師，你一口氣講太多了，我記不住。」

「我不會要你一次全記住，我全力教你，你只要全力吸收。」

「好……」

「那我繼續講解。」

「還有啊——」我在內心抗議。

「接下來把碎冰加入大玻璃杯內至七分滿，再倒入Espresso，然後加水到九分滿，攪拌均勻，附上吸管、奶油球、果糖球、杯墊。」

我已經完全搞混了……

「R，你知道草原是什麼吧？」他問。

「知道，非洲大草原。」我回答。

「非洲？為什麼是那個舊國度？」老師背對著客人，他的眼神銳利如刀鋒，將我盯得喘不過氣來，好像我不能答錯似的。

「不記得，只是……剛剛聽見草原後，我的腦中就聯想到那。」我戰戰兢兢地回答。

「我明白了。」

緊迫盯人的感覺消失，我的背部冒出了汗珠。

「不過我想那位客人，不會喜歡這個選擇。你仔細看，連今天這種日子她也手拿扇子，而且她點的是冷飲，所以我會送她去阿爾卑斯山附近的高原，而不是快被烤乾的草原。」老師從架上拿出一顆透著青草綠光的珠子，那顆珠子沉入碎冰底下，不停冒泡。

「最後是摩卡奇諾，要加入初戀的感覺。」我說，「是不是只要記住怎麼煮咖啡，再從架上的容器中，添加客人的需求就好。」

老師怒目咬牙，說：「——你怎麼膽敢這麼想，此刻起，把這想法從腦中捨去，不准這麼輕浮地看待調配工作。」他壓低嗓門，讓怒火不至於燒死我。「要調配出一杯適當的飲品，必須要訓練好幾年，並投入大量的時間。容器不是萬靈藥，但錯用卻會變成毒藥。」

「對不起……」我懊惱著。

「算了，你銘記在心就好。」老師看了手錶。「你將廚房那鍋巧克力端過來。」

「那是什麼？」

「在爐子上，它現在的狀態是深咖啡色的濃稠液體。」

我走進廚房，看到了那鍋正在冒泡的東西，整間店裡的甜味就是來自它？這鍋像是瀝青的黑油？我將巧克力拿出來，放在老師旁。

「看到巧克力後，有想起來了嗎？」老師問。

「沒有……」

老師看著我：「沒有類似的經驗嗎？」

我該有嗎？「沒有……」我只能承認，雖然可能又會挨罵。

此時老師的眼神卻出奇地溫柔，他用湯匙劃過表面，湯匙隨即被巧克力包覆。他將湯匙吹涼，再伸到我嘴邊。「嚐一口。」

我相當猶豫，但還是含住湯匙，巧克力瞬間在我的嘴裡融化，一股電流流竄我的全身，我打了個哆嗦，我能感覺到身體吃到巧克力的喜悅，舌尖在雀躍——嘴角不自覺上揚。

「如何？」老師問。

「很美妙。」我說。

老師含笑，他說：「巧克力在我小時候，還不是那麼昂貴的東西。」接著他繼續製作摩卡奇諾以及對我講解。在要結尾時，我以為老師又要從架上拿出某樣魔法時，他反而打開抽屜，拿出一張紙和筆，筆在紙上遊走發出窸窣聲。

「你把這張紙，拿給點摩卡奇諾的人。」

我照著老師的話做，咖啡送上桌後，我將紙條遞給粉紅裙少女，另外兩位發出竊笑。

之後陸陸續續進來了幾組客人以及一些零星的散客，她們所點的飲品不約而同地都有加入巧克力，店裡充滿高分貝的笑聲，十一點三十分店內座無虛席，甚至有人貼在牆邊。

老師從剛剛就停止解說，他全神貫注地做咖啡，動作乾淨俐落，器具在他手上快速又優雅地交換，剛剛為了講解，他會一邊量測給我看，現在他完全不用測量，只憑著他的經驗，這是投入大量練習的成果嗎？

「時間快到了。」我送上咖啡時，聽見一位女客說。

「我看起來完美嗎？他今天會帶我走嗎？」與她同桌的女性問。

她們的對話勾起我的好奇。剛剛是最後一張單子，老師簡單地清理桌面，然後他拿出胸前的手帕擦拭額頭的汗珠。我也一同整理，但整理到一半時，似乎有什麼不對勁，我抬頭，現場突然鴉雀無聲，客人們分別拿出小鏡子打理自己，我才驚覺——客人全是女性，她們在做什麼？這是某種神祕儀式嗎？

十二點整，壁鐘裡的布穀鳥跳出來，在此同時，門鈴也響起——走進來的是一位高挑的男子，他帶著一副純白的眼罩面具，女客們紛紛停下手邊的動作，凝視著他，她們的視線隨他移動，男子走向吧檯前的位子。剛剛都沒人去坐那個位子，是為了留給他嗎？

「別來無恙，霍華德。」老師說。

他說：「健忘的老毛病也沒變。」

「至少你今天出門記得戴上面具。」

「霍華德，我們今日能否有幸看到你的容顏？」一名配戴彩虹手鐲的女客走向前，她顫抖的手，使咖啡杯與托盤不斷碰撞。

「我們懇求你。」戴銀亮牙套的女生附議。

「你覺得呢，法蘭克？」霍華德問。

老師說：「看你的心情。」

「如果我脫下面具，對你店裡的生意有幫助嗎？」

「些微影響，我們店裡的招牌是一流品質的咖啡。」老師微笑著說。

「我當然不是你們的招牌，我屬於伸展臺，我天生就是要展現自己。」他摘下面具，金色的瀏海覆蓋前額。

我聽到某位客人的嘆息，精緻的五官、長長的睫毛，湛藍的眼珠——是一名從畫裡走出的男子，看上去年紀應該二十歲左右，高出我一顆頭，下巴線條明顯，就算穿長版大衣，也看得出來是體型稍嫌單薄的男子。

「你身旁的這位是？」他看著我，帶著疑惑。

「他是我的學徒。」

「我們應該還沒見過吧？我的記性很差。」他苦笑，帶著一絲憂鬱的氣息。

我說：「沒有，我昨天才到這裡。」

「我叫霍華德，你呢？」

「我叫R。」

「R？等我一下，」他從駝色的大衣裡抽出了一本朱紅色小筆記本。「我得記下來。但我想，我記得住這個名字，相當簡潔。」

「今天要點什麼？」老師問。

「老樣子。」

「最近睡得好嗎？」老師開始製作。

「我還是會做奇怪的夢。」

「這次你夢見了什麼？」老師問，我發現女客們也都全神貫注聆聽。

「我好像在鐘聲下等某人出現？我也不清楚。」

「有誰出現嗎？」

「好像有，又好像沒有。啊——後來有一個人出現，但我不確定是她或他？」

他說話顛三倒四，令我匪夷所思。

「跟我來吧，我已經幫你準備一個美夢。」老師拿著剛泡好的咖啡。「R，我會離開十分鐘。」

霍華德跟老師走進樓梯旁的房間，現場的女客又打開話匣子。

「他是誰？」粉紅裙的少女向黃洋裝的夫人打聽，我也豎起耳朵。

黃洋裝：「那個耀眼的人叫霍華德，今天我們就是帶妳來看他。」

紫絲巾：「他之前好像是明星？還是模特兒？」

黃洋裝：「是模特兒，在以前小有名氣。」

粉紅裙：「以前？他看起來很年輕。」

黃洋裝：「我說出來妳可別嚇到，他的年紀跟我差不多。」

粉紅裙一臉吃驚，我也是。「妳不是剛過五十歲的生日嗎？他看起來才二十歲。」

紫絲巾：「聽說他去『凍結』。那費用可是要富豪才負擔得起。」

粉紅裙似乎不願相信。「妳們怎麼會知道得這麼清楚？」

黃洋裝：「哎——二十多年前我曾看過他走伸展臺，當時也有不少人，晚上想帶他回家——包括我。即便是現在，大家還是這樣想。」

「有人成功過嗎？」粉紅裙問。

「有，不過他沒什麼標準，我看過他曾經帶走一位眼角下垂的人，還有一位臉上有許多痣的人。她們的共通點，就是都長得不怎麼樣。」黃洋裝一臉不以為然。「但他從沒對誰動心過，他可是相當狠心，那名眼角下垂的就曾回來質問霍華德，為什麼後來對她視而不見，他則回答——妳是我的粉絲嗎？」

粉紅裙少女低下頭，看著她手中的咖啡。

之後，霍華德獨自走出來，女顧客們再次引頸期盼，卻也再一次失望，他的目光依然沒逗留在任何一位女性身上。

此時卻有一位骨瘦如柴、眼窩凹陷的客人，擠出人牆，擋住霍華德的去路。

她用顫抖的聲音說：「自從上個月在這看過你後，我就明白——我一定得這麼做，這是我的愛情，請你接受。」她手裡捧著容器，裡面是紫羅蘭色的發光花苞，中間還帶有一點淺黃光。

霍華德拿到眼前，反覆觀看，然後還給她，他說：「很美，但這不是我要的愛情。」

他戴上眼罩面具，走出門口，外面有個人迎接他上車，留下被拒絕後面色慘白的女子。她開始啜泣，接著哭著跑出店外。霍華德剛做了什麼？能讓她哭成這樣？

店裡的交談聲此起彼落，回到稍早的情況。

「未免也太自不量力。」某位女客人說，並咯咯笑著。
「就是說嘛——不過那愛情挺漂亮的，真是人不可貌相。」
「他剛說：『那不是我的愛情。』這是什麼意思。」
我仔細聽她們的交談，我也感到好奇。
「妳不知道嗎？聽說霍華德的愛情大部分都被騙走。」
「噢——怎麼會有人如此殘忍，要是讓我知道是誰，我一定會毒打她一頓，再把霍華德的愛情搶過來。」她們笑著交談可怕的事，她們是認真的嗎？
「我聽說是一個叫葛瑞絲的女人。」
「妳從哪得知？」
「霍華德自己說的，雖然他說話不大可靠。不過，不止一個人聽他提起過，所以應該是真的。」
自從霍華德離去後，客人也紛紛散去，她們都帶著黯淡、失望的神情離去，客人滿足了嗎？這不是有違我們店的宗旨嗎？不過，老師看起來並不在意。
下午來的客人連早上的三分之一都不到，到了六點時，已經沒什麼客人。
「R，這個時間沒客人的話，你可以開始收拾，我們只營業到六點半。」
「我該做哪些事？」
「去做你能想到的事，多餘或少做的，我會告訴你。」
我擰乾抹布，逐一擦拭每張桌椅，以及我能看到的任何平面。老師則擦拭杯盤。
「老師，你今天在紙條上寫了什麼？」我問。
他停止手邊的工作，說：「有問題才有進步。我還在想如果你都沒問的話，我就要罰你不准吃晚餐，」我打了個冷顫。「你還記得她的要求嗎？」

「初戀的感覺。」

「沒錯，人生只有一次初戀，而且總是來得出乎意料之外，所以這其實是非常難取得的素材，就算有，也鮮少有人願意售出，我們店裡也沒庫存。」

「既然沒有，要怎麼賣？」

「有兩個條件，那些常客都知道，所以才帶那位少女光臨。第一——買方必須是沒談過戀愛的女性；第二——每個月二十六號的中午前來這，我就可以施展唯一一次的魔法。」

我看向日曆，今天是二十六號。「所以——你寫了霍華德的進門時間？」

「沒錯，你有不錯的觀察力。」他似乎很滿意，「這附近如果有想情竇初開的少女，都會來我這。」

「你是指女客會愛上霍華德？只不過是短短的幾秒鐘。」

「一定會。」老師篤定地說，「霍華德對女性來說，有著致命的吸引力，如同飛蛾撲火。」

「這是正常的嗎？」

「當然不正常，所以他出門，都要帶著面具。」

「他說話很奇怪。」

老師說：「顛三倒四、毫無邏輯，因為他得了失憶症，現在他只記得零星片段，與部分日常的事情。」

難怪他要隨身帶筆記本，這麼說來我們兩個有點相像。「那我們不就讓粉紅裙少女，愛上一個不該愛的人？」

「初戀通常不會有結果。」老師說。

「我聽說他的愛情很多都被騙走了？」我將所有的椅子倒放，開始拖地。

「愛情騙子，不管在哪個時代都存在。」
「這樣今天的女客們，都註定無法被他愛上嗎？」
「希望渺茫。」
「她們知道嗎？」
「都知道。」
我說：「既然如此——我——無法理解。」
「女性是為愛而生的物種。而得不到的愛，永遠最迷人。」
「老師，你談過戀愛嗎？」
「我？哦——嗯——」他顯然沒料到我會問這題。「那是全世界最複雜，也最神祕的感情，它的形狀與定義，我沒辦法一言以蔽之。而我——確實也有過類似經驗。嗯——以我來說的話，想到對方，嘴裡彷彿有蜂蜜，當你試著用舌尖在口腔尋找時，又會找到一些檸檬味，這樣懂嗎？」老師的耳朵紅了起來。
「像巧克力？」我想起今早品嚐的滋味，當甜味褪去後，殘留一點酸澀。
「沒錯，」老師鬆開領帶。「很久以前，巧克力就被稱為愛情的食物。過去的情人節裡，女性一定會送心儀的男性巧克力。」
「那霍華德大概有吃不完的巧克力吧？」自從提到巧克力後，我的口水都不自覺分泌。「那霍華德今天點了什麼？」
「加入美夢的牛奶咖啡。」老師說。
他也跟我一樣會做惡夢嗎？
「還有凍結是什麼意思？聽說他沒外表那麼年輕。」

「這就是凍結的效果——霍華德永遠不會變老。」

我開始見怪不怪，如果這是一個善於保存的世界，想留住青春也是正常的。我想起他包緊緊的身軀，絕美且不老的男子……一個遺忘的名詞，從記憶中被喚醒。

「他是吸血鬼嗎？」

老師輕笑。「永生目前還做不到，凍結的只有表象，器官還是會衰退。」

「這跟他過去是模特兒有關嗎？」

「沒想到你連這都知道，但他已經不做很久。」老師神情頓時落寞，他們認識很久了嗎？「不管他的過去有多輝煌，如今的他，只是個尋求寧靜的人。」

「還有什麼要做的嗎？」地板已經被我清掃得一塵不染，而且剛被我從縫隙中掃出很多灰塵團，我又發現自己的一項技能。

「還有廁所，每天都要掃。」

「好。」

「我去準備晚餐。」老師脫下圍裙，走向廚房。「你今天表現得不錯，不要心急。」他背對著我說。

我心裡感到雀躍，這也是快樂的一種吧？但比泛舟柔和多了。

我廁所打掃完後進廚房，長桌上擺著兩個牛角麵包、吐司、濃稠的燉肉湯，還有一顆蘋果以及用小碗裝的煤炭，碗下壓著一張紙，是義式濃縮咖啡的做法。

樓梯傳來腳步聲，我下意識地將紙條收進口袋。我為什麼要這麼做？是我過去的習慣嗎？老師進廚房，他披上了漆黑的防風大衣。「我有事要出門，你吃飽後早點休息，明天同樣七點前下來。」

「你不吃嗎？」

「我吃飽了。」老師看著我手裡的黑炭。「那是留給你吃的。」

「這是什麼？」

「你聞了就曉得。」他淺笑。

我將碗拿到鼻子前。「——是巧克力。」原來它會凝固。

「那些是今天用剩的，你可以吃完。」

我點頭如搗蒜。如果辛勞的代價可以換取巧克力，那我願意。

「記得鎖上全部的門窗。」老師交代完後，從廚房的後門離去。

我在長桌上，快速地吃完晚餐並整理乾淨，準備慢慢享用巧克力，但當我滿心期待地拿到嘴前，一股厭惡的感覺油然而生……我知道這種感覺，跟我犯錯後的感覺很像——我又犯了什麼錯？為什麼我吃巧克力會感到罪惡感？明明早上吃不會呀？

我用力地想，但沒用——什麼也想不起來，這種不協調感……這裡不應該是這樣，這長桌不對勁，這廚房有問題！我拿著巧克力逃回房間，說也奇怪，那種厭惡感就消失。

難道說巧克力的滋味太美好，所以要偷偷品嚐嗎？我吃了一塊，一股甜意湧上心頭。我閉眼回想，如果我真的吃過的話，這滋味我忘得了嗎？我並不這麼覺得。但事實證明，有種矛盾在我體內拉扯。

啊——今天忘了問老師有關我的身世。

我走進浴室，盯著鏡子，我有頭濃密的柔順黑髮與黑眼珠，巴掌臉，鼻背挺直，上唇較薄，整齊的牙齒，粗糙的雙手布滿了繭、小傷口。我脫下上衣，果然身體也布滿了大大小小的傷疤。我摸著這些暗沉又微皺的皮膚，以前的我到底做了些什麼？

我走出浴室，推開房間的百葉窗，想讓自己透透氣，我才發現，原來從我的房間看得到摩天輪，它像頂華麗的皇冠，我改天一定要去那邊瞧瞧。摩天輪緩慢地旋轉，我的內心恢復平靜。眼前有美景與巧克力，還有關心我的老師，我還有什麼好不安的呢？

今天是個值得紀念的日子，紀念我發現生命中的美好——我吃下了第三口巧克力。

07 說話的藝術

咚、咚，一個檸檬黃的物體，快速朝我眼前飛過，害我往後退了好幾步。

「你想起名字了嗎？」他問。是上次拿氣球的小孩，他正朝牆壁丟皮球。

「我叫R。」我回答。

「哈哈哈——你是一隻烏鴉，R——R——R——」他的手臂上下擺動，頭也可笑地前後晃動。

「你比較像是一隻雞。」

「我才不要當雞，雞會被賣掉，然後吃掉。」

「那也是沒辦法的事。」

「哈哈哈——被賣掉也沒辦法，被吃掉也沒辦法。」他的聲音詭譎多變，喉嚨裡像混雜著許多人的聲音，刺耳的笑聲令人厭惡。

「有什麼好笑的？」我摀住耳朵，卻絲毫抵擋不了。

「你以前不是最愛聽我們的笑聲嗎？」男孩的臉，頓時充滿悲傷。「我玩夠了，我要回家吃飯。」

男孩又進入紅色大門旁的小門，門內傳來歡笑聲，還有陣陣的食物香味，我跟在男孩的後頭，試圖擠進去。

「你來做什麼？」他阻擋了我。

「我肚子也餓了。」

「可是你又沒有牙齒。」

我的牙齒怎麼了？我將手伸進嘴裡，但沒摸到半顆，我感到慌張，接著我的手被嘴吸住，拔不出來，吸力逐漸增強，我會把自己給吞下肚！

「呼啊——」我大口吸氣，我彈坐起，雙手搓揉著臉，又是夢……床單被浸濕，脖子也黏答答，難道這惡夢會繼續下去嗎？

該起床了，我站進浴缸，打開水龍頭，任憑熱水沖刷。剛剛在夢中出現的孩子，難道過去的我認識他嗎？

梳洗完後，我走下樓，樓下好安靜，不知道為什麼，我放輕了我的腳步，又是一個令人匪夷所思的習慣，直到廚房傳來碗盤碰撞的聲響，我才放心——我到底在警戒什麼？

我走進廚房，廚房裡的熱氣迎面而來，老師正好舀起一匙深紫色的濃湯。

老師說：「你來得剛好，昨天配送的食材裡，有新栽植的蔬果，還附贈食譜，我照著做了一份，你來嚐嚐。」

我走過去，濃稠的紫色湯還在沸騰冒泡，聞起來沒有異味，看起來實在是不怎麼樣，但這說不定像巧克力意外好吃。

老師將湯匙遞給我，我喝下，卻差點吐了出來，我說：「很難喝。」

老師一副不可置信的表情，「怎麼說？」

「苦味跟甜味衝突，而且勾芡太多。」勾芡，又是一個突然從腦中迸出來的名詞。

老師也嚐了一口，他將湯匙丟進洗碗槽。「看來食譜也不是絕對，配送的麵包他們也從來沒烤好過。」

餐桌上擺著兩個小圓麵包，乾硬的麵包勉強能撕開，我們塗上奶油。我發現只要跟老師一起在餐桌上吃東西，就不會有那種厭惡感。

「老師，可以告訴我一些我家裡的事嗎？」

「取決於你想問什麼。」

「我有弟弟嗎？」

「為什麼問這個？」

「我夢到同一位男孩，兩次。」

「據我所知並沒有。夢裡還有什麼？」

「紅色的大門，那個男孩每次走進去後，我都會驚醒。」

「人每晚都會做好幾個夢，這是正常的。」

「夢有可能是我的過去嗎？」

「夢是不可靠的，它可能只是你白天看到的某個片段、某個想法，甚至只是——某個幻想。」

「你曾夢到過去嗎？」我問。

老師的嘴吧停止咀嚼。「有時候，但現在的你沒有過去。」

老師說得沒錯，我根本沒什回憶，而且我也不想要有一個詭異的弟弟。「你跟我的父母是什麼關係？」

他看著我說：「我跟你的父親一起長大。」

「他是怎樣的人？」

「你的父親，」老師輕笑。「他總是知道該如何把事情搞大，他是個感情豐沛的人，只做自己認可的事，我常被他連累，他是個不折不扣的傻子……」老師原本愉快的神情變得有些落寞。「對不起，我一時脫口而出。」

「沒關係，我的父親聽起來很有趣，那我母親呢？」

「你的母親是個混血兒。你的體內有四分之一的東方血統，來自東方聯邦的中國。她有頭烏黑亮麗的長髮，你的父親當時還忍不住摸了一把。」

「摸了一把？然後呢？」

「你的母親面帶微笑，只問我們水果攤在哪？我們告訴她後，她道謝完便離去，而你的父親卻站在那，久久無法言語。」

「為什麼？」

「大概是沒做好心理準備，轉過來的竟是一位沉魚落雁的女子。她的眼睛是黑珍珠，鬢髮喜歡掛在耳朵上，擁有桃子般的唇色與鵝蛋臉。」

「有照片嗎？我想看看。」

「這是禁止事項。不過，你的眼睛、下巴，像你母親，而鼻子、嘴型則來自你的父親。」老師端詳我的五官。

「那他們之後是怎樣認識的？」

「你父親像著了魔似的，跑到附近的飾品店，買了一副櫻花髮夾，接著快速地跑到水果攤，她還在那徘徊。接著，他走到她面前，對她說：『我覺得這很適合妳的黑髮，如果妳願意戴上，是我的榮幸。』妳的母親則說：『如果你能幫我戴上，也是我的榮幸。』」

「我的父親是個行動派。」我一邊幻想著當時的場景，腦海也浮現豔麗的櫻花。

「那天我們還一起幫你母親，尋找一種叫做荔枝的水果。她找的可不是罐頭，而是新鮮的荔枝，是桃紅色，表皮有龜裂的紋路，剝開後是白色彈牙的果肉，帶著淡淡的芳香，我也從未見過。」

「我的母親為什麼要尋找荔枝？」

「大概是因為思念家鄉，自從我們鎖國後，那些東西只能變成回憶。」

「為什麼我們要鎖國呢？」

「因為當時的東方聯邦與綠星都面臨解體的危機，主因是他們反對使用容器。你的母親是最後一批移民，這也意味著她從此回不去了。」

「怎麼會有人反對使用容器？」

「反對與支持各有擁護者，容器的好壞由你決定。差不多該練習了。」

雖然還有滿腹疑問，不過我所能做的，只有把握當下。今天練習手沖濾泡，從磨咖啡豆開始，然後將濾紙弄濕潤，老師全程在旁監視。

「細口壺的水從中央開始，從中心朝外畫螺旋的方式……」他一個口令，我一個動作，過程繁複且嚴謹。我瞥見他好幾次伸手過來，卻又縮了回去。

完成時我鬆了一口氣。接著，我將熱咖啡倒入馬克杯的一半，鮮奶隔水加溫後打成奶泡，將表面粗糙的奶泡刮除後加入馬克杯至八分滿，再加入二分之一匙的白砂糖攪拌。

我將成品端給老師，老師先聞香氣，接著啜飲一口。

「偏淡，」老師用手捏了一把我剛磨好的咖啡粉。「再細一點，還有你剛畫螺旋時，水的間隔要一致。先把牛奶咖啡練到閉上眼睛都能完成。」

老師也要求我多瞭解咖啡，泡來喝之外也要做筆記。咖啡豆聞起來像果香，甚至有點像巧克力，所以一開始，我滿懷期待地喝下第一口。我慶幸只有一小口，苦澀在嘴裡炸開，有種喝藥的感覺。人們怎麼會來買這種東西？

但咖啡加入牛奶後變成卡其色，卻意外出奇地好喝，甘苦的咖啡變得溫潤香甜，想不到加入牛奶後，改變這麼大。

「布穀——」十點，老師要我收拾環境，準備營業。

十點半，第一組客人進來。「早安，這邊請。」我將兩位穿著華麗衣服的女客人引導到窗邊——開放式包廂。「今天想要什麼呢？」

她們看著桌上的菜單。分別點了櫻桃杏仁拿鐵還有阿芙佳朵。奇怪的是她們並沒有提出特殊要求，我為此多等了五秒鐘，她們沒補充什麼。

我將菜單拿給老師，還詢問這種狀況是否正常。

「這沒什麼，」老師說，「有時候人們只是單純來品嚐咖啡。」

我一邊幫老師準備，一邊偷聽她們的談話。

「妳聽說了嗎？瑪黛蓮將她百分之二十的愛情，給了男友。」說話的人雙手帶著純白、貼合的長手套，上面像是樹葉的脈絡，綠光在脈絡中流竄。

「給的？那女人肯定是瘋了。」另一位則是配帶著下弦月般的項圈，散發著幽幽月光。

「我認為情人間訂下百分之五的契約即可。」

「我父母當初的婚前契約也才說——婚後愛情要維持在百分之三十以上，否則另一伴可以申請離婚，還能拿走一半的財產。」

「而且她付出的對象，聽說是第二平臺的人。」手套女說。

「什麼——聽說那邊的人，消耗容器的速度特別快，一定不久就會對她厭煩。」

「哎——說到這個，我的老公最近對我有些冷淡，不知道是不是因為身材走樣了。」手套女捏了自己的手臂。

「不會呀，我覺得都沒變。」月光女說。

「是這樣嗎？我還是好沒自信。」

「不然你問問看老闆，讓他以男人的眼光來評斷。」

「呵，別麻煩人家了。」

「老闆，你覺得我朋友外表有需要改變的地方嗎？」月光女問。

話鋒轉向老師這邊，老師說：「一點也沒有，我覺得妳神采奕奕、容光煥發。」

「呵呵——你可真會說話。」手套女摀著嘴，音量卻絲毫沒有降低。

「妳看吧，是妳自己多想，不然我們問另一位。」月光女向我招手，我走過去。她問：「你覺得呢？」

「我贊同她本人的說法。」我說，「她的確是個胖子。」

現場的人不約而同地噤聲，沉默瞬間塞滿了店裡，月光女瞪大的眼睛在游移。我做了什麼嗎？

「這、這我——從沒被人這麼羞辱過。」手套女拍桌站起，快步走出店外。

月光女過來結帳，但老師婉拒。她也匆匆離去，剛到底發生了什麼？我一臉納悶地看著老師，老師則雙臂交叉，嘆了口氣。

我收拾那兩杯幾乎原封不動的咖啡，回到吧檯旁。

「R，你剛說話太直接。你說她胖，『胖』這個字帶有貶意。」

「這是事實。」

「事實有時很傷人。」

「誰受傷了？」我問。

「你傷了她的心。她的確有點胖，但有時你得選擇一個不會傷人的答案，學習含糊不清地圓融處事，甚至——說點小謊。」

「但說謊是錯的。」這點我還清楚。

「謊言有善意的，是為他人著想。」

謊言有善意的？「老師，我覺得說話好難……」

「我有時也覺得很難，所以在過去，有些人會變得不願意開口。但時代不同了，就算不說出口，對方也會知道，也沒有誤會。只要透過水晶或放進容器裡。」

結束一天的工作，老師準備晚餐後又出門，我把晚餐端回房裡吃，一面看著摩天輪。

房裡的書桌上擺有幾本空白的本子與鉛筆盒，我吃完晚餐後，便在書桌前坐下，我拿起鉛筆，翻開空白的第一頁，我來回浴室好幾趟，才終於畫好我的眼睛與下巴輪廓，再加上長黑髮，接著第二頁，我又畫了鼻子與嘴巴。

好奇心鞭策我，我開始想像父母的面貌，我將不足的五官補齊，而我又得知一個關於我的訊息，就是我並不擅長畫畫，奇怪的比例與歪曲的五官，臉部像是被壓扁般，連我自己也覺得好笑。

我看向鬧鐘，已經十一點，早上練習時也這樣，只要專注，時間就飛快如梭。我躺到床上，但腦中不再是空白，我想起了手套女，那位被我傷了心的人，她還會再來店裡嗎？那我一定得跟她道歉。

老師今天所描述的，應該是我母親年輕時的樣貌，那現在她的身材有走樣嗎？不論他們變得如何，我一定會愛著他們。雖然我沒有關於家的記憶，卻有種渴望回到他們身邊的感覺。

08 橙髮女子

工作的日子，每天都過得很充實，早上的練習又多了一項。

由於我喝咖啡的經驗很少，我與老師特地又去喬米那，買了店裡的每一種咖啡豆，讓我進行杯測——鑑賞不同的咖啡，並搭配風味輪來訓練我的味蕾，我才知道咖啡豆有這麼多品種與變化，香味、酸度、口感、餘韻都各有千秋。

就算是同品種，在不同區域或處理法不同，就會造就不同的風味，例如：今天杯測的咖啡豆是水洗處理，盛產在青蔥翠綠之地，帶點檸檬味與花香，口感輕盈、甜度適中。而同一品種的咖啡豆，在乾燥地區出產，用日曬處理，則帶有土味，與藍莓果香。

不斷地杯測後，我漸漸習慣苦澀的黑咖啡，逐漸體會出不同的香氣與風味，但我也因此失眠兩個晚上。睡不著的時間，我都在繪畫，如果今天店裡來了位鷹勾鼻的男客，晚上我便將鼻子融入父親的肖像畫，我已經畫出了許多種版本。

今天早上我下樓時，老師並不在樓下，他睡過頭了嗎？老師每晚都往外跑，還是他昨晚根本沒回來？大約快九點時，老師才從樓上下來。

他說：「R，練習每天都要做，但禮拜天是休息日，你可以去外面逛逛，不過你要先去喬米那補貨，要買的東西我已經寫在這張紙條上。」

「好。」我接下紙條還有錢包，一邊想著如何回到合法藥頭。

「另外你還得到巧克力店一趟。」

我的眼睛亮起來。

「店的位置我畫在上面。」

「你不跟我來嗎？」

「我還有些事，要出去整天。多去看看外面的世界，還有在外小心。」

老師沒給我什麼明確指示，這樣我來得及在成年前，變成一個好人嗎？「是……」

「不安嗎？」

我點頭，說：「如果我在外面犯錯，該怎麼辦？」

「跟我到吧檯。」

老師從冰箱拿出了可樂與濃縮咖啡冰塊，我知道這是要製作——咖啡可樂，他打開容器櫃，他的身影擋住了我的視線。

「你加了什麼？」我問。

「勇氣——犯錯的勇氣，僅止於這一次。」

老師還加了些純糖漿，我喜歡它香甜的氣味，打出來的嗝像是蜂蜜。「有好些嗎？」

「好像有。」

「那就別錯過外頭的陽光。」老師督促。

我提著籃子上街，翠綠的楓樹葉被風吹得窸窣作響，行人們優雅地走在街道上，身上的飾品依然繽紛耀眼。

在等天際線時，好奇心使我站到中督電腦前，我按下提問鈕，畫面要我輸入問題，我輸入——說話。輸入後，畫面跑出好多選項供我選擇，有社交實用語、溝通技巧、談判技巧等等，琳瑯滿目。

我選擇了社交實用語後，又出現了關係圖，是：上對下、下對上、平輩溝通、長輩溝通、男性或女性？搞得我暈頭轉向。我最後選擇了平輩的男對女溝通，並用我存的小費支付五十貝令，要列印得再付十貝令。

上面寫著，溝通是指傳遞訊息的一種管道，藉著分享訊息、交換意見，試圖與他人建立起連結。

建議：

──表達意見外，也須耐心地傾聽。

──開頭可以試著讚美對方，從簡單的話題開始，避免一見面就開啟敏感話題。

──如果試圖說服女性，建議別用理性，改從感性的方式。

結語：

──溝通須雙向進行，尊重彼此，站在他人的角度，展現同理心。或者使用容器。

原來如此，我下次可以先稱讚對方。

另外，我還搜尋了謊言的定義，資料顯示，謊言是以欺瞞為目標的陳述，隱瞞、捏造、變更事實，廣義上都屬於說謊行為，情節嚴重者，可能會受到法律制裁。

後面還有好幾頁的敘述，但我並未看到所謂的善意謊言。

鋼琴聲接近，玻璃房要來了。我搭乘天際線到第五平臺，看見郵筒後轉進巷子，目前為止都沒問題，問題是如迷宮般的暗巷。一開始我憑藉著模糊的記憶探索，似乎有點希望，但轉了幾個彎後，我便信心全無，東張西望。

「需要幫忙嗎？」一聲音來自我的後方。

我轉頭，是一位橙色髮的女子，她的鼻子偏短，有雙微笑眼。

「請問阿茲曼市場怎麼走？」我問。

「跟我來吧，我也要去那。」她走到我的前方。

我心裡鬆了口氣。「謝謝妳，不然天曉得我會被困多久。」

「你被蜘蛛網黏住了。」她說。

「什麼？」

「你不是本地人吧？蜘蛛網是我們這邊對無名小巷的通稱，不過不用擔心，多被黏幾次，你就知道逃脫的訣竅。」

「原來如此。」

「我叫莉迪亞，我覺得你有些眼熟，我們有見過嗎？」

「妳見過我？多久前的事？」我緊張了起來，她認識以前的我嗎？

「應該是最近。你有到過派特羅麵包店嗎？我在那邊上班。」

「沒有，妳認錯人了。我叫R。」

「R？是你的綽號嗎？」

「算是吧。」

「這個綽號是怎麼來的呢？」

「有很多種涵義，例如：Right、Reliable……諸如此類。」

「哈——真有趣。那麼你要去市場做什麼呢？R——」莉迪亞有一頭長鬈髮，空氣中飄散著茉莉花香。

「買咖啡豆還有巧克力。」

「咖啡豆？你在咖啡店上班嗎？」

我說：「店名叫『THE NEST』。」

「我果然看過你，我禮拜一有去過你們的店，我當時還在想『老闆終於請店員了』，他每次都忙得焦頭爛額。」

「老師說只有在霍華德來的時候，我們店才會如此繁忙。」

「老師？真是稀有的名詞。」她說。

「為什麼這麼說？」

「因為現在沒有學校了，所以這個稱謂變成了歷史。」

莉迪亞一提到學校，有些畫面流進我的腦中——是個充滿歡樂，大家會唱歌跳舞的地方。如果我問她關於學校的事情，她會不會認為我很奇怪？不過，或許今天我什麼都該嘗試，因為我有勇氣。

「為什麼學校會消失？」

「還不就是沒有效率嘛——」

「學校生產什麼嗎？」

「哈，這比喻相當不錯呢，學校是座工廠，學生是群布娃娃，老師則是填料員。」

我想知道得更多，雖然我聽不大懂她的比喻。「具體來說呢？」

她停下腳步，轉頭看我一眼。「好吧——我想想，例如：我站在河中央，感受流水，我知道了，我終於知道了——三色堇紫的天空。」她的雙手高舉。「好，我說完了，你接收到哪些訊息？」

「呃——某個人站在河中央，然後，他知道了某件事。」

她繼續邁開步伐。「如果我說，那個人所感受的流水，其實是暗指時間的流逝，最後他終於頓悟，並且決定在紫色的天空下結束自己的性命。你覺得這樣子說得過去嗎？」

「妳怎麼得知？」

「這是我的感受，雖然是來自同一句話，但解讀的人不同；解讀的方式不同，答案就不同。在過去的學術當中，人們堅持己見，進而分裂成各種派系，誰也不願意承認自己的錯誤。尤其在文學方面，最為嚴重。」
「為什麼？」
「因為那些文學作家，為了讓自己的作品永垂不朽，暗藏許多謎題讓後人來爭論不休。我想到頭來只有作者本人，才能真正瞭解他自己的本意吧。後來有了容器，傳遞知識變快，而且人們的理解統一。這樣懂了吧？教學成效緩慢又參差不齊，所以學校才會都倒閉。」
「原來如此。」小巷的能見度變好，不遠處傳來市場的嘈雜聲。「所以三色堇紫的天空到底是什麼？」
她回眸一笑，說：「那只是我瞎掰的。」
我們走出了幽暗的小巷，迎面而來的是熱鬧非凡的世界，阿茲曼市場裡熙熙攘攘，人聲鼎沸。
「你要到哪間店？」莉迪亞問。
「合法藥頭。」
「繼續跟著我吧。」
這裡除了販賣食材之外，也有販賣容器商品，精緻的燈具裡面放著鵝黃色的微光；服飾店的衣服，上面的圖騰變化萬千，連桌椅也有晶石的絢麗。我被其中一家首飾店吸引，原因是這裡最為耀眼，我拿起一支非常華麗的——筷子？上面鑲著數個粉紅光的花瓣，下一秒我認出這是一朵璀璨的櫻花，當年父親就是送這朵小花給母親，我不禁會心一笑。
「這支簪子很不錯吧。」攤子裡的婦人說，「裡面裝的是溫柔喔。」
「什麼溫柔？」我問。
「是妻子對待丈夫的溫柔，它的柔光，不管配在哪種髮色上都好看極了，你買了之後，另一伴絕不會讓你來退貨。」

「這要多少錢？」

「一百貝茲，如果你喜歡的話，算你九十就好。有哪個男人不喜歡家裡有位溫柔的妻子呢？」

「R，你在看什麼？」莉迪亞說，她喘著氣。「我還以為你又迷路。」

「對不起，我一不注意就分心。」

莉迪亞問：「你有要買嗎？」

「沒有。」

「那就走吧。」

「抱歉，我沒那麼多錢。」我放下後便離開。

「你剛在看什麼？」她問。

「一支溫柔的簪子。」

「你要送禮嗎？」

「沒有。」

「你是收藏家嗎？」

「收藏什麼？」我感到納悶。

「收藏一些珍貴的感情啊，我以前曾去過愛情的博物館，裡面放著上個世紀最美的愛情，有亞斯潘王子年輕時的暗戀、麥克爵士的異國戀曲，還有柏因萊女士的一見鍾情。」她的語調充滿雀躍。

「為什麼要收藏那些？」

「你知道以前的人常說——希望這一刻能永遠停留，容器就能保留這一刻。因為不管是多珍貴的回憶，終究會被時間沖淡，但保存在容器裡的東西卻是永恆的。我的目的地到了。」莉迪亞指著上方的招牌——帕琳麵粉鋪。

「妳是一位麵包師嗎？」

「我跟你一樣只是學徒，我的目標是甜點師，有機會請你品嚐我做的甜點。」

「好啊。」

「合法藥頭在前面而已，再見，R。」

她露出一抹微笑，我也不自覺笑了起來。「再見，莉迪亞。」

合法藥頭是醒目的藍底黃字招牌，喬米則坐在磅秤旁看報紙。

「你好，喬米。」

他抬頭。「我等你很久了。」他熱情地把我拉到一張椅子上。

「你知道我會來？」

「是啊，因為法蘭克通常都禮拜天來補貨。」

「我要買的東西在這上面。」我將清單拿給喬米。

「沒問題，稍等一下。」喬米打開密封罐，將咖啡豆倒在磅秤上。「R，你跟法蘭克是什麼關係？」

「我的父母與法蘭克是舊識。」

「以前有許多人想學他的手藝，但法蘭克一律回絕。我記得曾聽其他顧客談起，有一個年輕人站在THE NEST門口兩天兩夜，他也不為所動。」

「你跟法蘭克很熟嗎？」我問。

「我們只是一般買賣的關係，但我們配合了很長的一段時間。」他打開另外一瓶密封罐。「他來時我們會閒聊幾句。」

「你們都聊些什麼？」我感到好奇，因為我對老師的瞭解也不多，他也很少主動跟我說話，更別說聊天。有時我丟一個問題，老師通常只給半個解答，剩下的要我自己思考。

「嗯——我們有聊過一位很俊美的男客。」喬米說。

「是霍華德嗎？」

「對、對，就是他。」

「你們怎麼會聊到他？」

「因為這個，」他指著清單上的巧克力。「有次，我問他怎麼會買這麼多巧克力？他便告訴了我關於他的事，我還開玩笑地問：『能不能把他介紹來這？這樣我咖啡豆的生意一定會蒸蒸日上。』」

我想並不會有人為了看霍華德，而來買苦澀的咖啡豆。

「霍華德的記憶力極差，他來這一定會迷路。」而且如果他沒帶面具，這邊或許會引發暴動。

「是嗎？」他右邊的眉毛跳了一下。「我以為他的記憶力很好呢，因為法蘭克想幫助霍華德忘了愛情的痛苦。」

「為什麼不把愛情給上鎖？」我問。

「上鎖？」喬米語帶疑惑，我才驚覺自己的愚蠢，一般人是不會被上鎖的，「哈，我從沒聽過有人的愛情可以上鎖，通常都會去喝杯忘情水，不過那效果因人而異。」

還好他沒放在心上。「他有說要怎麼做嗎？」

「法蘭克的手藝在咖啡界享有盛名，特別是容器的應用，所以連他都沒辦法的話，一定是個大難題。」

如果某天，我能幫上老師就好。

「這邊是你的咖啡豆。」他遞給我紙袋。「一共八十貝茲又五十貝令。」

「謝謝，再見。」我說。

他依然捏了一下我的臉頰。我走出門外後，莉迪亞站在牆邊。
「嗨，又見面了。」她腳邊多了一大袋麵粉。
「怎麼了嗎？」
「我──其實有些事想問你。是有關霍華德的事。」
「我跟他只見過一次，而且我還得去克拉提夫巧克力店。」
「我知道那，我可以陪你去。」莉迪亞奮力地拿起地上的麵粉袋，滿臉通紅的她試圖扛到肩膀上去。
「停──妳會弄斷脖子的，我們交換吧，妳幫我拿咖啡豆。」我說。
「是我自不量力，想自己搬回家，這樣可以省些運費。」她一臉尷尬。
我起初也懷疑自己是否能扛起那袋麵粉，但沒我預想的重，或我比自己所想的還要強壯。我常幻想過去自己的身分，是運動選手？助理廚師？還是農夫？但不管怎麼想，罪犯的身分宛如隱形枷鎖。
「嘻嘻──」她竊笑。
「怎麼了？」
「因為第四平臺的你，會幫一個第五平臺的女孩搬麵粉。」
「這有什麼不妥嗎？」
「你好奇怪。」她皺著眉頭，一邊的嘴角翹起。
哪裡奇怪？我捫心自問，但我想不出一個所以然，不管我怎麼小心，似乎總是與人們格格不入。
離開了阿茲曼市場，跟著地圖，沿著朗河到金騎兵廣場，朗河附近的行道樹，有別於第四平臺的青綠，斑駁的陽光下呈現一片金黃，河面映照著倒影，與落葉共同形成一條黃金河流。
「霍華德到店裡都加了什麼？」莉迪亞將陶醉在幻境的我拉回現實。

我說：「上次是點加了美夢的牛奶咖啡。」

「是什麼樣的夢？」

「妳要問我的老師，是他調配的。」

「你的老師不會願意跟我說的，還會提防我。」

「為什麼？」

「專業技能可是相當值錢的，像我的合約是取得甜點師的資格後，還必須在那工作三年，如果半途而廢的話，店家有權利將我所學到的技藝買回。你的合約呢？」

「我不記得我有簽過任何合約。」

「那就糟糕了，你這樣是非法工作，會被抓去關的喔。」

「什麼——這是真的嗎？」麵粉袋差點掉落。

「開玩笑的。」她咬著下嘴唇，只露出上排的牙齒，像是在說我上當了。「沒簽合約，大概是因為你還在試用階段吧。」

我鬆了一口氣，並在心中大罵她，這對我而言可不好笑。「如果想瞭解霍華德，妳可以直接去問他本人。」

「你沒談過戀愛吧？戀愛會使人結巴，腦筋一片空白，這樣我該如何問他問題？」

「這算是一種病嗎？」

「對呀，它無藥可醫，可以救命，可以要命。」她咯咯的笑著。

我想起老師說過的蛾，莉迪亞也是其中之一嗎？

前方的圓形廣場鋪著白灰色地磚，中間有一座噴水池，水池中間豎立了一座銅像，威風凜凜的金色騎兵揮舞著長劍。

商店環繞廣場，有別於阿茲曼市場，這裡的店家有明亮的櫥窗，包裝精美、排列整齊的商品。微風徐徐，空氣夾帶著一絲淡淡的甜香，我認出那股暖心的香氣，一家橄欖綠的招牌上，用燙金字寫著克拉提夫巧克力店。

「總算到了。」我將麵粉袋放在地上，使發麻的肩膀得以喘息。

「不愧是THE NEST，用的都是高級食材，不像我們麵包店只用政府分配的調和可可粉。有機會我也想進去參觀。」

「那妳跟我一起進來。」

「我會被趕出來的。」

「為什麼？」

「因為這個，」莉迪亞指向她破損的鞋尖，「裡頭的服務生，只對穿好鞋的客人低頭。」

「只是雙鞋子，不然妳光著腳丫進去。」

「你瘋了不成嗎？」

「瘋的是誰？妳以為他們會用鞋子衡量妳。」我脫下自己的鞋子，這次我不會再上當。「妳還要讓我等多久？」

她愣在原地，「哈，誰怕誰。」她也脫下鞋子。

我推開透明的玻璃門，迎面撲鼻而來的是溫暖、甜蜜蜜的巧克力香氣，裡頭掛著高雅、閃亮的粉色水晶燈，巧克力被放置在展示臺上——像極了工藝品，黑的深邃，白的優雅，還有藍莓巧克力、草莓巧克力、哈密瓜巧克力等多種口味，光名字就讓我有無限的遐想。

我與莉迪亞穿梭在店裡，我們對每件藝術品都品頭論足一番，一起幻想著它的美好。店員對我們嗤之以鼻，其他客人則視而不見，我有點訝異，莉迪亞說的是真的。

內部還有三個深黑色的大門，上頭金色的名牌寫著——品嚐間。
「那些房間是做什麼的？」我問。
莉迪亞回答：「簡單地說是細細品嚐的地方。」
她一說完，中間的那扇門開啟，開門的是一位穿著藍格子西裝的男子，後頭是位臃腫、穿著前衛的女人，她必須側身走出那道門，紅羽毛帽還差點掉落，她與男子談笑風生，但一看到我們，便拿扇子遮住鼻子。
她說：「艾倫多先生，你們店怎麼會讓這種人進來？」
「是我督導不周，蔓蒂夫人。培多、馬帝，請那兩位服儀不整的客人出去。」
被指名的兩位彪形大漢走到我們面前，八字鬍的男人說：「改天再來吧。」
另一位鬢角濃密的補充：「前提要帶足夠的錢。」
「慢著，我有錢。」我拿出清單，說：「我要買兩塊Valrhona 68％的巧克力磚，Godiva的巧克力條五條、海鹽黑巧克力片兩片、白巧克力豆一盒。」
長鬢角說：「你不是在開玩笑吧？」
「我還不大會開玩笑。」我說。
「要是敢耍我的話，會讓你吃不完兜著走。」他食指對著我的下巴。
我從錢包掏錢出來。「我真的有帶錢。」
「呿——有錢不會帶好一點的女人嗎？」長鬢角說。
我的眼前突然一片漆黑，接著，我看到鈔票在空中飛舞，硬幣在地板發出清脆的聲響。我不曉得發生了什麼事，我已經掐住長鬢角的脖子，我的指甲陷得好深，他的臉部脹紅，盛怒的他用膝蓋撞擊我的腹部，我跪趴在地，肺中的氧氣被強制排出。

「馬帝！住手——」艾倫多大喊。

「可是這小子——」

「夠了，別再讓我丟臉。蔓蒂夫人，我真的很抱歉，這條巧克力送妳，當作我們服務不周的補償。」

胖女人拿了趕緊落跑。

「R，你還好吧？」莉迪亞攙扶我。

「我沒事。」我的手在發抖，剛到底發生了什麼事？

艾倫多走到我們的面前，撿起散落的紙鈔，他細薄的唇問：「這些錢是哪來的？」

「從THE NEST來的。」我說。

艾倫多倒抽一口氣。「失禮了，剛是我們員工口不擇言，我會給予他適當的懲處，希望你能原諒。弗斯先生一直很照顧我們這家店。培多，把客人要的拿來。」他的目光停留在我的襯衫，肩膀上沾滿了麵粉。「在他底下做事看起來不輕鬆。」

「我能從他身上學到很多。」我說。

「這是肯定的，他本身就是一壺好咖啡，神祕又千變萬化，我從他調製的飲品裡，總能得到新的感受，我想他的人生歷練一定也相當豐富。」

「回程路上，請格外注意。」艾倫多親手將黑色塑膠提袋拿給我，裡面是水藍色禮盒。

我們走出店外，我扛起放在門外的麵粉，腹部還有些絞痛。

「我們去前面的長椅休息一下吧。」莉迪亞說。

我們坐到長椅上，面對朗河，一旁有鴿子銅像。

「我剛是怎麼了？」我感到恐懼，剛那不是我，是我體內的怪物。

「你剛為我出氣，那個人說話相當輕浮。」

「他說了什麼？」

「那不重要。不過——你真是一個大傻瓜，你怎麼會為了我做傻事，我們連暫時的朋友都還算不上。」

「朋友還有分暫時的？」

「你還好吧？怎麼可能連這個都不知道，難道剛剛傷到頭了嗎？」莉迪亞摸著我的額頭。

「可以告訴我嗎？」

「簡單地說，你未透過水晶訂下契約，所結交的朋友，都通稱是暫時的朋友。口頭說要當朋友，就像喝醉時說的話，只有雙方訂下友誼的契約後，這段關係才算穩固。你的水晶呢？」

「我有水晶，但我還未成年，妳呢？」

她從衣領掏出一條墜鍊，透明的水晶鑲在銀製的四葉草上，像是一顆朝露。「我成年了，這是我的水晶，它來自我的母親。」

「所以要等我成年後，我們才能當真正的朋友？」

「你想跟我當朋友嗎？」

我說：「百分之百願意。」

她捧腹大笑，說：「不負責詞彙。」

「什麼？」我皺眉。

「不負責詞彙啊，像是：永遠、不變、全心全意，從前沒容器的時候，人們都把這類詞彙掛在嘴邊。這世上才沒有百分之百的友誼呢，普通朋友大約百分之一就夠，友誼是人們最大的財產之一，成年人平常是不會浪費時間在你身上，所以你要跟我當朋友，得先答應我一件事，這樣才公平。」

她說得沒錯，我曾問老師店裡賣的情感，為什麼沒標價，老師說因為那些價格一天比一天高，友誼也是其中一種。

「要答應什麼事？」我問。

「——有關霍華德的事，你都要告訴我，必要時還得幫我。」

「如果我無能為力呢？」

「我不會強人所難，但盡力幫助朋友，不是正常的嗎？」

我左思右想，好像沒什麼不對。如果我能交到朋友，我的父母，以及老師一定會很開心，而且我只有半年的時間可以改變，得到了其他人的認同，這絕對是讓我成為一個好人的契機。

「好，我答應妳。」

「就這麼說定囉，R。另外，我也要幫你取一個綽號，我看就叫——Robot。」

「那是什麼意思？」

「意思是你像隻呆頭鵝，不過呢——這件事不能有第三個人知道，這是只屬於我們兩個人的祕密，連你的老師也不能告訴他。」

「為什麼？」

「因為祕密能讓我們的連結更為強烈。記住，一旦祕密說出口後，就不再是祕密。」她微笑。

「我懂了。」

此時，我捕捉到了某個訊息，「妳跟我當朋友，是真的開心嗎？」

「你怎麼會這麼問？」

「因為妳的微笑，不是真正的笑容。」我說，「老師經常對客人用這種笑容。」

「我剛只是禮貌性的笑容，畢竟我們才剛認識，彼此還不瞭解。還有，身為朋友的我給你一個忠告，無關痛癢的疑問，就讓它永遠成為一個謎吧。」

莉迪亞又露出另一種詭異的笑容，她沒露出牙齒，並刻意將嘴角延伸，我從沒看過有人這樣笑過。

這是什麼意思？又是某種玩笑？如果再她鼻頭上畫黑點，那模樣像極了一隻狐狸。

09 第一位客人

我將麵粉搬到第五平臺的琴巴林街，這裡距離阿茲曼市場大約要走上半小時，地磚的縫隙上夾藏青苔，給人一種抑鬱的感覺，大概是因為這裡籠罩在第四平臺的陰影下。

建築物年久失修，外牆的漆已經褪色，剝落與裂痕隨處可見。人們的穿著也相對地不那麼講究，但寬鬆的衣服感覺穿起來很舒適。

莉迪亞說：「這邊以前是建城工人的居所，可以說是高區的古蹟。送我到這就好，我家快到了。」

「我可以搬到你家門口。」

「你真體貼，不過，我還沒準備好邀請你來我家喝茶。」

「沒關係，我不用喝茶。」

莉迪亞的食指繞著她的鬈髮。「R，在高區，一般人是不會讓今天才認識的人，知道自己住哪。」

「原來如此，我懂了。」我將麵粉袋放在地上。

「你幫了我一個大忙，這次真的要說再見了。」

「再見，在二十六號中午。」我說。

「我一定不會遲到。」

我們道別後，我繼續搭乘天際線翱翔城市，我來到一條康莊大道上方，天色漸漸昏暗，人們的容器飾品逐漸閃耀，我羨慕他們擁有自己的星星，等我哪天存夠錢，我也渴望有一顆屬於自己的星星。

當夜幕低垂時，我回到THE NEST，窗簾布下透出微光，老師回來了？我開門，裡面除了老師外，吧檯還有名男子背對我。我的心跳加速，是他嗎？

老師問：「外面有趣嗎？R。」

「有趣。」我無心跟老師談論。

我持續盯著男子，他依然背對著我，我緩緩走向吧檯，從男子的後腦勺看到耳後，耳後看到側臉，然後——我失望了，我的鼻子與嘴巴並不像他。

「這位是我的朋友，帝芬達。」

「很高興認識你，我叫R。」

他沒正眼看我。「我們已經認識了。」他的鼻翼旁有深邃的法令紋。

「什麼？」我沒反應過來。

「我們剛有稍微談論你的事。」老師說。

「我該走了。」他起身，逕自走出店門外。

老師問：「吃過晚餐了嗎？」

「還沒。」我到吧檯旁倒了一杯水，讓我的情緒平復。

「我煮好了，一起吃吧。順便聊聊在克拉提夫發生了什麼事？」

——我打了個冷顫。我走進廚房，老師準備了香菇奶油濃湯，還有配送的芝麻貝果，與一罐鯖魚罐頭。

「艾倫多先生打電話來致歉，他說他們的保鑣，不小心傷了你？」

「我沒事。」

「他提到有人與你同行？是誰？」
「我今天結交的朋友，她叫莉迪亞。」
「你們怎們認識的？」
「我被蜘蛛網黏住，她幫了我。」
「多被黏幾次就知道逃脫訣竅。除此之外你還去哪？」
難道艾倫多沒說，是我先攻擊的嗎？老師知道這件事會怎樣？會再把我交給另一個人嗎？
「買完東西後，我去了第五平臺的琴巴林街。」
「為什麼去那？」
「我幫莉迪亞搬運麵粉，她是個甜點師，她也是我們店裡的客人，會在霍華德來的日子光臨。」
「下次介紹給我認識吧。但假使有一天你想訂契約，一定要先經過我同意，這是在保護你。」
「好。」
晚餐吃完後，老師說：「明天起換你煮飯，我們一個禮拜輪一次，我要去休息了。」他扭動脖子，揉著肩膀。
隔天早上，我比平常更早起來，其實我對廚房還不怎麼熟悉，我打開每個櫥櫃，架上有許多種調味料，器材也很齊全。另外，今早食材配送員又來了，與上禮拜是不同人，並詢問要買什麼。
我請他稍後一下，我上樓敲了老師的房門，但沒有得到回應，我只好回到樓下，硬著頭皮上。他拿了某種儀器給我選擇，每種食材都有不同的價格：一條黑麥麵包三貝茲，一把菠菜兩貝茲，一袋番茄五貝茲又五貝令……有好幾個畫面供我選擇，包括衣服與民生用品，而老師之前的選擇似乎都是比較方便的料理，或者是速食。
「照舊好了。」我說。

「好，我調閱你先前的紀錄。哇——你們之前買了許多食物與日常用品。」

應該是我入住的關係吧。「因為我們這多了一個人。」

「呵呵，你少開玩笑了，你們買的東西足夠養活五十個成人。」

我尷尬地笑著，我剛開了玩笑？但我能肯定上禮拜的幾箱食物，是不可能養活那麼多人。

我將食材搬運到廚房整理。有一種葉菜類正面是深綠色，而背面是暗紫紅色，標籤上面標示「紅鳳菜」，我拿到鼻子前，我想起老師之前熬煮的紫色濃湯。

我從沒看過這種蔬菜，但我曉得這絕不能被煮成湯。突然間，一種料理做法流進我的腦海，彷彿我知道該怎麼處理這食材。我先放下對自己的疑問，順從著我過去的某種技能。

我將蔬菜洗淨後，用手撕成好入口的片狀，撒上鹽巴、胡椒，還有奧勒岡與羅勒，再淋上橄欖油與白醋，然後加入洋蔥與剛烤好的松子，最後用刀削起司片在上面——起司沙拉完成。

我嚐了一口，相當滿意，我做料理比泡咖啡得心應手。接下來，再烤個麵包，與牛奶咖啡就好。

當我都準備好後，樓梯傳來腳步聲，老師走進廚房。

「這盤是什麼？」老師看著桌上。

「主要材料跟上禮拜的紫色濃湯相同，我改變了做法。」

「喔？」老師把整盤拿到鼻子前，像是在杯測，他大口吃下。「有意思，很出色。」

「再試試看這個，羊乳酪焗烤麵包，這是改良吃剩的麵包。」

老師咬下時發出酥脆的聲響。他問：「有人教你嗎？」

「我也覺得不可思議，我彷彿很熟悉廚房。切菜、炒菜、調味，許多印象浮上腦海，總之，我就是能抓住要領。」

「你有做菜的天賦。」老師拿起牛奶咖啡。

「今天的咖啡味道如何？」

「你學得很快，現在要讓品質穩定，繼續練習。」

早餐過後，今天的練習內容多了一項拉花。老師在一杯咖啡上，用蒸煮過的牛奶畫出鬱金香，老師說拉花可以讓一杯美味的咖啡錦上添花。而我先從最基礎的心形開始。不過，我要嘛是倒得太快，或裝有牛奶的鋼杯舉得太高，到營業前，才勉強勾勒出一顆不對稱的愛心。

開店後，客人依然點不可思議的咖啡。雖然沒有霍華德在時誇張，我們的生意也絡繹不絕，難怪喬米說很多人想學老師的手藝。所以，如果我學成後，這份技藝應該會很值錢。

有時，我會猜想我的父母偷偷混在人群裡觀察我。莉迪亞、喬米會來店裡跟我打聲招呼，我能想的人不多，不過他們都是少數珍貴的種子，在我新的未來裡萌芽。

到了晚上，我煮好晚餐時，老師匆匆喝了一碗魚塊湯，與吃了幾口青豆，把麵包放進紙袋裡。他說：「我今晚也要出門，你早點休息。」

「老師，你晚上都到哪了？」

「我最近在處理一些事，怎麼了嗎？」

「沒事，只是我想跟你一起吃飯。」

老師看著我，他欲言又止，他把眼神移走。「我很抱歉，R，我應該好好陪伴你的，再給我一些時間吧。」他穿起黑色的防風大衣，從廚房後門出去。

我今天在店裡用餐，坐在靠窗的位子，今夜外頭依然讓人心醉神迷。帶著高頂帽的男子，雪白色的光環圍繞在他的帽緣，像是天使的光圈。另一位男子的懷錶鍊，金光閃閃，比金屬製的好看多了。戀人的手腕上縈繞著紅光絲線，那線不會造成拉扯，會隨距離改變長度。

我也留意著是否有人駐足在店外，如果母親出現，根據老師告訴我的特徵，我一定能認出來，可惜我到現在都還沒看過類似的人。

我大口咬著麵包，我想讓他們知道我的胃口很好，我過得也很好。日子一天一天過去，我已經對這裡的生活感到習慣。知道什麼時間該做什麼事，原來會令人感到安心，我討厭當隻無頭蒼蠅。但我曾多次問老師，這樣下去我來得及在成年前變成好人嗎？老師卻要我照這樣下去就好。

房間的牆上也多了許多張畫像，蕨葉拉花也已經順手，而除了牛奶咖啡外，我也開始練習卡布奇諾與布雷衛。上次我與老師一起去克拉提夫補貨，艾倫多邀請我們進去品嚐間，當作對我的賠罪。我嚐了許多種巧克力，每一種的感想都是：我還想要更多。

——二十六號到了，是他會來的日子。

開店前，老師利用空檔教我製作巧克力醬。我將兩塊巧克力磚隔水融化後倒入鍋子，再加糖六百克，及一匙鹽，然後加入一公升的牛奶，以中火熬煮一邊攪拌到完全均勻為止，最後再加一湯匙的香草調味料即可。

老師說：「蜜蜂追求花朵，女人追求巧克力。巧克力說穿了是愛情的糖衣。」

「加入愛情的咖啡，喝起來跟巧克力一樣甜嗎？」我問。

「不一定，愛情也有許多種風味，有微酸、苦澀、回甘，與咖啡相同，每杯都是獨一無二的存在。」

「不曉得霍華德的愛是什麼滋味，大家都想嚐一口。」

「越是得不到的，人們就越渴求。」

營業時間將至，老師吩咐我用文火持續煮著巧克力，使整間店瀰漫著香甜誘人的氣息，讓客人一進門時嗅覺就被挑逗。

門外已經排了三組客人，清一色都是女性，她們臉上滿心期待即將到來的他。莉迪亞隨後也來了，她穿著粉紅色直條紋的無袖洋裝，她原地轉了一圈，並指著她的乳白色高跟鞋，我微笑——的確比之前好看多了。

營業時間一到，我便忙著招呼客人，老師同樣忙得不可開交，他像一位指揮家，吧檯上的材料與器具都聽從他的指揮。

十一點五十分，店裡已經水洩不通，只勉強剩一條走道，我想是為霍華德所留的。女客紛紛開始打理自己，撥弄自己的瀏海或把長髮撥到另一側，露出白皙的脖子。

莉迪亞被擠到牆邊，幸好她穿了高跟鞋，不然嬌小的她會被人群淹沒；她點了一杯加了薑汁的馬特哈雷，沒有點額外的情感，或許她有點冷。送咖啡給莉迪亞時，我附贈一些熱巧可力醬給她。「謝謝。」她用唇語說。

中午十二點整，鬧哄哄的咖啡廳，突然轉變成蠟像館般死寂，唯一不同的是，她們還會眨眼睛。此時，窗外出現了他的身影，店裡開始騷動。

他的到來連同氣氛都改變，店裡變得靜謐，時間如他的容顏，一起被凍結。霍華德走到他專屬的位子，他所經之處，女客們都閉上眼睛，陶醉在其中，難道他擦了某種聞起來會讓人開心的香水？

他今天主動摘下眼罩面具，現場的女性眼睛朦朧，微醺陶醉，莉迪亞也不例外。

「你好嗎？法蘭克。」霍華德問。

老師回答：「我很好，你呢？最近還會被夢困擾嗎？」

「有時候。你上次給的夢很特別，是一片雪白的世界。」

「夢裡有出現什麼嗎？」

「她來了，她的臉很蒼白。」

「她有什麼特徵嗎？能把她畫出來嗎？」

霍華德搖頭。「我不記得了，但我想，我認識她……」

「至少聽起來不是惡夢。那你還記得要點什麼嗎？」老師問。

他微笑，說：「牛奶咖啡。」看到那一幕的女客有些站不穩，或抓著自己的胸口，而莉迪亞的嘴巴變成了橢圓形。

「你還記得R嗎？」老師突然提起我，讓我一驚。

霍華德靜靜地看著我，他沒拿出本子。「記得。」

我感到有些意外，他的狀況時好時壞嗎？還是他把我當成另一人？

「他泡的牛奶咖啡很好喝，你要試試嗎？」

「這是我的榮幸。」

「R，你聽到了。」

這是我第一次泡給客人——我不可以搞砸。

「你先進包廂稍等一會，我隨後進去。」老師對他說。

有兩種客人會進包廂，一種是追求更深層的感受，第二種則是向老師兜售自己的情感。霍華德走進去後，女客才恢復正常，她們開始七嘴八舌地討論。

老師在旁看著我，我照著每天練習的流程走，不一會工夫已經泡好。

「R，用這種藍砂糖，可以幫助霍華德鎮靜。」

我照著老師的話做，將銀藍色的砂糖加進去。

「好了。」我說。

老師問：「剛你在想什麼？」

「什麼？」我反問。

「給我一個答案就是了。」

我心想剛哪個環節出錯了嗎？我吞吞吐吐地說：「什麼……也沒有……」

「很好。」

很好？發生了什麼事？我完全摸不著頭緒。

「之後交給我調配，你將吧檯整理乾淨。」

流理臺的工具散亂，咖啡渣堵住水槽，暗戀的容器沒蓋好，它正在蒸發。老師將咖啡送進去包廂後，莉迪亞擠過來，她在我面前舔著巧克力醬的碟子，變回原本俏皮的她。

她說：「如果霍華德等下沒約我，我這個禮拜日會有時間。」

「妳在說笑話。」我說。

「哎——Robot升級了，但我是真心希望霍華德等下能帶走我。」

「叮呤——」進門的是一位戴著遮陽帽的女子，黑薄紗垂降在帽緣，她身穿深黑色的貼身長裙，她的身體曲線像可樂瓶。我心想，她來晚了。

她走向我，站在我面前不發一語，黑薄紗遮蔽她的視線。

我問：「請問需要什麼嗎？」

「我找法蘭克。」

「他正在忙，請妳稍等一下。」原來她不是要來見霍華德。

「霍華德在裡面嗎？」

「對。」

「我可不想看到他，你可以幫我傳話嗎？是很緊急的事。」她說。

「好。」竟然有女子不為霍華德所著迷。

她的紅唇湊到我的耳邊：「你只要說——他們放棄了，法蘭克就明白。」

我聽得一頭霧水。「請等我一下。」

我走到包廂前敲門。老師曾告誡我，他與客人在裡頭時，別打攪他。

「什麼事？」老師透過門回應。

「有名女子要我傳話，她說：他們放棄了。」

老師立刻把門打開。

「叮呤——」門鈴又響起，老師二話不說追了上去。我第一次看見老師神情如此慌張。

「R，是你嗎？」包廂傳來霍華德的聲音。

我推開半掩的門，霍華德躺在一張躺椅，眼神渙散，這是我第一次進來，裡面是四面酒紅色的牆，還有一張椅子跟小桌子，除此之外什麼也沒有。

「法蘭克去哪了？」他問。

「他似乎遇到棘手的事情，我也不清楚。」

「你可以在他回來前陪陪我嗎？」他看起來在恍惚中。

「應該可以。」我坐下椅子。

「你泡的牛奶咖啡很好喝。」

「謝謝，我還在磨練中。」

「你有辦法滿足我嗎？我在尋找我記憶中的味道。」

「你能形容嗎？」

「有時候苦，有時候甜，有時又有點淡，那並不像你們有精準的比例，而是隨興加入某些東西，那也說不上好喝，卻讓我念念不忘。」

「聽起來像是即興發揮，」他跟我一樣，在找尋過去的記憶，腦海模糊的畫面，像是隔了一層有黏性的霧，風永遠也吹不散，當我想撕開時，卻被它牢牢黏住，深陷其中卻無法自拔。「我能理解你說的，我做菜也是這樣，憑藉著一種感覺。」

「你很會做菜嗎？」他問。

「我猜是。」

「為什麼要用猜的？」

「我不能告訴你原因。」

「是很大的祕密嗎？」

「對。」

「我也有一個很大的祕密，如果我跟你交換祕密，我們能當朋友嗎？」

我感到驚喜，他也想跟我當朋友，但我不解地問：「我還未成年，外面有許多人排隊想跟你訂契約，為什麼選我？」

「因為我能記住你，還有你不是女人。」

我想起跟莉迪亞的約定。「但……我很抱歉，我不能跟你當朋友，因為我跟朋友有約定，我無法守住你的祕密。」

「你信任那位朋友嗎？」

「對。」

「那你也可以把我的祕密，告訴你的朋友，反正，我也不曉得能再持有這些祕密多久……我好怕我會忘記……或許，我明天就會忘了我是誰。」他的身體在抽搐，他是真的在害怕。

「我懂你的感受。」我握住他冰冷的手指，想給他一些安穩的力量。

「你不瞭解想不起自己是什麼感覺，外面的人都比我還瞭解過去的我，她們會拿著舊雜誌找我簽名，告訴我曾到哪邊走伸展臺，我過去曾做哪些事，但我一點印象都沒有。如果她們所說都是真的，那現在的我是誰？」

「我睡前都會我在我的右手掌寫上R，因為我怕有天醒來後會忘記。鏡子裡的人看起來總是很陌生，我連自己的氣味都必須重新適應。」

「你……怎麼會？」

我說：「如果我們交換祕密，這樣對你來說公平嗎？我會記得你的，你卻可能忘記我的。」

「我覺得很公平，如果能因此交到一個朋友。」他擠出微笑，有多少人為了這笑容神魂顛倒？或許我也是其中之一吧，因為他確實打動了我。

「我的記憶被上鎖，過去的我是個罪人，這就是我的祕密。」說完後，我感到羞愧，或許他會後悔提出跟我當朋友的請求。

「罪人並不一定是壞人，只是貫徹原則的你，違反規則罷了。」

「為什麼你這麼說？」

「我不知道你做了什麼。但真正的惡人才不會一臉懊悔過去的行為。」

霍華德的話，擊碎了我心中的大石，雖然他日後可能不會記得曾說過。

「謝謝。」我說。

「現在換我告訴你——我的祕密。」他坐起來，招手要我往前點，他用氣音說：「我的愛情，藏在一個盒子裡。」

藏起來了？原來沒有被騙走。

門打開，老師回來了，他看見我們交頭接耳。

「不好意思，有位朋友有急事，你們剛在談論什麼有趣的話題嗎？請別吝嗇讓我加入。」

如果讓老師知道我將祕密告訴霍華德，不曉得他會怎麼處罰我？

「我們在聊R所泡的牛奶咖啡，我問他能不能泡出我記憶中的味道。」

「你能嗎？」老師語帶質疑。

「我不能，」我說，「即使是相同材料與比例，依然沒辦法完全重現，只能做到很接近，因為每顆咖啡豆都是獨一無二。」

老師點頭，似乎滿意我的答案。「R說得沒錯，我剛擔心他承諾我們無法做到的事。」

霍華德說：「我有另種想法，即使有天真的能複製出一杯咖啡，但人的心境改變，所以味道也變了。你曾品嚐過最美好的瞬間嗎？」

「還沒，也可能錯過了，我可能這輩子都會持續追尋。」老師說。

「如果到時你保留了那份感動，我想看看它長什麼樣子。」

老師說：「在那之前，先繼續品嚐美夢吧。」

我走出包廂，不久後，霍華德也走出來，現場的女客們，大喊他的名子。

「霍華德，為我們走臺步。」其中一人說。

她們讓出一條路，而霍華德回應她們的喧囂聲，抬頭挺胸、充滿自信地來回穿梭，他彷彿成了一個我們遙不可及的人。隨後有人拿了一種大尺寸又薄的書，要霍華德簽名，唯獨這個，他拒絕了。

「我願意跟你走。」

「帶走我，拜託。」

「選我，我乞求你選我。」

原本讓出的走道空間，現在變成一個圓圈，她們圍繞著霍華德。

霍華德的視線環繞她們，她們個個引頸期盼，包括我也是，我好奇他的選擇。忽然間——他的視線停留，他擠入人群中，盯著一位穿紫色碎花洋裝的女子，此時女子呼吸急促，手臂貼緊身體。

「妳願意跟我走嗎？」

女子緩慢地點頭，像是被催眠。霍華德牽起女子的手，她的手上戴著淺紫略帶紅光的手鍊。其餘女客失落、咬牙切齒。他們走出店外，霍華德為她打開車門，他們一同坐進後座，車子揚長而去後聲音又聚集，沒被選上的女客開始抱怨。

「為什麼選她？她是哪一點比我好？」

「或許下次我可以穿我的紫洋裝，顏色跟鼠尾草很接近，是用羊毛、蠶絲，還有紫光絲編織而成的，那紫光絲來自榮耀。」

「反正他一定很快就忘了她。」

「說不定下次來，我們會看到那女孩哭得死去活來。」

女客們來的理由已經走了，她們紛紛過來結帳，半小時後店裡只剩莉迪亞，她是最後一個來結帳的人。

「真是可惜。」我說，「咖啡兩貝茲又十貝令。」

「總有一天他會選我的。」

「妳就是莉迪亞嗎？」老師走了過來。

「我就是，你好。」莉迪亞伸出了手。

老師握住了她的手。「我是法蘭克，很高興認識妳，R受妳照顧了。」

「我們是朋友，我們照顧彼此。」

「妳知道R還不能使用水晶嗎？」

「我知道，不過沒關係，我喜歡他。請問R以前不住在高區嗎？」

「他住離這很遠的地方，他的父母與我是舊識，希望R能在我身邊學一技之長，所以送來我這。」

「我假日可以帶R去參觀高區嗎？」

「那真是太好了，我最近很忙碌，常不小心忽略他。」

「我會幫你看好他的。」莉迪亞走向門口。「R，這個禮拜天下午三點，到我們上次分離的地方。」

莉迪亞走後，我跟老師談論霍華德的事。

「這次他也是加入美夢嗎？」

「對。」

「霍華德會帶那位女客去哪？」

「我不知道。」

「為什麼他——」

「哼嗯——」老師乾咳。「為什麼你突然對他這麼感興趣？」

「因為他是我的第一個客人，然後我也同情他的遭遇。」

「R，別像那些女人，花心思在他身上是徒勞無功的。還有，如果你真的把那女孩當成朋友，我給你一個忠告，別讓她太接近霍華德。」

「為什麼？」

「——霍華德的愛很危險，太過濃烈的情感，會導致毀滅。」老師又透露出哀傷的神情，他經歷過什麼嗎？「我看過許多例子，所以別讓情感支配你。」

我原本還想問老師有關他的愛情，但後來作罷，霍華德的話又有幾分能信呢？打烊後，又剩我獨自一人在店裡，今天真是忙碌的一天，我四肢癱軟躺地躺在床上，但沒有睡意。我又到書桌前，繼續畫著父母的肖像畫，有一面牆已經快被我貼滿，所以我必須淘汰一些。

今晚又畫了兩張，我的眼睛感到酸澀，我走進浴室刷牙，我看著鏡中的自己，今天我發現自己的右眼角下有顆小黑痣。走出浴室後，一隻強而有力的手摀住我的口鼻，另一隻手則把我摟住，黑色的皮手套壓得我喘不過氣來，我扭動身體掙扎。

「別害怕，我是霍華德。」他壓低嗓音。

什麼？我停止反抗後，他鬆開力道，我慢慢地轉頭，真的是他！他的食指放在雙唇間。

「你在幹嘛？」我也跟著壓低音量，雖然我知道屋內沒人。「你是怎麼進來的？」

「從那。」他指著我房間的窗戶。「法蘭克在哪？」

「你想找他明天再來就好。」

「不——不能找他，我是來找你。」他東張西望，面帶驚恐。

「找我？就算如此，你也可以明天再來。」

「不行，我甚至不確定午夜過後，我是否還能記得。」

「記得什麼？」我問。

「我裝起來了。」

他遞給我一瓶銀灰色的微光容器，裡頭是發亮的銀屑，充斥整個容器。

「這是什麼？」

「這是我的夢，我記憶的片段，你使用後就明白了。」

「夢是不可靠的，你不能將它當成真實記憶。」

「這是真的！我相當確定！」他激動地抓住我的肩膀。

「霍華德，夢不能代表什麼，它是虛幻的。」

「我能理解你無法相信我，我又何嘗不想讓過去的事算了。但只要我一想起片段，我的心就像卡了根細小的木屑，它不會對你造成傷害，但你無法忽視它。」霍華德的神情悲傷憔悴，他的右手握拳，抵著心臟。「同時又有一道暖流湧進，帶走木屑，撫平我糾結的內心。如果這種感覺不是真的，還有什麼是真的？請你幫幫我。」

「我要如何幫你？」

「幫我尋找愛情。」

我想過去一定有數以百計的女性，千方百計地尋找他的愛情，如果她們找不到，為什麼我又可以？「我無法答應我做不到的事。」

「求求你別丟下我不管，你是我唯一的朋友，只有你才能體會我失憶的痛苦。」霍華德的臉色從紅潤轉到蒼白，兩顆淚珠滑過他白瓷般的臉頰。

「我們還是約明天，等法蘭克回來後……」

一提起老師，他目露兇光，雙手再度抓著我的肩膀。「絕對不能相信法蘭克。」

「為什麼？他一定比我更瞭解你的情況。」

「我根本不認識他，我對他一無所知，他卻總是在我的身邊，我覺得他有事瞞著我。」他環抱著自己，微微顫抖著。「只要你看過我的夢，你就會知道事實。我乞求你，幫我找回過去的自己。」他跪下，開始啜泣。

看他這樣，我實在很難再拒絕他，那種孤立無援的感覺，站在人群中卻感到加倍的寂寞。他說得沒錯，只有我能體會，我想幫助朋友，我相信這也是成為一個好人的條件。

我將他扶起。「我只能答應你，我會盡力而為。不過，為什麼你自己不去找？」

「我的夢還不完整，而且不知道為什麼，有部分像是被消除。在夢裡，桌上會擺著兩杯咖啡，我會跟某人講話，但當我抬頭時，卻發現自己在空蕩蕩的房間裡。」

「我看了會有什麼不同？」

「我不知道，但我相信你，因為我是喝了你泡的牛奶咖啡後，才想起這些事。」

「我只是個普通人。」

「沒人是普通的，一定有些事只有你才做得到。如果，未來的我還記得今晚的話，我會再來找你，我該走了，我還有想去的地方。」他走到窗戶旁。

「我幫你開門吧。」

「不行，如果剛好被法蘭克撞見，就功虧一簣。千萬別讓他得知我們的事。」

看著他哀求的眼神，我妥協了，我又多了一個祕密。「我知道了，你小心點。」

霍華德貼著外牆走，他順著排水管一溜而下，接著消失在暗巷裡。

我拿著銀灰色的微光容器，裡頭的碎屑漫無目的地飄散，這個夢的顏色我不曾見過，看起來冰冷又淒涼。我躺回床上，將十字架水晶與容器放在胸口，當水晶出現在打開的容器旁，它們會自動連結，我看過許多客人這樣做過。

在好奇心的驅使下，我打開了那瓶夢境容器。

10 夢境——學校

我在哪？

我環顧四周，我站在石灰岩色的廣場上，一旁有白色圓桌、椅子。有個人背對我，坐在其中一張椅子上，我走到他身旁。

霍華德？他的髮色是深咖啡色的，但我確定是他沒錯。我再次呼喊他，他仍舊沒反應，依然在看書。

如果這是他的過去，他的容貌真的一點都沒改變，唯一變的只有他的髮色還有髮型，額頭的部分被厚重的瀏海遮住。他穿著菱形圖案的蔚藍色毛衣，廣場上有許多與他穿著相同的人。

有一群女子在我們身旁嘰嘰喳喳，最後她們派出一位代表。

「嗨，霍華德，可以跟你要簽名嗎？這些照片是我們去看你走戶外伸展臺時照的。」女子遞出數張照片。

「沒問題。」霍華德說。

「請問一下，妳認識霍華德嗎？」女子也對我視而不見。之前我能在夢中跟男孩對談，為什麼現在沒辦法？因為這不是我的夢嗎？

她們興高采烈地離去，我走到霍華德身旁，即便我的手在他眼前揮舞，他也絲毫沒察覺，我試著碰觸他，手卻穿了過去。

「喲——一早很忙嘛？大情聖。」三個身穿卡其色西裝外套的男生，走到我們身旁。

「自以為是電影明星啊？」

「識相點，別把學校當作伸展臺。」

他們三人說完，與笑聲一同遠離。原來這裡是學校，年齡相仿的人們，還有同樣的穿著，我感覺似曾相似，但這裡應該充滿歌聲。

「噹——噹——」鐘聲迴盪在周遭。誰在敲鐘？人群紛紛往大樓裡走去，霍華德也不例外。發生什麼事？大家都被催眠嗎？

我跟在霍華德身後，我們擠進人群，穿過大廳，走上旋轉樓梯，到三樓的其中一間房。裡頭擺滿了整齊劃一的個人桌椅，而且通通面相同一個方向——學校的擺設真古怪，不過生意倒是不錯，座無虛席。

清一色都是男客，服務生呢？正當我這麼想時，一名穿著樸素的女子走進來，淡雅的妝容，白襯衫與黑長裙——她一定是服務生。她的年紀比我們大一些。

「早安，把昨天的文法作業拿出來，每排的最後一位同學往前收。」

霍華德起身收取作業。

她說：「其他同學翻開課本到第四課——賈西亞的訣別。克拉帝，你來為班上朗誦。」

一位黝黑、鬈髮的男生站起。他大聲地唸：

你怎麼還沒來？

你錯過了野雁一同追逐夕陽的餘暉，振翅高飛的牠們，將湖之鏡打碎。

你怎麼還沒來？

我拉著小提琴，苦思著哪首家鄉曲，最適合表達我見到你的歡喜？

啊——你終於來了。

我們把酒言歡，酒酣耳熱之際，我們談著相同的經歷與逝去的青春。

你醉得好厲害，我想是時候了，可以說了，因為你聽不懂了。

我握著你的手，你痴痴地笑不停。

我說：我有預感我將遠離苦痛，不需要為我哀悼，我會去一個蝴蝶飛舞、百花爭豔的地方。

嘿——賈西亞你看，有流星。你說。

我問在哪裡？

在這杯香檳裡，我剛向它許願，下輩子再一起喝酒。

「很好，請坐下。有誰想發表對這篇短文的想法？」

「葛瑞絲，根據標題，我想是某人快死了。」

「哈哈哈——」人們哄堂大笑。

她就是葛瑞絲？是真有其人！我仔細觀察她，她有頭長鬈髮，一雙大眼睛，眼角稍微下垂，顴骨明顯，鼻子是漂亮的箭頭鼻，唇上擦著淡粉色的唇膏。

「回答得非常精簡，不過——威爾肯，下次記得先舉手，還有請稱呼我老師。還有誰想解釋嗎？」

「霍華華、霍華德、霍華德——」前方喧鬧，他們模仿狼嚎，並傳來竊笑聲。

「安靜——」葛瑞絲拍桌。「你們的年紀已經不是男孩。」

霍華德舉起右手。

葛瑞絲說：「霍華德，你不用在意這些惡作劇。」

「我可以解釋。」他站起，說，「野雁追逐夕陽，暗示了生命的盡頭，賈西亞知道自己來日不多，卻不曉得該如何說出口，直到他好友爛醉如泥時才敢說，說明了他對這段友情的不捨。」

原來如此。在霍華德講解的過程中，他的想法也流進我腦中，我剛在聽這篇文章時，根本沒有這樣的感覺，這大概就是莉迪亞所說的，理解的落差。

「沒錯，裡面充滿對友情的珍惜。你解釋得很好，請坐下。我們接著繼續上課，前半段提到了地點與時間，是在黃昏的郊外……」

我聽著葛瑞絲講解課文，她將前因後果、修辭法與暗喻解釋得淋漓盡致，我聽得很入迷。不知道過了多久，同樣的鐘聲再度響起。

「今天上課結束，有問題嗎？」她問，沒人回應。「我們下週見，祝你們有個美好的週末。」

人們一哄而散。霍華德收拾桌面，而葛瑞絲走到我們面前。

她說：「霍華德，能跟你聊聊嗎？」

「可以。」霍華德拎起書包。

「我們換個地方。」

我們三人走過長廊，下階梯到二樓，與人群反其道而行，我們走上連接橋到另一棟風車外觀的大樓。

「到了，進這裡要脫鞋子。」門牌上寫著「輔導室」。

「為什麼要來這？」

葛瑞絲說：「為了認識你。你的前任導師不幸死於心肌梗塞，他死後我們找不到關於你的報告。」

霍華德脫下鞋子，同時我腳上的鞋子也消失，我感受到硬木地板的冰涼。

「你隨意找位子坐下，喝茶或咖啡？」
「咖啡，謝謝。」
她開啟咖啡機時說：「我曾在雜誌上看過你，你很上相，不過那些牌子的價格不怎麼親民。」
「如果告訴我款式，我可以幫妳留意，廠商會給我很優惠的價格。」
「謝謝你，但改天再說吧，我們今天先談要緊的。」
「例如什麼？」
葛瑞絲把咖啡端上桌，一旁放置小牛奶壺與砂糖。「太出鋒頭，總會有人找你麻煩，對吧？」
「我沒放在心上。」
「你剛在課堂上揮出一記漂亮的反擊拳。」葛瑞絲起身將牛奶加入咖啡。
「那沒什麼，另外，我習慣喝黑咖啡。」
「哎呀，抱歉，這是我跟未婚夫平常的習慣。」
「沒關係，偶爾換換口味也好。」
「我看基本資料，你之前只跟祖母一起生活，你祖母在去年過世後，你的監護權給了學校。但你的父母都還健在，這是為什麼？」
「我快成年了，我能照顧好我自己，不用給他們添麻煩，我父母離婚後都各自組新家庭。」我的心中升起了一股淒涼，這是霍華德的感受嗎？
「我懂了。你在班上有比較要好的朋友嗎？」
「沒有。」他說得乾脆。
「要好好珍惜你們現在的學生緣分，你們是最後一屆的學生。」
「我瞭解。」

「無牽無掛，一開始或許會覺得很自由，但久了一定會感到寂寞，這是人的天性，所以我們結婚、打造城市、組織社會。人與人扶持，將會走得更長遠。」
「我明白妳的意思，我會努力的。」他皮笑肉不笑，沒有溫度。「我會試著融入班上，或許可以約他們參加我的生日派對，我可以輕易約到十幾個女模特兒，我們可以度過一個愉快的晚上。」
葛瑞絲盯著霍華德，她看得有點出神。「不——你才不會那麼做，你只是在敷衍我。」
霍華德恢復撲克臉，露出冷笑。「老師，這樣就好，我已經很配合了。」
「你不說出心裡的話，我無法幫你。」
「我不用妳幫，一副道貌岸然的樣子，看了就噁心。」
「我做不到，我是你的老師，代表我有義務教導你我所知道的一切，避免你走偏，難道你想讓父母擔心嗎？」
葛瑞絲與法蘭克一樣，都在為我們著想。
「我只是那兩人過去的失敗品，妳前面所講的都是狗屎。在他們結婚的年代，婚約只靠一張薄紙。城市是罪犯的溫床，社會是一種競賽，誰先站上頂端，就可以施展一種權力，叫做『糟蹋他人』。人與人到頭來只會互相扯後腿。」
我的背部冒汗，血管擴張，這是什麼感覺？我覺得好煩躁，有股不知該從哪宣洩的壓力。
「霍華德，你——」
「夠了，談話結束，謝謝妳的咖啡，我會安分待到畢業。順帶一提，多虧容器的出現，學校這種爛地方終於能倒閉。」
霍華德開門走出去，並猛烈地甩上，我穿過門跟了出去。門外的場景驟變，不是剛剛的走廊。光線昏暗，周圍是用鐵網圍成的簡陋空間，堆置著垃圾，這也是霍華德的夢嗎？

「鏘鏘——」有金屬物品掉落的聲響。我往聲音來源查看，霍華德跌坐在地，腳邊有根鐵條。我衝向前，但我無法攙扶他。他的眼皮、臉頰腫脹，嘴角掛著一絲血水，白色的襯衫沾滿了汙泥。他試著站起，卻又再次跌落。我也能感受到臉頰的腫脹感，與難聞的垃圾氣味，以及他心中的無力感。

「霍華德——你還好嗎？」葛瑞絲出現在門口。

「……妳來做什麼？」

「下課後你沒到輔導室，所以我到教室找你，同學說你跟其他班的學生走了，我覺得不大對勁，所以在校園四處找你。」

「沒什麼不對勁，這不是第一次。」

葛瑞絲一臉擔憂地蹲在他面前，拿出手帕為他拭去嘴角上的鮮血。

他撥開她的手，拒絕幫忙。「不要多管閒事，妳沒有理由幫我。」

「我有充分的理由——因為我是你的老師，你是我的學生。」

「哼，」他冷笑，「這是我聽過最蠢的理由——」

「我不在乎，而且我要帶你去保健室，骨頭有斷嗎？還能站起來嗎？」她將霍華德的手勾在自己的肩頸，「出力，你這隻喪家犬。」

「妳說什麼？」

「等你傷好了，我准許你去找他們算帳。」

「妳瘋了嗎？」

「像個男人，站起來。」

霍華德的表情猙獰，雙腳顫抖，他手抓鐵網，費盡九牛二虎之力才站起。他們穿過校園，旁人對他們行注目禮，他們抵達灰白色建築物的一樓，保健室的門已上鎖。

「他們下班了。」霍華德說。

「輔導室有藥箱，還可以走嗎？」

「可以……」

「再堅持一下。」

他們好不容易到了輔導室，我的腹部也跟著抽痛，他癱軟地坐在沙發，葛瑞絲的汗珠鑲在髮梢上。她從櫃子裡拿出白色藥箱，從裡頭取出了消毒水、創傷藥、紗布。

「雖然時間有點晚了，我們終於可以開始課後輔導。」她熟練地處理傷口，毫不拖泥帶水。

「就算沒發生這件事，我本來就不打算來這裡。」

「可是你已經答應我了。」

「我可沒答應，妳今天下課後，走到我面前，說完話就逕自離開。」

「是嗎？我以為你點頭答應。」

「點頭？我只是低頭看妳罷了。」

「我想這誤會是神刻意安排的，因為這樣我才能幫你。」

「祂才不會幫人，因為祂要公平，會幫人的只有惡魔。」

「照你這麼說，我不就是《浮士德》裡的梅菲斯特。」

「妳能滿足我的心靈嗎？」

「結局你還是上天堂，這我可划不來。」

他們倆在說什麼？也是課文嗎？

「還有哪邊不舒服的嗎？頭會暈眩嗎？要不要去醫院？」葛瑞絲已經包紮完畢。

「沒有，謝謝妳……」

「咖啡？」她問。

「好。」

葛瑞絲開啟咖啡機，之後她拿了兩杯咖啡過來。「請用。」

「這裡隨時都有牛奶嗎？」

「啊——習慣真難改，抱歉。」

「算了。」

霍華德伸手想拿咖啡杯，卻被葛瑞絲用手阻擋。她說：「當作交換，你必須告訴我發生什麼事，跟惡魔交易就是這麼一回事。」她的雙頰各有一顆痣，笑起來時特別明顯。

他遲疑一下，才拿起杯子。「他們以為我搶了他們的女朋友。」

「他們？這是真的嗎？」

「我對他們說的名字一點印象都沒有。」

「知道他們是哪一班的嗎？」

「算了，我懶得追究。」

「這次我可以照你的意思，但如果再發生，我就不能袖手旁觀。」

「暫時不用擔心，帶頭的人應該要打石膏了。」

「什麼——你把人家傷得這麼嚴重？」

「我別無他法，只有這樣他們才會停手。要不是身邊剛好有根鐵條，我的下場會更淒慘。」

「他們有幾個人？」

「四個。」

「那會這樣是他們自找的。我收回喪家犬那句話，但你有勇無謀，你大可以逃跑或尖叫，想辦法引人注意。」

她擺出誇張的肢體動作，霍華德淺笑，我腹部再次作痛。

「我不做那麼丟臉的事。」他說。

「才不丟臉，為了生存下去，逃跑有什麼不對，這方面我可是專家。」

「言歸正傳，妳今天找我到底有什麼事？」

葛瑞絲正襟危坐，「我希望你別做模特兒了。」

「憑什麼要我聽妳的？」

「你的監護權在我手上，直到你畢業。」

「什麼？」他眉宇之間連在一起。

「我向學校爭取的。」

「為什麼妳要這麼做？」他左手捶向沙發。

葛瑞絲不疾不徐地喝咖啡，似乎正在享受自己的傑作。她問：「你很喜歡模特兒的工作嗎？我覺得那是一份不穩定的職業。」

「別扯開話題。」

「我以監護人的身分問你，這份工作是你的志向嗎？你有抱著非做不可的覺悟嗎？」她拉高音量。

「這些都不關妳的事。」

「你錯了，我全包辦，如果你的回答不能使我滿意，我有權力在你成年前的這段時間裡，都不讓你去參加模特兒的活動。」

「妳不能這樣做，現在是我的關鍵時刻——這等同於在扼殺我。」

「由你決定。」葛瑞絲的眼神堅定，絲毫不退讓。

我能感覺到霍華德內心的焦慮，就像我想早日見家人的那股情感，最後她贏了。

霍華德的頭向後仰，靠在沙發上。「我沒有特別喜歡那份工作，也不討厭，我會在那的原因，只是那邊需要我而已。」

葛瑞絲深呼吸。「我懂了，你可以繼續參加，條件是——你每天放學後，必須來這邊半小時。」

「妳到底有什麼企圖？」

「只因為我是你的老師，喔，現在還是監護人。」

「妳只是個怪人，我不相信妳，除非妳把真心放進容器裡，讓我瞧瞧。」

「等你可以使用水晶交換情感後，我們再來交換彼此的真心吧。」她含笑，享受著牛奶咖啡。

鐘聲又響起，整棟建築物都在晃動，牆壁裂開，天花板開始崩落，房間越來越小，「快逃啊——」我對他們兩人大吼，但他們不為所動。

我只好自己奔向門邊，門卻被上鎖，兩側的牆朝我推擠。

我的腦袋快被壓扁了——

11 未來的統治者們

我猛烈地睜開眼，腰桿從床上彈起，雙手在空中揮舞——得救了。心跳聲還十分清晰，那夢過於真實，這真的是霍華德的過去嗎？

窗外微亮，我掀開床單，拖著沉重的步伐走進浴室。我清醒在冷水的殘忍，又沉醉於熱水的溫柔，肥皂打磨我的肌膚，它的氣味印在我身上。擦乾身體後，我穿上制服走下樓。

老師正在整理吧檯，他沒事時就會擦杯子，直到杯子變半透明般。我有許多問題想問老師，但我答應了霍華德與莉迪亞，祕密真是麻煩的一件事。而且當我提到老師時，霍華德變得懼怕，失憶應該不會讓他人如此害怕另一人。

早餐吃飽後，今天的課題是羅馬諾與紅眼——羅馬諾要加入些許的檸檬皮，以及德麥拉拉蔗糖調味。而紅眼是濃縮咖啡與滴濾咖啡混和而成。老師說紅眼的咖啡因含量高，故又稱為「晨喚鬧鐘」，可以給一早未清醒的人注入活力。下次我也可以泡一杯給自己。

在練習時，我問：「老師，你認識霍華德多久了？」

「很長一段時間了。」

「喬米曾告訴我，你想讓霍華德忘記愛情的痛苦。」如果我挖掘出更多實情，就知道霍華德哪些話是可信的。

「我有跟喬米說過？」老師嘴巴微張。「看來我也老了。」

「有我能幫上忙的地方，請儘管告訴我。」

老師看著我沉默不語，讓我以為我又說錯話。

他語重心長地說：「R，你相當善良，你的父母一定以你為榮，但這份善良如果太表露無遺，會容易遭人利用。」

「有誰會想利用我？」

「任何人都有可能——任何人——」

「這樣不好嗎？如果我真的能幫上忙的話。」

老師抿嘴。「那你答應我，做任何事之前，都要自問——是你真心想要的嗎？還有你能承擔結果嗎？」

「好。」

「如果想幫忙，今天客人點的卡布奇諾或拿鐵，都交由你做。」

老師給了我新挑戰，這兩種是店裡賣得最好的，每天至少都會賣出二十杯。營業後，第一位客人上門。「早安，需要什麼呢？」我問。

「一杯卡布奇諾加微笑。」一位穿著水手藍制服的女士說。

我泡好了咖啡便拿給老師。

陸續有客人上門，西裝筆挺的人說：「三杯拿鐵，三杯都要加入熱情的幹勁。」

再來是一位穿著T-shirt、牛仔褲的男人，他的手指塗上了番茄紅的微光指甲油。他說：「一杯瑞絲崔朵，加入少許的憂鬱。」

這咖啡我第一次聽到，只好舉手投降，交給老師。

我喜歡觀察早上人來人往的街道，人們各自前往目的地，有的神態自若，有些神情嚴肅，甚至小跑步，他們的焦慮與著急，與靜謐的店裡形成反差。我喜歡這種感覺，彷彿我不受此約束，可以置身事外。

到了下午一點，早上的人潮已經平息，現在如果有隻螞蟻，牠也會被當成貴賓。

老師問：「你能猜出早上的某些客人是什麼職業嗎？」最近當店裡沒客人時，老師常與我玩這種遊戲。

我說：「早上穿制服的女子，肩膀上有政府的徽章，所以顯而易見的是公務員。」

「你覺得是哪一類呢？」

「他添加的是微笑，所以我猜她的工作會與人交流。」

「不錯，那穿西裝需要幹勁的人呢？」

「我猜八成也是想運用在工作上面。」

「他為什麼要買三杯？為何不直接要求高濃度的幹勁？」

「嗯——因為他可以下午繼續喝。」

「這種機率很小。以他的年紀來說，我想他應該已經當到主管，那麼他一定明白單獨衝刺，比不上團隊衝刺。」

「你認識那位客人嗎？」

「我跟你同樣用猜測，不過答案大概八九不離十，等你滿足夠多的人後，你就會瞭解他們真正的需求。」

我說：「今天我印象最深刻的是一位塗指甲油的男人。」

「如果你能猜對他的職業，與為什麼要加入憂鬱，今天的晚餐，我會煎羊排給你。」

「他是一位彩妝師嗎？」

「不是，把你想到的都說出來也無妨。」

「美甲師？表演者？單純只是興趣？」

老師全都搖頭。「還要再試嗎？」

「難道你知道？」

「他是一位畫家。他以前是常客，他會在角落的位子構圖一整天。」

「這跟他塗指甲油有什麼關聯？」我問。

「去年他曾告訴我，要畫一系列有關女性的主題。而他的創作方法，是澈底扮成他所畫的角色。」

「他是想畫憂傷的女人，所以才會加入憂鬱嗎？」

「不是。音樂家、戲劇家、詩人等，任何一種藝術家，都會來我們這尋求痛苦、失戀、背叛，這些負面的情緒。」

「他們為什麼要這麼做？」

「這是他們創作的泉源，至少他們認為那有幫助。」

「實際上有嗎？」

「少量、短期，或許會有效果，但如果把這看作萬靈丹，會自取滅亡。」

「攝取過多會發生什麼事？」

「想成為流芳百世的人，如過江之鯽，能如願以償的又有幾人呢？藝術家們一生抑鬱寡歡的數量，已經注定比常人多上許多，再攝取下去，豈不都要自殺了？」

「這樣我們今天就不該給他憂鬱。」我提高分貝，我們竟然害了他。

老師輕笑。「呵，我給他的只是食用亮粉罷了。」

「什麼！這樣不算欺騙嗎？」

「顧客除了來我們這追求一流的咖啡外，也追求一種感覺的滿足。我剛說他已經夠憂鬱了，我只是幫他確認這點而已。」

「既然已經夠憂鬱，怎麼還會想加入憂鬱呢？」

「藝術性質的工作有種弔詭之處，最好、最優秀的作品，往往都是在作者的苦難中產生，容器也不例外，絕美的容器通常伴隨著類似條件。」

「絕美的容器？可以舉例嗎？」我追問。

「這對你來說還太早了，以後再說。」

老師最近常說「以後再說」。如果，我把每個問題都用一個容器裝起來，大概可以從我房間的窗戶排到摩天輪。

一整天忙碌下來，加上昨晚像是沒怎麼休息，我在拖地時哈欠連連。

此時一組客人進門，一男兩女，我忍不住多看他們一眼，因為他們的年紀跟我相仿，而且都穿同樣的衣服，就像在校園裡。他們穿灰白色的單排釦長袖外套，右手臂有政府徽章，左邊的臂膀上有兩道金線，其中一名女子有三道。

我將拖把收起，準備上前服務。

「R，」老師向我招手，我走到吧檯旁，老師小聲地說：「他們比較特別，全程由我來服務，你站在牆邊，什麼也別做。」

「是……」

我觀察著那些所謂「特別」的人，他們連配戴的容器也很特別，其中兩道金線的女子，每根手指都戴著戒指，是由淺藍到深藍的發光戒指，她的手指一動，就像是海的波浪。而三道金線的女子，用來綁馬尾的髮飾，是藍玫瑰與紫玫瑰，每一片花瓣都光彩奪目。

而男子則提著一個鳥籠，每根支架都透著閃閃動人的金光，裡面有隻嬌小圓潤的鳥——發紅的臉戴著黑色的眼罩，那鳥真是可愛。

他們坐在靠窗的包廂，分別點了放鬆的阿芙佳朵、寧靜的草莓蕾絲、舒暢的完美沙士。

戒指女說：「你們聽說了嗎？聽說瑪莉給了羅格彼曼百分之十的愛情與百分之五的忠誠，條件是在結業舞會上成為她的舞伴。」

鳥籠男說：「哈，不意外。」

髮飾女說：「她其實已經暗戀他好幾年。」

戒指女：「她的虛榮心就像她的體型。不過，她來自大國，這對她來說不算什麼，是負擔得起的失敗。」

鳥籠男：「瑪莉絕不會承認自己的失敗。更何況，如果能成為舞會的注目焦點，再把那回憶裝進容器裡，或許對她來說是不錯的獎盃。」

髮飾女：「羅格彼曼雖然英俊，但將來只是小國的統治者之一，而且他還嗜賭如命。」

戒指女：「我想羅格彼曼遲早會將瑪莉的愛情，輸在撲克桌上。」

鳥籠男：「年輕時的愛情，亮度與純度都不錯，而且還是來自瑪麗，一定會是個很好的抵押品。」

髮飾女：「年輕才是重點，年過半百的中年男子愛情，就算給我百分之五十，我也不屑要。」

戒指女問：「為什麼不要？又沒什麼損失。」

髮飾女：「那種愛情都不知道回收了幾次？我才不用二手貨，戴著我全身都會發癢。」

他們三人待的時間不長，在打烊前便離開，並留下優渥的小費。

「老師，他們是誰？」

「未來的統治者，他們來自第一平臺的白色高塔。」
「統治者？」
「我們的政治體培養自己的統治者們，由各區的代表提供孩童，他們多半都與統治者們有血緣關係，所以你也可以說是世襲制。」
「所以，白色巨塔是他們的學校嗎？」
「可以這麼說，他們會在裡面培養友誼，相同的經驗與知識，能讓他們的關係更穩固。」
「什麼知識？」
「舉凡政治學、經濟學、管理學、帝王學、軍事學等等，他們什麼都要會，也必須會。」
「所以那三人，可以決定國家的未來嗎？」我皺著眉頭。
「只憑三人是不可能的，新血的影響力不大，所謂的『統治者』多達數百位。怎麼？你不喜歡他們嗎？」
「在他們的談話中，愛情似乎很廉價。」我想起霍華德痛苦的神情，還有莉迪亞那種懇切的眼神。
「我剛也有聽到，這無關對錯，只是個人價值觀的差異。另外，沒事離他們遠一點，有些統治者們刻意被培養成好鬥、驍勇善戰的類型。」
「老師，你去過學校嗎？」我問。
「有，我年輕時還存在著，不去還是違法的。」
「在學校要做什麼？」我問。
「大部分的時間都在吸收知識，然後交些朋友，就這樣。」
「那會發生不好的事嗎？」

「何謂不好的事？」他反問。

「例如：有人挑釁你、暴力事件之類的。」

「你說的事情不只會發生在校園，有人說過：『校園是社會的縮影。』這句話不完全正確，卻也不是沒它的道理，你無法完全消除這種事情。不過，在校園發生的比例確實偏高，因為人的心智都還不成熟。」

「那學校裡有那種很溫柔、笑口常開，跟你不一樣的老師嗎？」

老師面有難色。「呃——我相信是有的，每個人的教導方法都不同，能傳達你正確知識，才是最重要的。你怎麼會突然對校園感興趣？」

「因為我所知道的校園，應該是一個氣氛和樂，大家載歌載舞的地方。」

「是不是他們話說到一半，就會開始唱歌？」老師問。

「對，沒錯。」

「喔，那我可以肯定，那只是電視劇或電影罷了。」

「所以那是假的？」

老師點頭。所以，我的記憶也跟霍華德一樣，不完全可靠……

老師鬆開領帶。「整理好就來吃晚飯吧。」他走進廚房。

我一邊拖地，一邊思忖霍華德的夢：葛瑞絲真有其人，客人曾提到——霍華德的愛情是被她騙走的。

但——霍華德又說是被藏起來？這當中有一件事是假的，或者有第三種可能。我的思緒像是糾結的毛線球，這些問題的真相，像水桶裡的黑水，看不見底。

當我打掃完畢後，廚房傳來了酥脆的油炸聲，我走進廚房，老師正把黃金脆薯裝盤。

「你去準備美乃滋醬、番茄醬，還有芥末醬。」老師說。餐桌上，有兩個黑麥裸麵包，與牛肉口味的蛋白質棒，老師還從櫃子裡端出了桃子派。是他外出時買的嗎？

「今天我陪你吃。」我對突如其來的驚喜毫無準備。他見我一臉驚訝，問：「不要嗎？」

「要，當然要。」我趕緊拉開椅子。

晚餐過程中我們鮮少交談，但我還是很享受——今天坐在我身旁的不是寂寞，而是一個關心我的人。我觀察老師，他肩膀寬厚，沒有中年人的凸肚子，他跟我一樣有雙粗糙的手，卻能做出細膩的咖啡。

「好吃嗎？」他問，嘴裡還咀嚼著薯條。

「好吃。」我回答。

老師露出微笑，使我也不自覺地笑了。這微小的幸福，如果放進容器，我猜應該會是像是螢火蟲飛舞般。

晚餐過後，我便上樓躺在床上，停止思考複雜的問題。只靠我自己想，是不會有結果的，星期天我就能與莉迪亞商量。今晚我不打算畫畫，我的眼睛有如乾旱，只渴望有片烏雲降臨。我閉上眼睛，祈禱今晚不要做夢……

12 約會

星期天是我來高區的第一個雨天。

老師徹夜未歸，我為自己烤了兩片吐司，塗上花生醬，坐在店裡靠窗的位子享用。雨聲滴滴答答……我閉眼傾聽，我曾經歷過許多次這種聲音，雨聲在內心激起漣漪，記憶遭風雨攪和——腦中只捲起一片淤泥。

練習後，我為自己泡了一杯奶蜜咖啡。蜂蜜的滋味，讓咖啡多了一種清淡、高雅的風味。在倒入牛奶時，我不禁想到了霍華德——今天是店裡公休的日子，他會來找我嗎？

自從他出現在我房間後，已經過了數天，他不會有事吧？

下午我泡了兩杯牛奶咖啡，裝進外帶杯，放入藤製提籃。我撐開鐵灰色的傘，人行道上的楓樹葉已經轉為淡黃，空氣中瀰漫濕氣，氣溫感覺涼了一些。

我默默觀察與我擦肩而過的行人，他們似乎有因應雨天的專門容器，雨水使容器光輝更加朦朧、瑰麗，雨落在他們的傘上，濺起燦光的水花，有土耳其藍、綠藻色、櫻桃紅。還有孩童穿著金色的雨鞋，故意跳進水漥中，引起一場又一場的金色爆炸。

我搭上天際線，遠方的象牙白巨塔，有如高山巍峨，最頂端似乎穿過烏雲，就像——巴比倫塔，我的腦中突然跳出這個詞彙，以及這個詞的由來：人類終究辦到了，蓋了高聳入雲的高塔，當初上帝為了阻止人們建塔，便將語言分化數種，讓人們無法溝通，但這問題或許也可以靠容器解決。

到了第五平臺，我先去了金騎兵廣場的巧克力店，艾倫多親自招呼我。

「歡迎光臨，R先生。」
「我要買上次試吃的藍莓巧克力。」我說。
「沒問題，你要多少？」
「我這邊有一百二十貝茲。」這是我存了一個月的小費。
「我可以給你五顆。」他說。
「我覺得六是不錯的數字，」與老師一同採買幾次後，我學會議價。「我要買來與朋友一起享用。」
「就照您的意思。」他從玻璃櫃取出巧克力，一邊看著櫥窗，「今天真是下雨的好日子，這樣晚上的水火晚會，會更美麗動人。」
「那是什麼？」我問。
「你不知道嗎？就是水中的煙火，今晚在朗河舉辦。」
「火要怎麼放進水中呢？」
「當然不是真的火，而是容器做的煙火。你一定要去參觀。」
容器也能做成煙火？這點我倒是真的沒想過。
艾倫多將黑色塑膠提袋給我，問：「你等下要見上次的女子嗎？」
「對。」
「她也住第四平臺？」
「不，她住第五平臺的琴巴林街。」
他的笑容瞬間收起。「R先生，我的朋友法蘭克，有跟我說過，你是來自其他城市。所以我要提醒你，少接近那裡比較好。」

「為什麼?」

「因為那邊是本市的灰色地帶，你去一定要格外小心。」

「好，謝謝……」我將塑膠袋收進籃子中。

老師也曾問我為什麼要到琴巴林街，我以為他只是好奇我到那做什麼。如果真如艾倫多所說，老師為什麼沒有叮囑我呢?

離開克拉提夫後，我走往琴巴林街，灰濛濛的天色與這邊的水泥房屋如出一轍，前一個路口還光鮮亮麗的街道，到這一條街上就黯淡許多。

我們相約的地點大概在這附近，我在消防栓旁等了好一會。我來早了嗎?還是我記錯位置?在我打算到下個路口時，三名男子將我團團包圍，他們身穿苔蘚綠的連帽雨衣。

眉尾有疤痕的人問:「你的籃子裡有什麼?」

「咖啡與巧克力。」我說。

羅馬鼻的人說:「我今早也喝了咖啡，我故意烤焦麵包，然後把它磨碎加入熱水。」

「我上個月泡了政府兩年前分配的可可粉，」這次換臉頰長雀斑的人說，「我真的懷疑政府是把屎磨成粉，再假好心請我們喝。」

「小子，」疤痕男向前站了一步，「如果你真的有巧克力與咖啡，何不分享一些給我們?」

「可以，咖啡只能給你們一杯，巧克力一人一顆。」我從籃子裡取出。

疤痕男愣住，接著突然大發雷霆，撥開我的手，咖啡還有巧克力散落一地。「你在玩什麼花樣?」他抓住我的領子。

「你在做什麼?我已經答應要分享給你們。」

「老大，這些東西好像是真的。」羅馬鼻的人將地上的巧克力放到鼻子前。

「當然是真的，我剛才去克拉提夫買的。」原來他們覺得是假貨。

疤痕男鬆開手，轉身背向我，當我以為沒事時，他以迅雷不及掩耳的速度，踹向沒有防備的我，我抱著肚子，痛苦蜷曲在地。

「……為什麼？」我勉強從嘴中擠出。

疤痕男冷笑，他拿起籃子。「蠢蛋，我要全部。」

我死命捉著籃子不放，向一旁經過的路人求救，但他們視若無睹，他的同夥也對我拳打腳踢，要我放手。

「你就乾脆一點，這樣可以少吃點苦頭。」雀斑男說。

我說：「不可能。」

「住手——」莉迪亞大喊，她不知從哪出現！「他是我的朋友，如果你們敢再動他一根手指，就別想再從我們店拿走過期麵包。」

他們停止揮舞拳頭，莉迪亞過來牽起我的手，頭也不回地將我帶離。她將我拉進蜘蛛網，我們在裡面九彎十八拐，我們像是土撥鼠，在陰暗狹小的通道來去自如。她又再次解救了我，看著她的背影，不知怎麼地，讓我想起葛瑞絲。

我們走出暗巷，來到一個我從沒來過的市集。莉迪亞要我坐到一旁的臺階，她仔細檢查我的傷勢。「你還好嗎？」

「沒大礙。」我說。

「以後遇到那種情形，你可以選擇逃跑，或把東西交給他們。」

「我願意與他們分享，這樣還不夠嗎？」

「你給他們什麼？」

「三顆巧克力，與一杯咖啡。」但另一杯咖啡也在衝突中毀了。

「沒人會把巧克力送給地痞流氓，如果不是我及時出現，你什麼也不剩。巧克力為什麼要用黑色袋子裝——就是為了不讓人看到。」

我低頭不語。我以為高區都是好人，只有我是異類。但如果高區也有壞人，我過去肯定犯下比他們還可惡的罪，才會淪落到記憶喪失。

「嘿——R，你沒做錯任何事，我只是擔心你，沒必要為巧克力挨皮肉傷。」

「剩下的不行。」

「什麼？」

「剩下的是要給妳的。」我將剩下的藍莓巧克力遞給她。

她沒拿，反而轉身背向我。「我不能收下，在我們訂下友誼的契約前，你付出太多了。」

「這些我負擔得起。」

「那你承受得起嗎？將來被背叛，只會徒增心痛。」

「妳不會背叛我的，訂下契約後就不會變。」

她轉過來，盯著我瞧，無奈地一笑。「你是對的。」

「這裡是哪？我沒印象這裡還有個市集。」

「這裡是跳蚤市場，每三個月會有一次。」

——「跳蚤市場？」聽到這個詞，我的胸口緊縮一下，有某種東西在這，我確定，雖然不知道是什麼……

我說：「我想逛逛，或許我能找到一些東西。」

我們穿梭在人群中，莉迪亞在一家專賣女性二手衣店駐足。

「R，我可能要花點時間在這。你可以先去找你要的東西，一個小時後，如果我們找不到彼此，就到剛剛的臺階前。」

我繼續走馬看花，我不知道在尋找什麼，我過去曾來過嗎？我與父母曾擺攤嗎？我越走越遠，逐漸遠離熱鬧的中心，到了一個堆滿破銅爛鐵的空地，角落有一處不起眼的攤子，地上鋪了一塊骯髒的帆布，上面擺著鍋、碗、瓢、盆，還有一些附著鏽斑的工具。

我拿起一支湯匙，上面有許多磨痕，前端也稍微變形了，還有一條縫補過的褲子，我摸著那塊變薄的質料，我很熟悉這種觸感，相比之下，我身上穿的衣服，是前些日子才習慣的。

「孩子，這些你要嗎？」一位禿頭、滿臉鬍渣的男子問。

「沒有，我只是看看。」

「也對，這些都是垃圾，等下會有人來回收，你可別弄亂。」男子說完後，又放下一箱舊的布娃娃。

不知道為什麼，我隨手拿了一個布娃娃，腹部還隱隱作痛，我找了一個人少的地方坐下休息。娃娃的臉上有汙痕，頭髮糾結，衣服上的鈕釦也掉光了。我為什麼要拿這種東西？

「要買故事嗎？先生。」一個戴圓眼鏡的年輕女子，向我兜售，她的駝色披風下掛了許多容器。「看你想要知道大仲馬的《基度山恩仇記》，或是賽萬提斯的《唐吉軻德》，甚至是柏拉圖的哲學對話都行。」

「有什麼我需要知道的嗎？」我問。

「這我可不清楚，每個人都有屬於自己的問題，但你臉上確實充滿了疑問。」

我內心的確如此，我看起來也是這樣嗎？「妳有《浮士德》嗎？」

「有——」女子從披風摘下一瓶容器，裡頭像是糖果，藍黃螢光交織而成。「只要十貝茲就好，你就能立刻瞭解故事內容。」

「所以我買了之後，你也會像老師一樣，對故事解析嗎？」

「老師？不、不、不，」女子差點將容器掉到地上。「我只是幫別人讀，不是教導，你終究得靠自己理解。有需要嗎？」

「下次吧，謝謝。」我的錢都花在巧克力上了。

「那好吧，祝你早日解決問題，少年。」女子一邊走，一邊唱起歌。「知識不會害了你，它是你強壯的原因；知識不會離開你，它是你人生的累積。」

「R，你在這邊做什麼？」莉迪亞出現，我順勢將娃娃藏進籃中。

「我稍微休息一下。」

「還有哪邊不舒服的嗎？」她問。

「我沒事。妳買了什麼？」我看見她手上多了一個卡其色紙袋。

「一件千鳥格的裙子。」莉迪亞展示給我看，「還有這個請你吃，當作巧克力的回禮。」她遞給我一顆蘋果。

「謝謝。」我的眼角餘光瞄到色彩繽紛的物體，我注視著那，原來我們離摩天輪那麼近。「我很嚮往那裡，一直還沒機會去。」

「摩天輪嗎？呵呵，你果然是外地人。從那也可以眺望朗河。」

「要看水火嗎？」

「咦——你知道啦，原本要給你個驚喜。走吧，我先帶你去坐摩天輪。」我們搭上天際線。

「改天我們也可以去白色高塔嗎？」我問。

「你在胡說什麼，當然不行。」

莉迪亞解說，高區的五個平臺，越高的通常代表人們的社經地位、消費力越高，每個平臺負擔的稅率也不一樣。唯獨第一平臺，一般人不能進入，那邊是政府機構的中樞，與軍隊駐紮地。

當莉迪亞提到軍隊時，我小聲地問：「是黑色傑森嗎？」

「對。」莉迪亞也輕聲回答。

我記得來這的第一天就聽喬米提過。「他們有什麼特徵？」

「他們戴著漆黑的面具，只露出雙眼，與冷酷、無情畫上等號，我們不該隨口提起他們。」

我點頭。我們來到了弗拉德爾車站，原來摩天輪就在車站的正上方，這裡的雕刻與畫作，讓我一直想再光臨一次，前方人群形成人牆，他們圍繞著一座石碑，地上放著鮮花。

「那是什麼？」我之前沒注意到。

「是紀念碑，今天大概是紀念日，二十多年前，這裡曾發生恐怖攻擊。」她壓低音量。

「是誰這麼做？」

莉迪亞踮起腳尖，貼近我的耳朵，用接近氣音的聲音說：「沉默動物，千萬別在這裡提起，即使是誤會，你也已經有了充分該死的理由。另外，遠離藍蝴蝶結的人。」

「為什麼？」

「他們是群吃人不吐骨的傢伙，願你永遠都不需要他們的幫忙。」

我們搭乘透明的玻璃電梯，迅速地往上竄升，這像是要突破天空的天際線。我們來到了高牆的頂部，是一片寬廣的平臺，比我想得還要寬敞許多，上面有天空步道，小吃攤販林立，巨大的摩天輪緩緩轉動。

「我有一件事情要先告訴妳，而且需要妳的幫忙。」我說。

「什麼事？」

「是有關霍華德的事。」

她將我拉到欄杆旁的座椅，可以眺望高區。「快說吧——」

我將那天的事，一五一十地告訴莉迪亞，從我進包廂起，到他託我尋找遺失的愛情，以及他晚上折返我們店，交給我夢境容器，與夢裡發生的一切。

「當那些人不嫉妒時，才會變成男人。」

「嫉妒是生氣的意思嗎？」我問。

「不，嫉妒是種更深沉的負面情緒，是一種更深的情感，見不得人比自己好。」

「這些事情，妳有聽過其他女客談過嗎？」

「沒有。」莉迪亞陷入沉思。「我曾想過，霍華德的記憶，是否遵循著某些脈絡？」

「怎麼說？」

「這只是我的猜想，」莉迪亞靦腆地笑，霍華德一定浮現在她的腦海中。「他只會在每個月的二十六號中午到你們店裡，只喝牛奶咖啡，只會帶走穿裙子的女子。」

莉迪亞說得有道理，因為失憶確實會讓人連自己的喜好都忘記，而霍華德所忘不了的事情，或許是最關鍵的。「重點是他的話有哪些可以相信。」我說。

「容器無法偽造，那可以確定一件事，葛瑞絲是真有其人，而且還是他的老師，這是條很重要的線索。」

「所以只要找到她，或許就能知道霍華德的愛情藏在哪。」

「不過，這讓我有點在意，既然大家老早得知葛瑞絲這號人物，他們之間還有監護人的關係，這樣一定會留下紀錄。不少位高權重的人，也想得到霍華德的愛情。」

「我的意思是，可能有人刻意掩埋了有關葛瑞絲的事情，而且來頭不小。那所學校有什麼特徵嗎？」

「什麼意思？」

「有棟風車外觀的大樓，學生們穿藍格陵紋的毛衣，左胸前印有金色的桂冠。」

「很好——」莉迪亞彈指，「這些線索很有用。」

跟莉迪亞討論後，事情似乎開始朝對的方向前進。

「但為什麼霍華德會告訴你這樣些事？你一定觸發了某些事。」

我支吾其詞，答不出來，因為莉迪亞不一樣，她是一個正常人，而正常人又會是怎麼看待我呢？

「這也很重要，也許是關鍵。」

「我不能說，說出來後，妳就不會當我是朋友……」

莉迪亞的手心覆蓋我的手背，說：「我發誓，無論是什麼事，這份友誼都不會改變。」

「真的？」

「啊——我怎麼會說出我發誓呢？這是不負責詞彙，」莉迪亞從領口拉出四葉草的墜鍊，「還是讓水晶來說吧，我現在要將友誼放入裡面，你也把你的水晶拿出來。」

我們的水晶重疊，莉迪亞的水晶開始浮現光芒，並顯現「友誼」的字樣，綠光搖曳，像是森林在湖面上的倒影，閃閃晶瑩，我感受到一股舒服、清晰自在的感覺。這片森林，會接受我這樣的惡人嗎？

「霍華德想跟我當朋友，所以他跟我交換了祕密，他的祕密是——他的愛情被藏到某處，而我的祕密是……」我搓著手指，我該在這賭一把嗎？但如果退縮的話，就辜負了莉迪亞的友誼。「我犯了罪，記憶被上鎖。」

「謝謝你告訴我，你一定很掙扎吧。」

莉迪亞拿出手帕，幫我擦拭額頭上的汗珠，我才發覺自己在冒冷汗。

「但我早就猜到了。」

「真的嗎？為什麼？」哪邊露出馬腳？

「這就是問題所在，你根本不覺得自己奇怪，而且就算不是本地人，你的常識也太貧乏。」

「所以，跟我談過話的人，其實都知道我隱瞞的祕密？」

「這我無法斷定，不過跟你相處越久，你遲早會露出更多破綻。」

「我想改變，我不會再做壞事。」

「R——現在，在我眼前的是一心向善、為朋友著想、挺身而出的人。不管過去的你是誰？你已經改變了。」

一直糾纏我的枷鎖，現在出現了裂痕，我正在一點一滴地改變，只是我沒察覺。「所以，妳願意繼續跟我當朋友嗎？」我的嘴角抽搐。「我甚至不知道自己曾做過什麼，也許我是一個很可怕的人……」

莉迪亞微笑，說：「你剛已經確認過了。」

我落下眼淚，這是什麼樣的感覺？我並不悲傷，反而覺得很高興。原來向人坦承，是一件這麼舒坦的事。來到高區的不安與惶恐，對自己的恐懼，以及家人的思念，這些情緒似乎終於找到一個開口宣洩。

「我想當一個好人，我想回到家人身邊。」

莉迪亞環抱著我，她說：「R，你的名子也可以說是Return，你的家人一定在等你，在那之前，我會待在你身邊。」

父親、母親，你們如果看到這一幕，會有什麼感想？我在這已經交到兩個朋友。希望有天能介紹他們給你們認識。

我的情緒稍稍緩和。「愛哭鬼，準備搭摩天輪了嗎？」莉迪亞吐舌，擠眉弄眼。

我笑了，我揉著雙眼，心情舒暢了許多。我們排入隊伍，我抬頭仰望巨大的摩天輪，它既華麗又耀眼，色彩多變斑斕卻不會顯得雜亂無章，高雅而緩慢地運轉著。

輪到我們進去小房間，這跟天際線不同，不是透明的，每個房間顏色也不同。我們是萵苣綠的顏色，而且裡面最多只能容納六人。我們緩緩上升，大概是天氣不佳，高區外的世界一片灰濛濛。

「高區外什麼都沒有。」我說。

「你看仔細點。」

我仔細地巡視，發現有幾個小光點，那些小光點像是水煮沸的氣泡般，不斷冒出。

「那些是什麼容器？」我問。

「是灰燼區的照明設備。」

「灰燼？」

「零星的火光，像是火燒成灰後的餘燼。你沒事可別跑過去。」

「為什麼？」

「那邊住的都是窮人以及危險的人。」

我問：「治安很差嗎？」

「我住的地方已經夠糟糕，那邊還要糟上十倍。」

零星的火光匯聚成細小的支流，小光點集結成拇指般的湖泊。

「那種平易近人的光也不錯。」相較之下，高區的光源絢彩奪目，兩邊形成強烈的對比。

「火再小——還是火，懂嗎？」她再度叮嚀我。

接著，高區內傳來熱鬧的慶祝聲，我們往下俯瞰，朗河被點燃，跟稍縱即逝的煙火不同，水火能在水中停留數分鐘之久，這當中會不斷變化，也會跟其他水火產生隨機反應，千顏萬色、光明璀璨，真是難以比喻的美景，連眨眼都覺得可惜。

莉迪亞深吸了一口氣，說：「你跟霍華德交換了祕密，成為了朋友，因為我現在知道了你的祕密，照理來說，你也該知道我的。你要守密，我要你發誓，最惡毒的那種。」

「發誓？但那是不負責詞彙。」

「我不管。」莉迪亞嘟嘴。

「好吧……嗯——如果，我將妳的祕密告訴其他人，我將再也不見到我的父母。這樣夠嗎？」這是我目前能想到最毒的誓言。

「呵呵，我是逗你的，瞧你一臉認真。」莉迪亞搓了我的胸口。「我的祕密並不是什麼大不了的事，只是我從沒跟人提過，可能也是因為我沒人可以傾訴。」朗河的光影在她臉上形成一層面紗。

「我想除了霍華德之外，沒人能造成妳的煩惱吧。」

「我的頭髮顏色其實是染的，還有我曾經試圖殺了某人。」

我驚訝，並仔細觀察她的表情，她愁容滿面，不像在開玩笑。「發生了什麼事？」

「差一點，就只差一步。」她面如死灰，那回憶一定很不好受。

「莉迪亞，如果妳不想說的話也沒關係，不用仿照我跟霍華的模式，我跟妳已經是朋友。」

「R，你真溫柔，這是你與生俱來的，過去的你一定也是如此。但溫柔刀，刀刀割人性命，你一定要特別注意。我當初想殺的人——就是我自己。」

「什麼！為什麼？」

「在我十歲的生日前夕，我的雙親死於車禍意外，讓他們連瓶親情容器都來不及留給我做紀念。」

「我很遺憾……」

「年幼的我能做的只有祈禱而已，但卻被惡魔聽到。」

「惡魔？」

「就是我的馬爾地叔叔。我爸爸曾提起他，他因為跟家裡關係不好，很久以前就杳無音訊，他連爺爺、奶奶的喪禮也沒出席，政府通知他我父母的噩耗後，他表明有意願收養我，他有優先的順位。」

「為什麼說他是惡魔？」

「他覬覦的是我父親留下的財產，還有第三平臺的房子，他原本只住在第五平臺。」

「他霸占屬於妳的財產嗎？」

「不只這樣，他的貪婪用十個房子大的容器也裝不下，但那是我成年後才發現的。這當中，他非常盡責地扮演完美父親，他與謝麗阿姨填滿了這個家的空缺，為我帶來安全感。當時年幼的我——只能抓緊這根漂流木。」莉迪亞抓著自己的手臂。

「妳沒事吧？」

她放下雙手，咬著下嘴唇，繼續說：「他們待我很好，把我當成親生女兒般照顧，每季都有新衣服，照我的喜好學做料理，認真討論我的未來，我當時覺得他們一定是父母派來的天使。直到我成年後，有天早上，他們說想看我容器裡的親情，看看他們的成果，這樣對我的父母才有所交代。他們不斷鼓吹我將親情放進容器，直到我承受不住，髮色變淺，他們才滿意。

當時，馬爾地叔叔說想帶著這瓶容器去我父母的墓前，我沒有懷疑，而且當時我感到極度疲憊，我喝下謝麗阿姨幫我準備的牛奶後便昏睡。

結果當晚，他們帶回一位年齡約三十歲的女子，我從那個女孩的鼻子、頭髮、眼睛，立刻明白這是怎麼一回事。謝麗阿姨說：他們的親生女兒一直很叛逆，現在這個女兒不會再翹家了。

他們給了我一筆錢，還有剩餘的親情殘渣，要我當晚就離開。他們幫我安排了一間車站附近的旅館，還大方地幫我付了一個月的錢，未來要我自己想辦法。我才恍然大悟，他們盡心盡力地對我好，都只是為了培養高品質的親情，我只是正牌女兒的替代品。」

莉迪亞的腳伸起，蜷縮著，她的牙齒因為顫抖而發出聲響。

我將她擁入懷中。「我無法想像妳所經歷的不幸。」

「你知道這麼做的意義嗎？」她淚眼汪汪地注視我。「在人脆弱時提供懷抱。」

「讓妳感到安心，妳就是這樣做。」

她含笑，一邊抹去眼角凝聚的淚珠。「就當這樣吧。」

「吃顆巧克力，那能讓妳打起精神。」

我們各吃了一顆藍莓巧克力。失去家人的我們，在夜晚的高空中相互依偎，以我來說，我還有重逢的可能性，而莉迪亞則永遠不可能……何況，她還失去了兩次，肩膀窄小的她，卻選擇扛起麵粉——重新開始。

她離開了我的懷中，重新坐好。「我當時被丟棄了，我好想哭，好想大鬧一場，卻找不到理由。」

「因為妳的親情所剩不多了嗎？」

「是啊，前一天還很重要的東西，隔天就蕩然無存，想到這我就感到恐慌。在旅館的第二個禮拜，我想通了一件事，待在這個世上越久，我失去的就越多，我要告別這個世界。我穿上我的成年禮物——一件純白禮服，裙襬與袖子用水晶點綴，我選在一個晴朗的日子站上陽臺，這時，「叩、叩——」

我當時心想客房服務來得真不是時候，我原本不打算理會，但敲門聲又再度響起，這次敲得更急躁，敲得我心煩意亂，我不想帶著這種心情到另一個世界，所以我妥協。

開門後我被他的外貌震懾住，是一位絕美的男子，難道我已經跳下陽臺了？他讓我不由得這麼想。他進門後，我們對望了幾秒鐘，他張大了嘴，眼眶濕潤。我不明白他的誤會，下一秒他抱住了我，但我並不想反抗。」

我問：「他怎麼會出現在那？」

「他說等我很久了，他很想我。我告訴他認錯人了，因為我如果見過他，我這輩子肯定不會忘記，何況我在零四二六號房，已經待一段時間。」

「他怎麼說？」

「他要我別再離開他身邊。我讓他留下，他悲戚的神情使我心軟，另一方面我想和他多說些話。」莉迪亞頓時臉紅，像是發燒，「先聲明，那時的我很脆弱，而我也認為那是我該做的，我就是無法拒絕他。」

「可以說清楚一點嗎？」

「我會老實地告訴你，但別以為我很隨便。我會告訴你，是因為我不想錯過任何一個可能性。懂嗎？」

我點頭。接著，莉迪亞循著記憶，將那天他們所說的話，盡可能重現。

她說：「霍華德問：『妳這段時間到哪去了？我怎麼都找不到妳？』

『我……很徬徨，我不知道該何去何從？』

『妳後悔跟我在一起嗎？』

他看起來是如此哀傷，眼神充滿哀求，雖然不懂他在說什麼，我捨不得再傷害他。我說出：『絕不後悔。』

『我需要妳。』

『你渴望嗎？』

然後他將我壓到床上，我們擁吻著，我任他對我予取予求，我能感覺到我們彼此都是空虛的人，尋求一絲體溫的慰藉，後來我們都筋疲力盡後，我就睡著了。

之後，我被咖啡香喚醒。

『睡得好嗎？我請客房服務幫妳泡了杯牛奶咖啡。』他露出靦腆的微笑。

『謝謝你，我們等下要做什麼？』我試探他。

『離開高區，搭高速列車到一個沒人認識我們的城市。』

『然後呢？』

『我想要永遠跟妳生活在一起，妳願意嗎？』

『你想跟我結婚？』

『對。』

『那你要拿出愛情容器，證明你愛我。』

『我已經給妳了。』

我突然擔心他是騙子，所以這次我說了實話。『並沒有，你給了別人。』

『我給了……別人？對了……我給了其他人，那被我賣掉了，哈哈——我的愛情被我賣掉了，這又是為什麼？』

他在我面前崩潰，他一手將小圓桌掀起，怒踹矮櫃，不停拉扯他的金髮，一邊咆哮，我很驚恐，只能抱著棉被縮在床頭。這時，「叩、叩——」又是敲門聲，會有誰來？我管不了那麼多，我需要人幫助他冷靜。但激動的霍華德搶先我一步。

他大喊：『她來了！』並開門。

門口是一位戴著白色微笑面具的人。『霍華德，我們回去吧。』

『你是誰？』他問。

『我是尼斯，你的管家，你等的人今天不會來，這是她為你泡的咖啡，跟我回家吧。』

霍華德喝下咖啡後。說：『我們走吧。』

我上前追問：『等等，我呢？你剛剛對我的承諾呢？』

我害怕他會從此一去不回。

他慢慢轉過頭來，眼淚緩緩流下。『我愛妳，永遠。』」

「之後呢？」我追問。

莉迪亞回過神，說：「他跟詭異的管家一同離去。之後我瘋狂地找尋他，最後打聽到他固定會去THE NEST。往後『霍華德』這個名字，已經烙印在我心裡，每當我一閉上眼，就會看見淚流滿面的他，那使我的心都碎了，尋死的念頭也一併碎去，我想得到他。」

「但他遺失了愛情。」

「那樣也沒關係，我能守在他身邊。」

「他或許不會記得妳。」

「我想這也是愛情的面貌之一。」

「我不懂……」

「Robot，等你有一天遇到愛情，你就懂我在說什麼，在那之前，我即使說了千言萬語，你也不會明白。」

我們做了好幾次摩天輪，直到要打烊，我們才搭乘電梯返回底部，車站裡只剩零星的旅客。我們走到朗河附近，人群已經散去，河面上的亮光所剩無幾。

莉迪亞問：「要去放流光嗎？」

「好啊，不過那是什麼？」

「跟我來。」

因為攤販要收攤，莉迪亞用很便宜的價格，買了兩個流光。

她將我帶往河邊，她拉開繩子，裡面發出的光芒像顆蛋黃，「這光源是思念，這樣我在另個世界的父母就會收到。」

「真的嗎？」我問。

「呵呵，不是說真的會送到，只是某種形式上的傳達思念，有些人會在上面放食物，因為朗河會經過灰燼區。」

「那我可以放洋娃娃嗎？」我從籃子裡拿出，還有僅存的那顆巧克力。

「你要把巧克力放上去！」莉迪亞瞪大雙眼，音調高八度。

「那邊一定有小孩，我也想讓他們嚐嚐。」

「你不後悔？」

「為什麼會後悔？」我反問。

「好吧——讓它飄走吧。」她嘆氣，五官皺在一起。

我們看著流光漸行漸遠，不知怎麼地，我對那洋娃娃感到有些不捨？這是為什麼？這一點道理都沒有。直到流光漂流到遠處，無法辨識時，我才與莉迪亞道別。
「今天謝謝妳。」我說。
「要好好保守我的祕密喔。」
「妳放心，只要我不說，就沒人知道。」
「不說容易，卻很少人做到。」
「那等我成年後，我會裝進容器。」
「傻瓜，祕密才不會放在那麼顯眼的地方。」

13 崩潰

我記錄已確定的事。

首先——葛瑞絲是真有其人。

第二——霍華德對老師感到恐懼。

失憶的他對老師如此戒備，讓我有些在意。根據莉迪亞說的，許多有權勢的女客，她們都無法得知有關葛瑞絲的消息，所以只憑我與莉迪亞，更是天方夜譚。

在我思考的同時，我一時分心手沒拿穩，咖啡豆便撒出來。

「咖啡豆長腳了嗎？」老師問。我趕緊撿拾地上的咖啡豆。「那些咖啡豆別放回去，你用來練習咖啡拉西。」

「好。」

「你從早餐時就心不在焉，昨天跟莉迪亞還好嗎？」

「昨天很開心，我們去跳蚤市場、車站的摩天輪，還有放流光。」

「沒事別跑到車站去。」

「因為沉默動物嗎？」我問。

「你聽到了什麼？」老師板起臉孔。

「那邊有座紀念碑，莉迪亞告訴我，那邊發生過恐怖攻擊，她還說：別在那邊提起沉默動物，會招來黑色傑森的制裁。」

「黑色傑森，他們是純粹的危險。」老師說。

「他們也算警察的一種嗎？」

「警察負責管事，而黑色傑森是審判人員，也是對外的士兵，是群情感被改造過的人。」

「改造？」

「他們的情感加工過，壓抑情緒的弱點與強化某部分。他們果決，不害怕也不同情，是不斷成長的完美機器。一旦他們認定你有危險，他們可不會向你確認事實，他們有未審先判的絕對權力。」

「那我要盡可能地遠離他們。」

「你清楚就好。還有紀念碑只是紀念逝去的人，並沒記載事實。R，你瞭解什麼是歷史嗎？」

「就是過去發生過的事。」

「歷史不全是事實，有時候只是記錄勝利一方的片面之詞。莉迪亞還有說什麼嗎？」

「她還交代我別接近藍蝴蝶結的人。他們又是誰？」

「藍蝴蝶結的人，是容器的仲介商與交易商，專門仲介高區與灰燼區的人，人們稱他們禿鷹。」

「跟老師你的工作性質有些類似。」

「你要這麼說也可以，但我只收購來源清楚的商品。」

「為什麼莉迪亞說他們吃人不吐骨？」

「這句話並不完全正確，因為容器的交易，一定要在心甘情願下，水晶才會有作用，人們可以偷走容器，但不能強制進行交易。如果你選擇將情感放入容器中，你就該負保管的責任。言歸正傳，不管在哪，一定都有走投無路、鋌而走險之人，而禿鷹會回應他們的要求。」

「我原本以為容器是給人帶來幸福的魔法，因為來店裡的客人都能填補心靈的空缺，獲得滿足。直到我聽到不同的經歷，使我不禁開始懷疑，容器真的能帶給人們幸福嗎？」

「是因為霍華德嗎？」老師問。

「如果他的愛情沒有不見，他會不會有不同的人生？」還有莉迪亞也不會遭遇兩次那種不幸。

「容器是為了什麼而產生的？」

「R，你到吧檯前坐下，」老師放下擦拭完的白蘭地杯。他說：「容器本身並沒有好壞，完全取決於使用者。它是基於何種原因產生的，這點我並不清楚，我所知道的最早使用紀錄，並不是用來保存美好的事物，而是用在戰爭上。」

「真的嗎？」我拉開椅子，手肘靠在吧檯。

「在很久以前用於非洲統一戰爭，就是當今的的生命起源——也是最早的政治體。當時該大陸有超過五十個以上的國家，而且大部分的國家，都處於動盪不安的局勢，改朝換代一年可以發生數次。

當時出現了名叫札爾維拉的獨裁者，他利用容器創造出最強的士兵，沒有恐懼與猶豫，充滿了憤怒與嗜血的渴望。

他只用了三年，就結束了超過百年的紛爭。然而，野心勃勃的他，打算將戰場擴展到全世界，各國為了與他抗衡，紛紛培養自己的最強士兵。這個世界從百國割據的時代，變成六個巨大的政治體相互抗衡。」

我問：「這是黑色傑森的由來嗎？」

「沒錯。」

「你說過其他政治體反對使用容器，理由是什麼？」

「札爾維拉的野心被撲滅後，又過了數十年，最先反對的是東方聯邦。東方人的情感連結，比我們還強烈許多，雖然他們不善表達。他們認為容器會剝奪他們的文化。」老師在講解的過程中，又開始擦拭鋼杯。「綠星則是因為既得利益者，認為容器會導致他的王國受到衝擊，因為容器可以輕易使一群人團結對抗他。不過，這些只是官方版本，真正的情況在鎖國後便無人知曉。」

「鎖國目的是什麼？」

「我稍早前提到歷史，但如果你回顧人類的過去，其實人類無法從歷史學到教訓，只是一再重複。我們的政治體試著走出不同的道路，為了找尋更好的未來，而嘗試抵抗原罪，挑戰人性的自相矛盾與執迷不悟……種種，所以後來我們國內又衍生出聖人計畫——」

老師突然靜默，他的視線水平飄移。「叮——」門開啟。

霍華德脫下眼罩面具，說：「早安，法蘭克、R。」

「——你怎麼會來？」老師問，眼珠像是要滾出來。

「當然是來喝杯咖啡。」他走到他專屬的位子前。

「你不曾這時候來。」

「是嗎？你知道的，我的記憶並不可靠。」他拉開椅子。「R，我能喝你泡的牛奶咖啡嗎？」

我看向老師，老師點頭，當我回到吧檯後方，老師從下方偷偷遞給我銀藍色砂糖。他隨身攜帶？

老師問：「有人帶你來嗎？」

「我可以自己來。」霍華德含笑。「雖然我的記憶不好，但有一件事我絕不會忘記——THE NEST是一流的店。」

「謝謝你的誇獎，你記得上次從我這帶走的女性嗎？你後來帶她去哪？」

霍華德收起了輕鬆的笑容。「我帶她去弗拉德爾車站。」

「去那做什麼？」

「我也不大清楚，只是我覺得，我應該在那。」

「難不成你想去旅行？」

他的表情轉為呆滯、茫然。「是啊，我原本打算到很遠的地方……但不是跟她。」

霍華德眉頭皺得很深，他一定很努力回想，卻怎麼也想不起來。之後他的眉頭恢復平坦——他放棄了，與嘗試了無數次的我一樣。

他說：「她對我說了很多甜言蜜語，她拿出水晶，願意與我訂下契約，條件隨我開。她的愛情很美，是隻翩翩起舞的蝴蝶，石榴色的晶瑩紅光與蜂蜜般的琥珀光，交織在翅膀上。但我無法接受，我哭著跟她說：『很抱歉，我做不到。』」

「然後呢？」老師追問。

「她說：『如果我的離去，能使你停止哭泣的話，我將再也不出現在你面前。』」

「我想沒有女性願意背負這個罪過。」

他突然怒吼捶桌。「讓我流淚的不是她，當時——車站的鐘聲響起，我腦中湧上一個塵封許久的畫面，我是在等待一頭栗色髮的女子。」

霍華德話說完，老師兩手垂下，手上的鋼杯也滑落。我將泡好的咖啡交給老師，老師像失了魂似的。

「老師？」我小聲提醒。

老師仰頭，閉著眼說：「你可以拿給他了。」

為什麼老師今天不加入美夢？而且也沒要霍華德到私人包廂，難道老師剛已經滿足了他的需求？滿腹疑問的我將咖啡遞上去。

「謝謝。」他說，我試著從他的肢體動作中，找尋蛛絲馬跡——他還記得那晚的事嗎？

「霍華德，」老師開口，音量提高。「你還記得嗎？你是從什麼時候開始來THE NEST的？」

「我不記得了。」

「二十多年了，你每個月的二十六號中午，都會準時出現。」
「過了這麼久嗎？我有時覺得我還只是個少年。」
「雖然我們沒訂下契約，但你有把我當朋友嗎？」老師問。
霍華德看著老師，他說：「真正的朋友，不需要訂契約。」
「那我給你兩個建議，」老師上半身靠在吧檯上，他們四目交接，與霍華德相距不到一顆雞蛋。「第一，別尋找你的愛情；第二，現在就離開高區，越遠越好，到一個沒人認識你的地方。」
霍華德用湯匙攪拌咖啡。「你果然有事瞞著我。」
「你已經忘了原由，你不會願意想起葛瑞絲的。」
老師也認識葛瑞絲？
「葛瑞絲……」霍華德拿杯子的手在顫抖，他的左眼溢出了一顆淚珠。「她是誰？」
「我不知道你跟她經歷過什麼，她是你的老師。」
「我的老師？哈哈哈——就是她把我變成這樣的嗎？」他將咖啡杯往牆上砸去，額頭撞向吧檯，惡狠狠地咒罵葛瑞絲。「那個賤人，我要殺了她，將她千刀萬剮，讓她付出代價——」他的金髮因為血沾黏在額頭上。
「不——事情不是這樣。」老師衝出吧檯，將他推倒在地，不讓他再傷害自己。
「事到如今還有什麼好說，你也是同夥嗎？你們一起把我的愛情騙走，還給我，把我的愛情還給我——嗚嗚——嗚——」霍華德在地上痛哭。
我走到他身旁，現在不是在夢裡，我能觸碰到他，我環抱著他，這世上或許只有我能懂他的無助，「我會幫你。」我在他耳邊輕聲地說。
他抬頭凝視我，此時，店裡的壁鐘響起。

「我該走了。」他說，「我要去找葛瑞絲。」

他推開我，推開了店門，在街道狂奔。

「霍華德——該死。」老師脫下工作裙，「R，今天不營業，你留在店裡。」老師跑進廚房，從後門衝出。

我掃起地上的玻璃杯碎片，霍華德的心是否也碎成一地？如果可以，我願意把我的愛情分給霍華德，但不光只有我這麼想，所有見過他的女客都願意——但給他愛情後，他還是會忘記。這麼想的話，如果有天找到他的愛情，他能認出嗎？

一直到我要上床前，老師都沒回來。他有找到霍華德嗎？老師會對他做什麼？我躺在床上，閉起眼睛。今天又確認了兩件事。

——老師有事瞞著霍華德。

——霍華德在車站裡等一位栗色髮的女子。而葛瑞絲剛好是淺棕色髮，這應該不是巧合，今天發生太多我不懂的事。

在睡夢中，我被一道冷冽的風喚醒，窗戶被風吹開，我拿起鬧鐘，才凌晨兩點……我不該醒在這個時間，我的眼角餘光發現窗戶旁的書桌上，多了一個閃耀的東西——是一瓶容器，像蒲公英飄散。

霍華德來過？我將頭探出窗外，試著尋找他的身影，但沒有半點跡象，冷風督促我回到房內。這次的容器看起來比上次快樂，檸檬黃的光珠，互相追逐嬉戲，它們碰撞碎裂成小光珠，後來又逐漸融合成原本的大小，像是有著無窮無盡的精力。

這夢是快樂的，我想幫他重拾往日的快樂。我躺回床上，打開第二瓶夢境容器。

14 夢境——憤怒／伸展台／萌芽

人群伴隨鐘聲的敲響，從各個房間傾巢而出，我站在走廊中間，人流不斷從我身旁穿梭，我則像顆礁石佇立其中。不對——不動的是霍華德。人流捲起漩渦，有五人將他包圍。

「大情聖，今天也要去輔導室嗎？有什麼問題可以跟我們商量啊，除非是——生理問題。」矮個頭的男人說。

其餘的人大笑，在一旁起鬨。

霍華德走向他，「把話說清楚。」他眼神充滿睥睨。

那人嚇一跳，他似乎沒料到霍華德會走向前，他即便抹了髮蠟讓頭髮直立，也連霍華德的肩膀都不到，他低頭不語、四處張望，不敢與他有眼神交會。

「繼續說啊，喬斯。」他的同夥鼓譟，矮個頭彷彿受到鼓舞，覺得他是多數派。

「我們想問她是怎麼讓你舒服的？用手？還是嘴？」喬斯轉過頭，觀察同夥的反應，他像是個小丑，負責娛樂群眾。

「霍華德，不要——」我想抓住他的肩膀，卻撲了個空。

喬斯也從他的同夥反應中，看出不對勁，在他回頭之際，霍華德的拳頭如斧頭般猛烈揮下，擊中喬斯左半臉的顴骨，他轉了一百八十度後倒下。

霍華德一腳踩住他的背部，說：「誰是下一個？」剛剛還在嬉鬧的人，臉色瞬間轉為鐵青。「我如果聽到類似的傳言，我會主動找上你們。」

霍華德拎起掉落的手提包，獨自往樓梯走去，我可以清楚聽見脈搏跳動的聲音，右手隱約傳來灼熱感，比起上次夢境中的煩躁，這次的情緒得到宣洩，腦中一片酥麻，這就是憤怒嗎？動手是不對的，這點我明白——但感覺不壞。

鐘聲又響起，這個世界又要重組。太陽迅速滑落到西方，走廊上的人紛紛停下腳步，他們各自打開書包，拿出一副面具戴在臉上，我感到詭異，除了霍華德之外，他們已經換上另一種臉孔。

葛瑞絲從走廊的另一端跑過來。「霍華德，跟我到輔導室。」她說。

他沒理會，逕自離去。

「跟我走。」她擰著霍華德的手腕，我手腕的皮膚也凹陷。

他甩開。「我不會再去了。」

「發生了什麼事？你昨天怎麼沒來？前天我們還笑著說，輔導不知不覺已經過了兩個月。」

「妳也該滿足了吧？」

「什麼？」

「帶我這種邊緣化、被排擠的學生，妳其實只是在自我滿足吧。」

葛瑞絲面紅耳赤。「你、你這可惡的傢伙，如果今天不把話說清楚，我不會放你走。」她這次扯著霍華德的手臂。

「妳瘋了嗎？放開我——大家都在看。」

「你不是模特兒嗎？應該很習慣了。」

「這是兩回事。」

霍華德抽開手臂，轉身想跑。葛瑞絲卻撲上去，抱住他的腿，使他跌倒在地。「噢——」我的手肘感到劇烈的疼痛。

霍華德翻身，葛瑞絲卻爬到他身上，她抓著他的衣領。說：「我再說一次，跟我走。」圍觀的人越來越多，眼前的景象像是老鼠不放過貓，學生們看得目瞪口呆，與其阻止，他們跟我一樣，似乎更想知道接下來的發展。

葛瑞絲的神情堅定，霍華德再也招架不住。「我跟妳走，快離開我。」她慢慢地往後退，然後冷不防地朝他肚上捶一拳，霍華德挨了一記悶棍，他沒出聲，反倒是我再次低聲喊：「噢——」

她滿意起身，眼神掃射現場的每個人，學生紛紛把視線移開，她不疾不徐地穿過學生群，昂首闊步地離開現場，如果她有尾巴，現在一定高舉著勝利的旗幟。

好戲結束，沒人攙扶霍華德，人們像煙散去，他將瀏海往後梳，現在他的髮色還是深咖啡色。他拖著沉重的腳步走到輔導室，霍華德站在門口，遲遲無法轉開把手，直到裡面傳來咖啡機磨豆的聲響，他才進門。他把手提包放到櫃子上，從櫃子裡取出拖鞋，走向沙發，看來他很習慣來這了。

隨後葛瑞絲放了兩杯牛奶咖啡在桌上。

「又有人找你麻煩了？」她問。

「沒有。」

「其實我今天中午有聽到一些消息，是關於你昨天打架的事，聽說是你先動手的？但目前沒人出面追究，對此，你有什麼要告訴我的嗎？」

「沒有。」

「霍華德——別在我面前一副撲克臉，你一定有理由，或許是我遺漏了，你可以幫我嗎？」

「之前我就想問，妳為什麼花那麼多時間在我身上？絕不只是因為——妳是我的老師這麼簡單吧？真正的原因，請妳先告訴我。」

葛瑞絲捧起咖啡杯，她說：「你讓我想起我的家人。我來自一個大家庭，你猜我們家有多少人？」

「這有意義嗎？」

「就當猜謎，我會告訴你答案，猜錯了也不會有懲罰。」

「十個。」

葛瑞絲搖頭，說：「大概有八十個。」

霍華德不屑地一笑，我跟他同樣不相信。

「我在灰燼區的育幼院長大，我七歲開始一邊求學一邊打零工，十一歲做手工藝擺地攤，十四歲謊報年齡當客房服務生。我的兒時回憶，有一半都是在工作中度過。」

霍華德斂容，他開始認真看待這件事。「難怪妳這麼強悍。所以妳覺得我很像當時的妳嗎？」

她苦笑，說：「我們的生活截然不同，你的物質條件比我好太多，但問題的本質很相近，例如：父母都不在身邊，還有我們都是被貼上標籤的人。」

「什麼標籤？」

「你是模特兒，家裡有錢有勢，也夠聰明，所以你是所有男性嫉妒的對象。而在我們那個染上貧窮病的灰燼區，從育幼院裡出來的孩子，是所有人唾棄的對象。我會拚命地賺錢讀書，就是想撕下標籤，扭轉未來。」葛瑞絲摸著霍華的臉，她的手還留有咖啡杯的餘溫。「別讓標籤主宰了你。」

霍華德沒說話，但我可以感覺得出來，他心中的圍牆有部分坍塌了。

「所以告訴我，發生了什麼事？我們一同解決，下次麻煩找上你的時候，可以——」

「——是妳。」霍華德說，「麻煩會找上妳，原因是我。」

葛瑞絲低眉思忖。「原來如此，是因為我每天把你拉來輔導室的關係嗎？」她的右手按著太陽穴。「是我太魯莽了，我當初只想盡快將你導向正途。」
「不論再怎麼低調，想找碴的人，永遠找得到縫隙。」
「有道理。」
「這是我的經驗，然後我的經驗告訴我，遠離妳是最好的方法。」
「你想這樣嗎？」
「我別無選擇。」
「你錯了——我才剛告訴過你，」葛瑞絲緊握他的手，強而有力。「你要成為自己的主宰。」
「如果他們把矛頭指向妳，妳該怎麼辦？」
「我會同情他們。因為我會在課堂上修理他們，而你則會在放學後埋伏痛宰他們，不是嗎？」
「妳真的是瘋了。」
「這就是灰燼區的風格——加倍反擊。不過，輔導室的確不適合再來，之後改到你家吧。」
「什麼——為什麼要來我家？」
「我是你的監護人，有什麼不可以？還是有女友在，不方便？」葛瑞絲挑眉。
「只有一隻狗罷了。」
「天啊——你還有養狗。」
「那是我七歲時的生日禮物，我奶奶買給我的，牠已經超過十歲，所以躲過去年的徵收。」
「明天再介紹給我認識吧。」
「妳明天就要來？」
「所以你今天回家後，至少要整理出一個可以喝茶的地方。」她擺出俏皮的表情，莉迪亞與她有些相似。

「噹——噹——」我已經很有經驗，知道又要變化。

壁紙變得斑駁，地板碎裂往天花板飛去，牆壁則往後退，窗戶變成落地窗，還多了壁爐、樑柱，天花板的日光燈開始發芽，最後形成水晶吊燈，沙發也變成深棕色，房裡的色調不再明亮。

「你們家的客廳真大，安德森家的大宅，果然壯觀。」葛瑞絲讚嘆，她環視周遭。

霍華德說：「請坐，我剛泡好了咖啡。」紅木桌上擺了兩杯牛奶咖啡，還冒著白煙。

我的手指傳來一陣溫熱，一隻白色與淺咖啡色相間的大型犬，正在舔著霍華德的手指。「這位是比比，牠是一隻聖伯納犬。」

牠的兩片黑色大耳垂下，比比往葛瑞絲的方向靠近，牠嗅著葛瑞絲手上的提袋與牛仔褲。

「牠會咬人嗎？」她試著伸出手，表現得既害怕又期待。

「牠是這個家脾氣最好的。」

「那我就放心了。」

客廳可以容下三十人而不擁擠，挑高的天花板，大理石的地板上印著像是家徽的圖騰。即便是白天，拉開了所有的酒紅色絨布窗簾，還是無法完全擺脫晦暗。

「今天我們要談什麼？」他問。

「要討論你之前交給我的職涯規劃。」

「妳覺得如何？」

「我想聽你好朋友的想法。」她向比比招手。「比比——我該不該蓋章呀，換算成人的年紀，牠是這個家最年長的，所以向牠請益，應該是個好方法。」

霍華德笑了，跟葛瑞絲在一起時，他開心的頻率很高。「你不怕牠老過頭，已經糊塗了？」

「年邁跟糊塗是兩回事，會做糊塗事的大都是年輕人。」

「那妳年輕時做過哪些糊塗事？」

「我跟你分享一個我的祕密，你得答應我，不能告訴別人，我連未婚夫都沒告訴他，因為他是一個老古板。」

「沒問題。」

糟了——又是祕密，而且只有霍華德能聽，我在一旁閉上眼睛，摀住我的耳朵，但仍然無法隔絕聲音，那聲音來自腦中，來自記憶。

她說：「在我還是大學生時，曾跟幾位好友在禁飛令前夕，搭乘末期的飛機去體驗高空跳傘——我們只揹了降落傘就跳下來。」

「聽起來很正常。」

「我說——我們只揹了降落傘。」

過了幾秒後，霍華德才意會過來。「妳們裸體？」我第一次看到霍華德露出驚訝的表情，「為什麼？」

「因為愚蠢啊，我只記得是其中一位好友提議的。」

「妳們全是瘋子。」

「如果不做一些蠢事，你的人生就會缺乏故事。」

「所以，妳尋求比比的意見，也是件蠢事嗎？」他蹲下撫摸比比，我能感受到比比的滑順。

她反駁。「才不呢——這是正確的決定。」葛瑞絲也摸著比比。「狗的眼睛能看穿人，知道誰對牠好，誰是好人，誰又寂寞。」

「比比的世界是以我為中心打轉，牠不會隱藏，不會說謊，更重要的是，牠永遠不會變。」

「既然比比待你如此真誠，你也必須如此，這樣才算是友誼。」

「我會的。」

「比比——」葛瑞絲摸牠的頭部，比比的眼睛瞇了起來。「你覺得霍華德適合當模特兒嗎？」

「哈，妳認真點。」

「雖然你現在發展不錯，我還是有點擔心。」

「我已經兼職一年多，他們非常樂意我之後留下。」

「那邊的薪水不穩定，將來的發展性也不明確。」

「對於我們這些新起之秀最好的待遇，就是提供一個舞臺，之後的發展是各憑本事。」

「你這麼執著，是因為能頂著模特兒的光環嗎？」

「不是的——當我站上伸展臺時，我總有種感覺，我將會在這裡呼風喚雨，在這裡我可以踏上頂點。」霍華德說這話時，表情充滿自信，就像那天他在我們店裡走臺步。

「你有這樣的自信很好，但努力不一定會有回報。」

「我的努力跟別人不同。」

「怎麼說？」葛瑞絲感到困惑，我也是。

「運動選手們，經過千錘百鍊後，才知道自己的極限；科學家則是夜以繼日地實驗，才瞭解各種可能性。但我不同，我是因為可以站上頂點，所以才去努力，成功對我來說只是遲早的事。」

「哈哈哈——你只是個自大狂。」葛瑞絲捧腹大笑。

「妳不懂嗎？是這個行業選擇讓我成就它，這是我的『天職』。」

「我原本以為你會對未來感到迷惘，我明白了，做你想做，前提是能養活你自己，還有別給人添麻煩。」

霍華德環視客廳。「我未來的所有花費，我奶奶都幫我準備好了，每個月銀行會撥一些錢給我，雖然我沒要求她這麼做。」

「你的奶奶很為你著想。這個週末你有一場時裝秀，我會到場。」

「那妳將會成我的其中一個粉絲。」

此時霍華德心情極其愉悅，葛瑞絲看起來不像是會騙走他愛情的人，可是來自灰燼區的她，在看到他的愛情後，會因此鬼迷心竅嗎？

鐘聲又響起，是客廳的一座老爺鐘，窗外黑成一片，屋內燈火全滅，逐漸變成黑暗的世界，我猜是這個階段到此為止。當我走近老爺鐘時，玻璃瞬間變成了水——灑落一地，鐘擺停止擺動，後面的木板透出白光，裡面傳來嘈雜的聲音。

我推開木板，我能觸碰到白光，有如牛奶般滑順——原來是塊布。那塊白布被我撕出了一個開口，裡面人來人往，沒人察覺到我的存在，我便鑽過去。

白布的後方擠滿了人，這裡被紅線劃分四個區域，指示牌上分別寫著——「更衣區」、「梳妝區」、「休息區」、「預備區」。

這裡的人都與霍華德一樣，有著高挑的身材。

我猜自己到了時裝秀，模特兒用最簡陋的方式，遮住自己的重要部位，設計師手拿針線不斷調整服裝，化妝師的桌上擺滿了琳瑯滿目的工具，有上百種顏色的調色盤與數十種唇膏，而髮型師則賣力地將頭髮塑造成各種誇張的形狀。

霍華德在更衣區，即使是在這，他還是比較醒目。他脫下衣服，富有光澤的皮膚，身上沒有一條疤痕或一絲贅肉，他雖然不是很壯碩，但身上的線條是下過苦功的。

前面已經有人被改造完成，那位女模特兒像是隻白天鵝，純白、發光的羽毛圍繞在她的身上，她所經之處，都降下如白雪般的光點；而另位黑人男模特兒戴著全黑的護目鏡，身上則穿著黑色連身反光的服裝，每當他做動作時，衣服上就會出現紫色的閃電。

輪到霍華德時，他被分配到的是一件藍、綠交織的衣褲，綠色的部分由淺草綠變成森林綠，像是會呼吸般，而藍色像是大海，從藍海的中間不斷放射出環狀的白圈，如浪潮般。而他的臉上並沒有誇張的妝髮，他只有把頭髮抓得蓬鬆、凌亂，眼睛的部分畫上一道蔥綠色的粗線。

霍華德走到舞臺後方的預備區，前面傳來氣勢磅礴的音樂，以及強烈的白光。

一個戴著耳機手拿麥克風的人，走過來說：「一分鐘後輪到你。」他的胸前別了一個名牌——「服裝秀導演」。

此時霍華德不斷在腦中回想著，稍早練習的臺步、走位。

「三、二、一——去吧。」秀導說。

他邁開步伐，我待在出口旁，偷偷把頭探出去。舞臺的兩側坐滿了人，前排架設了許多鎂光燈與照相機，霍華德走到定點擺姿勢，乾淨俐落、行雲流水。此時他什麼都沒想，一切只憑藉練習還有本能。我可以感受到他的滿足與充實，還有種優越感。

老師在調配咖啡時，是不是也有相同的感覺？

走下舞臺後，他被迅速地脫下衣服，卸去臉上的妝，準備穿上另一套服裝。他掛著毛毯坐在一旁休息，小口地喝著水。霍華德開始想葛瑞絲，他希望能得到她的認同。

「啪、啪、啪。」一位理平頭的黑人男子拍手，「真讓人驚豔，這世上沒有比看到孩子成長時，更令人歡欣的事。」他穿著祖母綠光的皮鞋。

「謝謝你的稱讚，父親曼德拉。」

「我的孩子，你有了不起的天分，不過——如果想達到更高的成就，這樣還不夠。」男子坐到一旁，高挑的他看起來也像模特兒。他勾著霍華德的肩膀，我可以聞到他身上濃厚的古龍水。「我這邊有人想要贊助你，你怎麼想？」

霍華德提高了警覺——「現階段我想靠自己的努力。」

「這是當然的，努力是不可或缺的，你能這麼想，父親我很欣慰，我只是提供一個選擇而已，你改變心意後，隨時都能來找我。」

父親曼德拉離開，他與導演還有工作人員寒暄，其他模特兒對他畢恭畢敬，霍華德內心卻有股厭惡感。

時裝秀結束後，模特兒與工作人員上臺謝幕。霍華德收到許多花束，川流不息的人向他索取簽名，他深受大家的喜愛。這時周遭的時間變慢，霍華德的目光停留在某處。

我也往同個方向望去，葛瑞絲穿著米黃色的防風大衣，手裡拿著繽紛的小野菊，下一秒，時間又變回正常。當整個工作都結束後，霍華德回到舞臺前方，他找尋葛瑞絲，我們沒看見她的蹤影，她似乎回去了，他的心中有些失落。

「可以幫我簽名嗎？」葛瑞絲突然從我們身後冒出。

「妳可以從我的考卷上剪下。」

「那才不同。」

「要一起吃些東西嗎？」他問。

「下次吧，今天我已經有點晚回家了。」

「我送妳去搭天際線，我知道有個地方可以避開人群，我都從那裡逃離粉絲。」

「真是種奢侈的煩惱呢——」葛瑞絲將花遞給霍華德。

「謝謝妳。」

他們走在街上，霍華德將剛剛收到的花束，沿路分送給經過他身旁的人，唯獨只留下葛瑞絲的。

他問：「妳喜歡時裝秀嗎？」

「當然，我小時候也會玩時裝秀的遊戲，說不定我還能教你幾招。」葛瑞絲不顧旁人的眼光，擺出誇張又怪異的姿勢。

「——夠了，真是場災難。」我第一次看到霍華德笑得這麼燦爛。

「認真學，這樣做你才能贏得眾人目光，脫穎而出。」

霍華德與我被逗得哈哈大笑，鋼琴聲傳來。

「謝謝妳來，明天見。」

「你表現得很專業，你是天生好手，我很喜歡。明天見。」

葛瑞絲搭上天際線，霍華德原地目送她離開。他著迷般盯著葛瑞絲的背影，直到玻璃房轉進街角，他才回神，在此同時，他也開始想她。

我嘴裡傳來蜂蜜般的甜味，我感覺到有某種情感，在霍華德的心中萌芽，這感覺，很美妙——

15 夢境——愛與被愛

樓下衣架仍是空的，老師與霍華德都到哪去了？

我打開容器櫃，我們店提供數十種愛情，有濃烈的禁忌之戀、白頭偕老的長久餘韻之戀，甚至還有標準之戀。什麼是標準呢？我看著那瓶草莓色的氣泡，我抑制打開它的衝動。

早餐後，我便獨自開始每日的練習。最近我在學習使用虹吸式咖啡壺與摩卡壺。

虹吸式咖啡壺雖然沖煮費時，但過程卻相當有趣。下壺的水沸騰後，會跑到上壺，此時在上壺倒入咖啡粉，攪拌數秒後再煮一分鐘，然後移開下壺的火源，咖啡就會開始回流到下壺。

而摩卡壺則是利用蒸氣壓力沖煮出濃郁的咖啡，煮出來帶有絲滑般的口感。店裡還有其他煮咖啡的器具，有些是用在專門煮特定的咖啡時，例如：煮綠精靈時，老師只用法式壓壺；而雷根帝薩諾，只用愛樂壓。

老師在杯子上也有講究，蛋酒拿鐵只能用玻璃杯裝，不用中咖啡杯或其他杯子。我依然時常搞混。「啪——」廚房的後門傳來聲響，我將虹吸壺移開火源，老師走出來。他雙眼布滿血絲，鞋尖與褲管上沾滿泥土。

「R，去門口貼上公告，我們要暫停營業數天。」

「霍華德怎麼了？」我問。

「晚點再說，現在我只想休息。」老師走到吧檯旁，準備倒杯水。

我抓住他的手。

「你這是什麼意思？」

「霍華德是我的朋友，如果你真的把他當朋友，就能明白我的感受。」

「看來他說的是真的，他說你們是朋友。」

「他人在哪？」

老師掙脫了我的手，轉開水龍頭。「他回家了。」

「尼斯在照顧他嗎？」

「你還知道什麼？」

「你隱瞞了他什麼事？為什麼他會如此懼怕你？」

老師一口飲盡杯中的水，說：「你跟他都誤會了。他怕的並不是我，而是怕過去的記憶被喚醒。」

「記憶恢復，他就能找回愛情，為什麼會害怕？」

「難道你就不怕過去的自己？」

我頓時語塞，低下頭說：「他跟我不同……他只是個不幸的人。」

「R，把頭抬起來，我不是在針對你。是人就會有幾件不想面對的過去。而記憶是痛苦的根源，霍華德的記憶可能已經逐漸恢復。我怕他脆弱不堪的心，無法再負荷，他的愛情異於常人。」

「你知道他愛情的下落嗎？」

「就算知道，我也不會告訴你，太危險了。」

「你看到他昨天肝腸寸斷的模樣，我們應該做些什麼。」

這次換老師低頭沉思，「他要我把這個拿給你。」老師從外套的內袋拿出一瓶容器，裡面是兩朵散發螢光黃的花。

我充滿了疑惑。「霍華德交給你的？」

「我很猶豫要不要把這個交給你，如果你發現他的愛情，就讓它沉睡吧。」

「我不能答應你，因為我先答應霍華德了，他請我幫他尋找愛情。」

「這瓶容器裡的花像月見草，它的花語是默默的愛。」老師說，「等你看完這些夢後，再決定也不遲。另外——我跟他也有個約定，在二十多年前，我答應讓他忘了愛情。」

這可能嗎？我思忖後，確實有這可能性，只因為霍華德忘了與老師的約定。「那你為什麼還要把容器交給我？」

「我也不清楚，一種直覺吧。」老師面容憔悴，眉頭微微皺起，「我要上樓休息，之後我會出門幾天，這段時間店裡交給你看管，你絕不能使用櫃子裡的容器，還有練習要持之以恆。」

老師將容器留在吧檯。我整理好練習的器具後，也回到房間。雖然還是白天，我躺回床上，手舉著容器，黃花搖曳，仔細一看花蕊的部分帶有粉紅。昨晚在夢的尾聲，我所感受到的是愛情嗎？

我打開容器，開始下一段夢的旅行。

窗外飄雪，外面是一片銀白世界，樹上只剩零星的殘葉，樹枝則鋪上純白的糖霜，但我的身體很暖和。霍華德穿著一件霧灰色的針織毛衣，坐在火爐旁看書，比比也趴在一旁，睡得香甜。

他看了手錶，闔上書，走進廚房，比比也跟隨。

他打開瓦斯爐，放上平底鍋預熱，之後倒入些許油，將流理臺上的粉紅肉磚放入平底鍋內，肉塊嘎滋作響，油脂像汽水不停地冒泡，香氣瀰漫整間廚房。

「汪——汪——」比比原地打轉，尾巴失控地搖擺。

「想試味道嗎？」霍華德問。

他切了一塊給比比，肉的切面露出葡萄酒的顏色，鮮美的肉汁與香氣都是那麼誘人，即使在夢中，我也不斷吞嚥著自己的口水。比比狼吞虎嚥，霍華德自己也嚐了一小塊，肉汁溢滿我的口腔，紮實的口感帶給我無比的滿足，我還想咀嚼更多這種滋味。

他還做了糖霜蛋、水煮花椰菜與炒水芹、煎鱈魚、烤餅皮，準備了蜂蜜醬、番茄醬、胡椒醬，餐桌中間還擺了一瓶紅酒。

這不是一人份，而且準備的過程中，他心裡雀躍著——難道他要與葛瑞絲一起用餐？

霍華德將美食擺上純白色的瓷盤，端往用餐室。之後他回到客廳，來回踱步。他像是在演練什麼，嘴裡念念有詞，他的想法在我腦海裡片段地閃過。

「叮咚——」門鈴響起，霍華德快步地跑到門前，他深呼吸，愉悅的表情藏起後才開門。

「哈囉，打擾了。」葛瑞絲說，身旁站著一位男子。「這位是我的未婚夫——強森。」

他心中感到震驚，但沒表現出來。他問：「芬妮老師呢？」

「很抱歉，她突然不舒服。」她說。

「所以，我是備案。很高興認識你。」強森伸出手，露出燦爛的笑容。

強森的身材壯碩，有顆蒜頭鼻，額頭上有一條明顯的青筋。他身穿銀灰色的西裝，白襯衫配上深海藍的領帶，梳著油頭，散發出自信的風采。

「我也很高興認識你，我是霍華德。」

他們握手，但此時霍華德心中掀起了某種狂風，我不明白這是什麼情感，這感覺不像火山爆發那種激昂，而是種更深的能量。

「葛瑞絲之前跟我談起你，說她當上你的監護人，我可真是嚇一大跳。」

「我的驚訝，絕不亞於你。」

「你們進門再慢慢說吧，香味在提醒我們趁早享用。」葛瑞絲說。

用。」

「冷靜點，別把妳故鄉的作風帶來這。」

葛瑞絲的神情有些尷尬。

「她說得沒錯，請進。」霍華德說。

強森率先走進屋內，四下環顧。他問：「這裡有幾間房間？」

「總共有十五個房間，除此之外還有傭人房、書房、遊戲廳、地下酒窖，不過大部分都沒在使用。」

「你難道不怕有人偷偷住進來？」葛瑞絲問。

「沒使用的房門窗都有上鎖，只是雨天過後，要巡視有沒有漏水的地方。」

「妳該剔除掉妳的舊思維，這裡可是第二平臺，怎麼可能會有流浪漢或乞丐出沒。」背對著強森的葛瑞絲，嘴角故意往下撇，霍華德會心一笑。

「你們都餓了吧，我們去用餐室。」霍華德帶領他們。

用餐室富麗堂皇，水晶吊燈下的食物散發出誘人的香氣，牆面是鵝黃色大理石，桌椅底下鋪著銀線花紋的普魯士藍羊毛地毯，椅子有著柔軟的月光藍皮革，牆上掛著一幅黑底銀羽毛飄落的畫作。

「哇——這些都是你準備的？」葛瑞絲驚嘆。她問：「這是什麼的肉排？」

「牛排。」霍華德說。

「什麼——這是牛排……」葛瑞絲驚訝之餘，改用氣音說話。

「前幾年的戰爭時期，你也常吃這些吧？」強森問。

「不，我平常也只吃合成肉品，天然肉品只在特別時刻。」

強森說：「我們可真是榮幸。」

「趕快開動吧，」葛瑞絲督促他們。「我快等不及了。」

「等我生意上軌道，以後想吃多少都沒問題。」

他們拉開椅子，坐下用餐。

「當初葛瑞絲說領養了一個貴族家的人，我還以為她是在開玩笑。」強森大口咀嚼牛肉，肉汁快從他嘴中溢出。

葛瑞絲補充：「正確來說，我沒有領養他，我只是暫時取得他的監護權。」

「我就是這個意思，對吧？」強森對霍華德眨了個眼。

「我有時也會被她的舉動嚇一跳，但我謝謝她為我所做的一切。」

他與葛瑞絲兩人對看，我感受到一股暖流，霍華德的神情出奇柔和，葛瑞絲把眼睛移開——他們在傳遞什麼訊息？而強森只忙著切下另一塊肉。

強森問：「當模特兒是你的興趣嗎？你之後應該會去安德森集團擔任要角吧？對了，你們家族也有在從事進出口貿易，我真誠地希望我們未來有合作的機會。」

「到安德森集團裡工作，不在我的人生規劃裡。」

「為什麼？早點接班對你有好處，興趣可沒辦法讓你吃得起牛排。」

「強森，讓他自己去決定將來。」葛瑞絲說。

「我只是給他一些建議。既然妳是他的監護人，應該勸勸他，有那麼好的背景與資源，他可以有更大的成就。」

霍華德放下刀叉，說：「我父親現任的妻子可不這麼想，她一點都不希望我進入安德森集團，她希望一切都由她的孩子繼承。」

「你甘願嗎？」強森問。

「正合我意。」

強森嘆了口氣，好像那是他的財產。「真是可惜。」

「不會呀——我一點都不覺得可惜，可以一整天做自己喜歡的事，是至高無上的幸福。」葛瑞絲用肯定的語氣說。

「妳老是這麼天真，難道妳在灰燼區裡什麼都沒學到嗎？」他自動打開桌上的紅酒，他也為霍華德倒酒。

「他還未成年，不可以。」葛瑞絲伸手阻止強森。

強森說：「成大器者不拘小節，對吧？」

霍華德含笑不答。之後的用餐期間，大部分都是強森在唱獨角戲，說他是如何靠自己發展成三十人的公司。他說得口沫橫飛，所以口乾舌燥，整瓶紅酒都快被他喝光。他還問霍華德：「櫃上的百齡罈可以喝嗎？」滿臉通紅的他，說話開始顛三倒四，重複講述同樣的話。

葛瑞絲顯得有些困窘，霍華德則是皮笑肉不笑，一邊細細地品嚐紅酒。在我看來，霍華德比強森更適合當一個商人，他不容易讓人看穿。

「強森，喝些水。」葛瑞絲將水倒進了酒杯。

強森突然勃然大怒，大手一揮，酒杯摔破在地上。「妳這混蛋在做什麼！妳倒水會讓人瞧不起我，灰燼區的人就是沒教養。」

霍華德收起禮貌性的笑容，表情冷峻如石膏，血管擴張。

強森持續叨叨絮絮。「妳懂我的壓力有多大嗎？我的生意夥伴們，知道妳來自灰燼區後，都建議我換一個人。他們說：妳們這種人就像故作矜持的妓女，一定還有其他陰謀。」

霍華德站起，椅子應聲倒地，我感到呼吸困難，他的血液沸騰，握緊雙拳，我感覺到他的另一面。

葛瑞絲指著霍華德。「你想對一個意識不清的人動手嗎？」

葛瑞絲的提問讓他找回理性，她攙扶強森。

「跟我一起把他扶去外面的沙發上休息好嗎？」

他們兩人一左一右地攙扶強森。強森眼神迷濛，嘴上依然念念有詞。「我會證明他們是錯的……我會成功的……」

強森躺在沙發上，一旁還準備空水桶。他們坐到對面的三人沙發上，中間隔著一個座位，比比則躺在霍華德的腳邊。

霍華德打破沉默，問：「為什麼選擇他？」

她苦笑，說：「他以前不是這樣。職場的應酬文化、公司的營運都讓他累積不少壓力，只要公司上軌道後，他就會恢復成原來的樣子，在那之前我是他的避風港。」

「妳愛他嗎？」

「當然。」

「妳的愛情是什麼模樣？」

「我有段時間沒拿出來看了，它的顏色是櫻桃，亮度像是早晨的陽光，柔和又充滿希望。」

他說：「我嫉妒他能擁有妳。」

我胸口感到悶熱難耐，彷彿有柴火在我心裡悶燒。原來這就是嫉妒的感受。

「呵，你也醉了嗎？你們同樣酒後都會胡言亂語。」

「我還很清醒。」

「你將來一定也會找到適合你的另一伴。」

霍華德輕笑。「妳這是在說不負責詞彙。」

「不然你想怎麼做？」
他凝視著她，說：「我想——我愛上妳了，葛瑞絲。」
「別說笑了，強森還在旁邊。」
「我是認真的，我不在乎他怎麼想。」
葛瑞絲原本還神情自若，但看到霍華德不容妥協的表情後，她的眼睛變得迷濛。「我們不能這樣，我是你的老師，輔導你只是我的責任。」她語帶哽咽。
「我快畢業了，等我可以使用容器，我會證明我的心意。」
「有不少人在求學階段會喜歡上老師，等你出社會，與更多的人接觸後，就會瞭解這只是場青春的美麗誤會。」
「我不一樣。」
「有哪裡不一樣？我問你，你愛過別人嗎？」
「沒有。」
「那你還沒資格說愛，因為你不曾心碎，或許——就讓我來當那個讓你成長的人吧。」葛瑞絲往沙發的中間坐，她的臉貼近霍華德，說：「我絕不會愛上你。」
一股寒風刺進我的胸口，她說的每一個字都化成刀，割著霍華德的內心，我的血液也彷彿被冰凍。
「為什麼？只因為妳是我的老師？」
葛瑞絲回到原本的位子，「其實剛強森說得沒錯，我的確另有所圖。我很嚮往他的家族，一家人有著共同姓氏，一起成長，一起悲傷與歡笑，永不分開。我也想要加入那，我希望我的孩子，能在那種環境下成長。」

「這是妳的遺憾嗎？」

「是啊，從我懂事後就有的遺憾，為此，我可以不惜一切代價。而你不是那種人，如果說強森是太陽的話，你是月亮。」

「如果我能為妳改變呢？」

「不用為我改變，你沒有不好，只是我們不適合。」

「難道不能給我一個機會嗎？」

「有些錯誤是可以被預見的，不需要每個都去觸碰。或許我們該暫停課後輔導。」

「但妳錯了。」霍華德說。

「我哪邊錯了？」

「妳說我是月亮，其實我不是。」

霍華德說完後，老爺鐘響，整個客廳如巧克力般融化，除了他與葛瑞絲外，強森與比比也變成一灘軟泥。接著，軟泥開始起泡，越來越劇烈，從泡泡裡冒出了許多泥人，客廳也從死氣沉沉的氣氛中，逐漸變成明亮、寬敞的空間。

天花板上的水晶燈像流星四散，點亮房間的角落，牆面變成透明的玻璃，桌子變成乳白色的小圓桌，沙發褪去外皮與填充物，變成苗條的木椅，泥人開始走動，它們穿著服務生的衣服，有些則變成客人。

他們兩人的服裝也開始變化，霍華德換上了一件正式的黑西裝，油頭突顯他精緻的五官，經過他身旁的女子都忍不住偷瞄一眼。

「謝謝你幫我慶生，這裡應該很貴吧？」葛瑞絲穿著單邊垂袖的紫羅蘭色禮服，胸前的斜肩裸露出性感的鎖骨。

「不用擔心錢的事，我原本還以為妳不會答應。」

「我們已經停止輔導一段時間，人與人的相處一定會需要磨合。總之，我很高興你為我做的這一切，強森只留了張支票便出差。所以——你冷靜了嗎？」

「下個月就知曉，到時我就可以使用容器。」他一臉從容。

「天啊——霍華德，即使有出現什麼，也不代表什麼，我的立場與決定是不變的。」

「妳又說出了不負責詞彙。」

「唉——或許你的固執，可以裝滿整個房間。」葛瑞絲搖頭。「灰燼區出身的人，是不可能跟第二平臺的人在一起，我們像活在兩個世界。」

「那強森呢？」

「我們在學生時期就是一對，而且他住第五平臺，人們還可以接受。」

「我可以賣掉我家，然後我們搬到巴黎，到一個沒人認識我們的地方重新開始。」

「別說『我們』，那筆錢是奶奶留給你的，我沒資格動用。」

「但妳會是孩子們的母親。」

「——什麼？」

「妳說過想要一個大家族，或許可以從我們這代開始。」

「你被愛情沖昏了頭。」她紅了臉頰，並喝了桌上的水。「題外話，你想要幾個？」

「以妳為主，五個？或六個？」

她倒抽了一口氣。服務生這時端上前菜，他介紹：「這是水果優格沙拉還有烏賊佐義式芝麻葉醬汁。」

「看起來很好吃。」葛瑞絲拿起最外圍的刀叉。

隨後湯品、主菜也端上桌，他們分別點了奶油鮮蝦燉飯、紅酒鴨胸義大利麵，還吃了甜點焦糖烤布蕾。這些滋味我都是第一次品嚐，使我的味蕾經歷豐富不少。

在用餐過程中，他們像以往般愉快地交談，沒有一丁點疙瘩。在晚餐快結尾時，霍華德從西裝內袋拿出一個小盒子。

「這是生日禮物。」他將綁著金緞帶的紅盒子放在桌上，然後推到葛瑞絲面前。

「裡面是什麼？」

「我保證不是戒指。」

她打開盒子，裡面透著耀眼的翡翠綠光，是一對耳環，綠光給人一種清新素雅的優美，現場有不少人的目光都被吸引過來。

「這是用什麼做的？」

霍華德說：「是最高亮度的友誼，純度也是頂級的。」

「你怎麼會有這個？」

「我父親寄給我的，當作我的成年禮，卡片上還註明：越多朋友；越多財富。」

「這太貴重，我不能收。」她把盒子推回來。「模特兒界很殘酷，你比我更需要朋友。」

他微笑，說：「加工後就無法復原，難道妳要我自己戴嗎？還有，我不同意我父親的說法，我認為朋友重質不重量。」霍華德走到葛瑞絲身旁，為她戴起耳環。「妳之後想看我的愛情嗎？說不定妳會重新考慮。」

「你得學會鬆手，才能抓住其他東西。」

「我要把握眼前，容器會為我指路。」

「霍華德，你要記得——」葛瑞絲的右手摸著霍華德的臉龐，好溫暖，她的眼神像是比比一樣無辜。「容器雖然能指引你，但要做出好的選擇，只能不斷詢問自己。」

好懷念的感覺，我為什麼會流淚？霍華德並沒有感到悲傷，他的情緒很平靜。這麼說，是我自己的感覺嗎？忽然間，我無法呼吸，霍華德的領帶像蟒蛇般勒緊我，力道不斷加強，我的口水從嘴角流出，吐出白沫，雙腳癱軟，腦筋一片空白……

「砰——」一個爆炸聲，將氧氣炸進了我的肺，我第一次感受到呼吸也是一種幸福。

「真狼狽。」又是之前夢裡的男孩。「你不能再想下去。」

我問：「你怎麼會出現在這？」

他好久沒出現，他的年紀好像變得更小。

「我一直都在，賠償我。」

「賠你什麼？」

「氣球。」

原來爆炸聲是氣球。我說：「那不是我弄破的。」

「你這個無賴，竟想賴皮！如果我沒犧牲氣球救你，你就會被困在夢中。」

「你說的是真的嗎？」

「我跟你一樣不說謊的，而且我何必說謊。」

「那——謝謝你，但你到底是誰？」在我昏厥的時候，整個餐廳只剩下我跟他。「為什麼會三番兩次出現在夢裡？」

「我存在於你的回憶中，但我也快消失了。」

男孩說完後，從口袋拿出了某種容器，那容器的顏色我從沒在店裡看過，像是藍色，同時也像綠色，周圍散發的光芒卻又五顏六色，光穿透了男孩，他此時呈現半透明的狀態。

「這容器裡裝了什麼？還有，為什麼你會這樣？」我問。

「因為你新的人格逐漸完整，過去的回憶只會越來越單薄，我想再過不久，你就能一個人在餐桌上吃飯。還有這容器裡的東西，我只知道這一直都在你的體內，這或許是法蘭克將你帶來高區的理由。」

「老師不是受我父母所託嗎？對了，既然你存在於我的過去，你應該可以告訴我一些事情吧？」

「不可以，那些是禁止事項。」

「好吧，那就沒辦法了。」我說。

「你就這麼乾脆地放棄了？」男孩一臉疑惑。

「我相信你說的，因為你不說謊。」

「哈，你真的變了。我可以告訴你一件事，但我不清楚這件事情的原由，還有對你會產生何種影響，這樣你還想知道嗎？」

「好，請告訴我。」我聚精會神地聽著。

「如果是過去的你，是不會相信法蘭克的。」

之後，天花板出現巨大的裂縫，地底發出「轟隆——」的聲響。

「你剛說的是真的嗎？」我問，我漂浮在半空中。

男孩靜默地看著我，天花板的裂縫變成一個大洞，將我吞噬進去——。我從夢中驚醒，床單已經被我的汗水浸濕，夢境容器也空無一物。

窗外的天空泛黃，已經傍晚了！

我感到飢餓，即便在夢中嚐遍無數道美食，一點幫助也沒有，雖然那是不錯的體驗。我走出房門，看到對面老師的房門半掩。

關於我的過去，難道老師有事瞞著我嗎？我脫下鞋子，躡手躡腳走過去。我在門外豎起耳朵聽，只是一片死寂，悄無聲息。我透過門縫看向裡面，床上的棉被攤開，浴室也沒聲響，我緩慢地將門推開。

他已經出門了嗎？房裡的擺設跟我的差不多，沒太多私人物品，除了床有使用過的痕跡外，其餘的家具都只像是裝飾品。正當我準備離開時，我發現地板上有泥土的足跡，延伸到衣櫃旁。真是奇怪，衣櫃旁只是面紅磚牆，一塊與我視線平行的磚頭，有很細微的光沾附在上面，是一種藍光粉末。

我用手抹一點下來，跟老師拿給我的鎮靜粉很相似。此時，那塊紅磚凹陷下去，牆後出現一間暗房。我慢慢地走進，然後被眼前的東西嚇倒在地！

——一個白骨面具掛在上面，長長的嘴巴上有排尖銳的牙齒！我從沒看過類似的形體，讓我看了不寒而慄。我迅速地跑回房間，鎖上門後一步也不敢踏出。

那一晚我失眠了，因為白骨怪物不斷在夢中追趕我。

16 混亂

隔天我冷靜後，我拿著廚房的刀子，回到老師房間。那駭人的白骨，只是副面具，我並沒有多探索，將牆面復原後便趕緊離開。

之後的日子，老師與霍華德都沒消息，我除了每日的練習外，過去幾天我常跑到中督電腦前，我搜尋了白骨獠牙面具卻一無所獲。

夢裡男孩告訴我的事，讓我耿耿於懷。我試著搜尋自己，我輸入混血、第二級罪、黑髮等特徵，但都搜尋不到相關事情。不過，我發現一件事，罪刑如果要達到二級，我除了傷人外，還必須構成搶奪。我搶了什麼？我為什麼要這麼做？我皺起眉頭，心糾結著。

另外，我幾乎把所有的愛情介紹都列印回家研究，直到錢快用光為止，藉此想窺探其中奧妙。我的問題太多，經常有人在後面督促我快一點。相戀、暗戀、迷戀、同性、異性、戀物……紙本都介紹得很詳細，但紙上的愛情味如嚼蠟，我在夢裡所體會到的，遠超於文字描述。

休息的這幾天，窗戶的白布簾都被我拉下，不時還能看到人們在外頭逗留的身影。我對那些專程而來的客人感到抱歉，因為我學藝不精，所以還無法代替老師滿足他們。

但今天是霍華德來的日子，外頭的人影有增無減。

莉迪亞也在外頭嗎？這些日子我有很多時間可以思考，我的結論就是來自灰燼區的葛瑞絲，騙走了霍華德的愛情，因為她愛的是強森，而她也說過，如果是為了得到一個完整的家庭，她可以不惜一切代價。

接近中午，我到二樓的房間，我也同樣好奇霍華德會出現嗎？然後，在我觀察街道的同時，我看到莉迪亞站在對街，她向我揮手。我比向我的後方，她看懂我的意思，我下樓，打開廚房後門讓她進來。

「發生了什麼事？」莉迪亞問。

「前陣子霍華德在非二十六號的日子來過。」

「——你說的是真的嗎？」

「他後來情緒失控，跑出店外，老師追了上去，徹夜未歸。隔天老師回來後，他告訴我霍華德回家了，並轉交另一個夢境容器給我。」

「你看了嗎？」

「我——」

「布穀——布穀——」壁鐘響起，我們不約而同地看向窗外，門外也安靜下來，過了十分鐘，霍華德依舊沒有現身。

「怎麼會這樣？」莉迪亞說，「這從來沒發生過，他不曾忘了來這裡。如果再也見不到他，我該怎麼辦？」她臉上失去血色，微微顫抖。

「好像有人在裡面。」外面的人說。

女客們開始拍打門窗。「——快把門打開。」

「霍華德在裡面嗎？快讓我們進去。」

外頭快發生暴動，無數雙手拍打著窗戶，我將桌子拉到門邊。我說：「妳快從後門出去。」

「那你呢？」

「我要守在這裡，這間店是老師託付給我的。」

「別傻了，你不曉得她們會做出什麼瘋狂的舉動。」
「現在這裡是我唯一的歸屬，我再也不容許有人從我身旁奪走。」
「說得好，R。」老師突然從廚房方現出現，他走向前，將桌子挪開。「你們站到角落，我要開門。」
「你確定嗎？」我問。
「面對問題，試著解決，然後放下，你就永遠沒有問題。」老師將門打開，他用身體阻擋，沒讓她們闖入。老師大聲地說：「安靜——我有事情要宣布，是關於霍華德的事。」
原本喧鬧的人群，不滿的情緒逐漸緩和——不對，她們只是閉上嘴，眼裡的渴望還在。
老師說：「霍華德找到屬於他的愛情，所以他再也不會來了。」老師說完，立刻關上門。
門外的人一陣錯愕後，也不甘示弱，她們說老師說謊，是個騙子，是他把霍華德藏起來。她們拿起鞋子，還有放在店外的小花盆，猛力地砸向店內，玻璃窗與泥土四散，外頭的她們歇斯底里地怒吼與尖叫，等到她們宣洩完，才逐漸散去，並夾雜著哭泣聲。
「R，為我泡杯牛奶咖啡吧。」老師坐到吧檯旁。「也為你的朋友泡一杯，本店招待。」
「你說的是真的嗎？」莉迪亞問。
「就算我告訴妳是真的，妳也不會相信吧？告訴我，妳相信什麼。」
她說：「霍華德沒找到他的愛情，他依然還在迷惘中徘徊。」
「妳打算怎麼做？」
「我要幫他找回愛情。」
「呵，妳跟外頭那些女人一樣蠢，都只願意相信自己所相信的事。」老師捶桌，雖然他平常嚴厲，但我從未看過他對人疾言厲色。「我就特別告訴妳真相，霍華德處於崩潰的邊緣，沒人能幫得了他。我不知道妳跟他發生了什麼事，但別以為妳比較特別。」

「R，我先走了。」莉迪亞忿忿不平地踩過碎玻璃，從前門離開。

我放下手邊的事，追出店外。在微紅的楓樹下攔住她。「我有事要告訴妳。」

「現在不是時候。」她繞過我。

我抓住她的手腕。「我搞清楚了，一定是葛瑞絲拿走了霍華德的愛情，因為她想要一個完整的家，然後——」

「R——葛瑞絲在很久以前就死了。」

她的話，讓我接下來的推論卡在喉嚨。「妳……怎麼知道？」

「是我的好友，黛西告訴我的。我來就是要告訴你這件事，而且因為她牽扯到弗拉德爾車站的恐怖事件，所以她的資料全被政府封鎖，難怪沒人找得到她這號人物。」

「怎麼會……我以為，我們很接近——」

「不要在這邊談，你下個月的第二個星期日有空嗎？我們店裡缺乏人手，我到時才有休假。」

「妳知道的，我的朋友還不多。」

「正好，我想介紹黛西給你認識，她是我的房東，過去也在學校裡當過老師，懂很多事，我可以將你記憶被上鎖的事告訴她嗎？她是個善解人意的好人。」

「我相信妳信任的人。」

「老地方，早上十點，這次我不會讓你等。先這樣，我現在不想待在這裡。再見，R。」

莉迪亞帶著失望的情緒離開，剛在場的所有人也都是，這大概是我們開店有史以來最失敗的一天。在我要回店裡時，我身後傳來急促的腳步聲，在我轉身之際，莉迪亞跑回來抱緊我。

她說：「只要我們能力可及，一定要全力幫助霍華德。」

「當然。」我說。

我看著她的眼睛，發現她墨綠色的眼睛帶有點灰，我相信這就是真誠的顏色。她露出笑顏，說：「謝謝你。」

我目送她離去，這次她沒再回頭。回到店裡，老師已經自己泡好牛奶咖啡，另外一杯我想是給我的。我先去儲藏室拿出掃把，將地上的碎玻璃與泥土清掃乾淨，波斯菊奄奄一息，不幸淪為愛情的犧牲品。

「我預料到會有這種情況，所以回來看看。」老師說。

「霍華德愛上了葛瑞絲，而她死了，這就是你害怕他想起的原因嗎？」

「事情沒那麼單純，但大方向你說對了。」

「喬米曾提過，你想讓霍華德忘記愛情帶來的痛苦，但你上次說，二十年前你答應要讓他忘記愛情，是吧？」

「我的確這麼說過。」他說。

「當時我並不覺得這句話有問題，現在回想起來，忘記愛情，與忘記愛情帶來的痛苦，是兩種截然不同的事。」

「你繼續說。」

「所以，我心中浮現出了一個疑問：老師你——要如何讓他忘記愛情？」

「精彩絕倫，在把你記憶上鎖前，我就得知你是一個優秀的人，被你發現只是遲早的事。」老師從櫃上拿下白蘭地，倒進杯中。

「你做了什麼？」

「還記得你剛到店裡的時候，你意外地調了一杯快樂的啤酒嗎？當時我說過，調配者本身的情緒與想法會影響容器，我還問你在想什麼，你還記得你的回答嗎？」

「什麼都沒想。」

「想忘記也是一種執著，越想忘記的事反而越深刻，連夜晚的夢，也莫不時時刻刻在提醒霍華德，所以沒有過去與不知道原由的你，最適合調配忘卻飲品。」

「我有泡咖啡給霍華德，但沒進行調配。」

「是嗎？」老師輕笑，「你仔細回想。」

我低眉沉思。「——藍色砂糖？但你說只是鎮靜用。」

「我騙了你，它的作用是針對記憶的阻斷、遮蔽。但那東西並不成熟，我們只想讓霍華德忘記他的愛情，結果你看到了，他只剩下如餅乾屑的記憶。」

「所以……我也是幫兇……」我感到害怕，一直以來我深信不疑的人，卻在欺騙我，同時也覺得自己受到背叛，我氣得發抖。「你怎麼可以騙我，讓我傷害朋友。」

「你放心吧，失敗了，你是我最後的嘗試，他的記憶終究會恢復。」

我看著老師，我想起那天在高速列車上的情景，眼前是一個陌生人，他每晚都會消失，男孩說過去的我不會相信他，白骨面具……種種原因，老師本身就充滿謎團。

「你到底是誰？你真的是受我父母所託嗎？」

「到我的房間來，我有話跟你說。」

我們上樓，我想起在夢裡被怪物追逐的場景，所以我手中還握著掃把。

我走進老師房間，老師要我坐在椅子上，我的神經張開到最敏銳的程度，因為我不知道老師會對我做出什麼事。接著，他蹲到我面前，我側身對著門，隨時準備逃跑，然後他掀開地板，從裡面拿出兩個盒子。

「我想是時候可以讓你知曉一些事。我會階段性地告訴你，讓你有時間可以思考，這次你必須絕對地保密，連跟別人交換祕密這種無聊的行為，都不能再發生。懂嗎？」

我點頭，老師應該是從霍華德口中得知。他坐到床上，仔細一看，老師似乎瘦了一點，也更加憔悴。

「我以前是禿鷹，同時也是沉默動物的一員。」他說。

「——什麼？」我手中的掃把握得更緊。「所以你不是一個好人？」

「誰是好人？誰是壞人？這取決於你的價值觀，我不告訴你容器的好壞，我要你自己去分辨，對於我也是。」

「你們過去攻擊了車站，造成無數人的傷亡。」

「R，我也曾告訴過你，歷史不一定都是事實，關於這件事，我可以很明確地告訴你，不是我們做的。」

「你能拿出證明嗎？」我質問。

「黑色傑森怎麼可能留下對我們有利的證據？」

「那我該如何相信你。除非把你的水晶拿出來，我要看你的真心。」

「可以，在你打算加入我們的抗爭行列後。」

「你們到底想做什麼？」

我將身體轉正，或許我不該選擇逃走，以老師現在的狀況，我或許可以打暈他，再去通報警察，這是為了莉迪亞、霍華德，還有我自己，我的父母一定是在不知情的情況下，才會將我託付給他。

「你曾想過高區的夜晚為何會如此閃耀嗎？榮譽做成的發光高跟鞋，親情的小夜燈，信任被製成高雅的瓷器，那些珍貴的情感，難道是源源不絕的嗎？」

「你想說什麼？」

「告訴你事實。那些被當成裝飾品的情感，大部分都是來自別人，鮮少有人會將自己的情感加工，而且珍貴的情感經常供不應求。你知道前陣子的水火晚會，需要用掉多少人的份量嗎？我保守估計需要三萬人。」

「三萬人？」我篩選老師的話，還有運用我僅有的少數經驗，「你在說謊，這三萬人是你胡說的。」

「R，先入為主只會讓你錯過真相，以你的聰明才智，應該能問到核心問題。」

我思忖著，但也沒放下戒心。「這三萬人是哪來的？」

「正中紅心。在此我要先補充之前沒告訴你的事：過去我們的政治體率先起義跟生命起源抗戰，最後贏了，並且接管他們，這三萬人的光輝是從戰敗國徵收，還有灰燼區那些走投無路之人，他們身上取來的。」

「這有什麼問題嗎？容器的交易，必須雙方都同意。」

「你還不明白嗎？我們所得到，就代表某人的失去。你在社會上越久，會越明白許多事是身不由己，當生活困苦時，人們願意用笑容換取食物，當重要的人遇上困難時，人們會毫不猶豫地典當自己珍貴的情感。你試想，如果你最後發現霍華德的愛情，被人拿來當成家中的裝飾、藝術品、炫耀的獎盃，你有何感受？」

我掃把垂下，思緒混亂，我一直以為那些是別人多餘的，用不到的情感，如果老師所言不假，那場水火秀，與光鮮亮麗的街道……

「這就是我們沉默動物，對抗政府的理由。認不認同，由你決定。切記，這房間裡所說的話，都不能與任何人談起；如果走漏風聲，你會連反悔的機會都沒有，也會令朋友身陷危險。」

「你手上的盒子裡面裝什麼？」我試著轉移自己的注意力，我猜今晚我也會失眠，到時我有整晚的時間可以思考。

老師打開其中一個較大的黑盒，裡面散發著藍光。「這是忘卻粉，現在也可以說是失敗品。」

「所以，霍華德是你們的實驗對象嗎？」

「他是自願者，這點我可以掛保證。」

「為什麼特別找他？」

「在我還是禿鷹時，他曾帶著愛情來典當，他當時要求很高的金額，可以說是天價。我的老師——里奇先生，還以為是同行派來的，目的是要讓他笑死。不過，當我們見識過他的愛情後，就瞭解他的愛情非常特別。」

「怎麼說？」

「我從沒看過那種光輝，有著豔陽的炙熱，與月光的柔和。當時我們沉默動物正在做忘卻粉的實驗，如果這麼強烈的情感都能忘記，還有什麼是人們不能忘的呢？」

「假設你們成功，忘卻粉會用在哪？」

「我們會撒上天空，讓它隨風飄揚；隨雨而下，讓整個政治體的人，甚至整個地球都忘記容器。消滅容器工廠與所有資料後，連我們也會忘記容器的存在。不過，這計畫已經在你手中宣告結束。」

「另一個盒子呢？」另個小木盒看起來年代久遠。

「很抱歉，我沒時間包裝，我原本想在其他時刻交給你。」老師的手平舉，盒子在我伸手可及的範圍。「這是你的成年禮，你的母親在很久以前就為你挑好。」

我半信半疑地打開木盒，裡面放的是一條項鍊，它形狀對稱，左右各畫一個半圓，末段變尖銳但不至於刺傷人，有點像小寫的m，但中間偏短，它表面的紋理細緻、滑順，是我看過形狀最特別的水晶。

「我成年了嗎？」我問。

「快了。」

「我母親親手交給你的？這又是什麼形狀？」

「他們寄放在我這，那形狀象徵羊角。」

「羊角？」

「東方有種十二生肖，每十二年一個循環，每個人的出生年都有其象徵動物，而你是羊年出身。」老師的說法有條有理，我不認為他有辦法立刻編出。

「我的父母也是沉默動物嗎？」

「這是下個階段，等你認同我們沉默動物後，我再告訴你。」

「如果，我不同意呢？」

「我會再次將你的記憶上鎖，然後安排你離開高區。」

「為什麼一定要我認同你們呢？」

「我們會需要借助你的某種力量，而且在推翻政府前，我不會將你的記憶還給你，那會阻礙你。」

「推翻政府？」我頓時感到徬徨。「我來這是要努力當一個好人，我只是想跟家人一起坐在餐桌前，假日能跟朋友到處溜達，過一個正常人的生活。」

「如果這真的是你的願望，那我會建議你，忘了這一切還比較幸福。加入我們是走上一條崎嶇、漫長且充滿荊棘的路。你還有時間可以考慮，但我再次強調，這次只能自己苦惱。」老師起身，他留了一疊鈔票在床邊。「照顧好自己，我該走了。」

「你要回去霍華德那？」

「現在的他思緒很混亂，所以要有人看管他，沉默動物已經放棄他，現在只剩幾位同夥跟我一起輪流照顧他。」

「他之後會怎樣？」

「我不知道，這一切都要看他想起什麼。」老師走出門口。

我也起身，問：「告訴我最壞的情形。」

他在走廊停下腳步，背對著我說：「他會死。」

我情緒激動地說：「——我不會讓你這麼做。聽清楚——我絕不會讓你這麼做。」

「苦惱吧，然後決定。」老師淡定地說。

他大步向前，不管我在他身後咆哮，我也跟那些女客一樣，說他是說謊者、騙子、惡魔，我會的咒罵都用光後，又只剩我一人。我回到房間，看著貼滿畫像的牆壁，我坐到書桌前，雙手合掌，緊握羊角水晶。

——母親，請幫幫我。

那個晚上，我在床上翻來覆去，眼皮與身體都很沉重，卻遲遲無法入眠，好不容易睡著，卻又墜入夢中。夢中有個戴白面具、黑長髮的女子，不斷地拿容器給我選擇，容器瓶上寫著「未來」，但我不管怎麼選，她都搖頭。

17　基準失衡症

時間不會因為我的躊躇而停下腳步，配給的人幫店裡安裝新玻璃窗，他還跟我強調，這種的沒那麼輕易被打破。我還去花店裡買了一些新的盆栽，也去喬米那一趟，告訴他我們店要休息一陣子，我很感謝他沒有多問什麼，他只對我說保重。

我向路人打聽派特羅麵包店的位置，我去了數次，我從對街觀望，或者是混在人群裡假裝經過，只有一次看到莉迪亞拿著剛出爐的麵包，放到櫥窗前。她綁著米白色的頭巾，臉頰紅潤。見她仍然在努力工作，我很開心。但我不能對她訴說我的心事——這次不行，不能牽連她。

後來，我也決定效仿莉迪亞努力工作，我聽從了花店的建議，將一些咖啡渣混進泥土，埋下波斯菊種子。將店內所有的器具清潔到一塵不染，保持隨時都能開張的狀態。我去中督電腦列印了許多咖啡做法，還自學動物的拉花技巧，假如霍華德能再來，他會發現比比在他的杯中。

我與莉迪亞約定之日來臨，外頭的楓樹已被秋風點燃，燒得一發不可收拾，火勢蔓延整條梅爾遜街，我走入火海，火發出清脆的聲響。我搭乘天際經過阿茲曼市場與朗河，那豔麗的夜晚，原本是一個美好的回憶，現在卻蒙上了一層灰。來到琴巴林街後，我看見莉迪亞在前方等我，她穿小紅點的白洋裝。

她開口的第一句話問：「Robot，這件衣服好看嗎？」

「棒極了。」我說。

「這是特別為了霍華德準備，讓你先看，你要心懷感激。」

霍華德的事，並沒有持續影響莉迪亞。彷彿一切都沒發生過。

「我想他會喜歡的。」

「我們走吧，這樣才來得及做好午餐。」

「我們要做午餐？」

「對。」她拉起我的手。

我們經過上次我等莉迪亞的地方，這裡有個消防栓，我就是在這被搶劫。

「到了。」她突然說。我們停在一棟三層水泥屋前，從外觀上很難辨別與其他房屋的不同，只能記住藍底白字的門牌號碼。她走上階梯，彎腰開門迎接我。「請進。」

進門前我回頭一瞥，這邊離對街的消防栓大約三十公尺。門口堆著數十隻木製的老鼠雕像，它們身形直挺挺的，我忍不住拿起一隻。

「黛西，我回來了。」莉迪亞提高分貝。

從屋內傳來腳步聲，一位烏黑長髮的女性現身，她的鬢髮勾在耳後，黑框眼鏡掛在鵝蛋臉上。我猜不出她的年紀，她的五官與我們有些微的不同，鼻樑沒那麼突出。

我的眼睛紅潤，嘴巴微張，是她嗎？但老師沒提到她有戴眼鏡，她曾出現在我的幻想中，我緩慢地走向前。

「你好，我是黑澤黛西。」她伸出手。

我盯著她看了幾秒鐘，然後我瞭解是我誤會了，我低頭握手時，眼淚滴在地毯上。

「R，你還好嗎？」莉迪亞問。

我點頭，收回右手，卻仍然抬不起頭，因為眼淚一直掉落。「我很抱歉。」

「進來吧，」黛西搭上我的肩膀。「我準備了一壺好茶。」

莉迪亞說：「你們先慢慢談吧，我先去做一些前置作業。」

黛西帶我到客廳，坐在柔軟的碧綠色布紋沙發上。

「等我一下。」黛西說，她遞給我一條手帕。

我深呼吸，擦乾淚水，我真是脆弱。客廳的牆是淺黃色的壁紙，上面有粉紅色的玫瑰，其中一面牆掛滿了生活照。桌上擺著雕刻工具，與半成品的老鼠。我又拿起其中一隻，試著轉移注意力。

「閒談中絕對少不了一壺好茶。」黛西端著托盤出現，我聞到伯爵紅茶的香味。她將工具推到桌子另一邊，那邊雜亂擁擠，與托盤上的優雅茶具形成對比。「很凌亂吧？我最近迷上木雕，我打算參加下次的跳蚤市場。」

我問：「這種老鼠要去哪裡才看得到？」

「這才不是老鼠，這叫狐獴，是另種生物，牠生活在生命起源。」

「喔，原來如此。」幸好她沒追問我流淚的原因。

「你知道赤尾巨翼獅嗎？」黛西問。

「那是什麼？」

「是一種身長五公尺的獅子，有著番茄紅的蠍子尾，以及可以遮蔽太陽的巨大翅膀。」

「那也在生命起源嗎？」我一邊想像著。

「對呀，牠們會翱翔世界，每到十一月牠們會經過高區。你想去看嗎？」

「好啊，我想看看。」

「噗哧！」她笑了出來。「你畫出來還比較快，」她倒了兩杯熱紅茶，空氣中瀰漫著清香。「看來是真的，你的記憶被上鎖。」

「什麼意思？」

「剛剛是我胡說的，這世上根本沒那種生物，除非政府偷偷研發。」

「妳為什麼要騙我？」我感到吃驚，她是怎麼回事？

「只要是超過十歲的小孩，都不會相信我剛說的。」她從容地喝茶。「另外，莉迪亞還說了件有趣的事，她說你被搶劫，卻渾然不知，這是真的嗎？」

「當時的我不認為那是搶劫。」

「為什麼？」

「因為他們的要求，我可以做到。巧克力很貴重，但分給他們一些也沒關係。」

「記憶被上鎖後，你還記得什麼？」

「什麼都不記得，但聽到某些詞彙時，腦中會浮現一些畫面。我不知道我會下廚，但烹飪我相當得心應手，有時還會出現一些不知所以然的習慣、反射動作……」

「你記憶的哪部分被上鎖？」

「關於家人。」我說。

「還有呢？」

「難道不僅止於此嗎？」

「在我看來，你不只家的回憶被上鎖，你的情形不合常理。一般來說，鎖上記憶後，會在短期內被大量灌輸良好、正確的觀念，導引你成為符合社會規範的人。」

什麼是常理呢？在我得知老師是沉默動物後，對與錯的界線逐漸模糊。

「我的老師，要我在成年前變成一個好人，這樣才有可能取回我的記憶。」

黛西喝了一口熱茶，鏡片染上了一層薄霧，她搖頭，說：「只要你的品性經過公家機關認證後，你隨時可以取回回憶，也可以不要，但並沒有時間的限制。」

我低頭思忖，老師這麼做的理由是什麼？

「喝口茶吧，茶快涼了。」黛西問：「換個輕鬆點的話題，我們循序漸進，你現在想知道什麼？」

「聽說妳以前也是老師？」我問。

「很久以前的事了，那時我剛升上大學副教授。」

「副教授？」

「也是老師的一種，是一種高等教育體系中的職稱。我的專長是心理學、政治學，我或許能幫你釐清一些心理層面的問題。」

「我有數不清的問題，但首先，我想瞭解容器是什麼。」我想知道老師以外的人看法如何。

「呵呵，對我來說，容器的作用只有泡茶。」

「妳也反對使用容器嗎？」

「反對？這是你老師說的嗎？」

我講話前都會思考再三，確定不會危害到眼前的人。「我聽說其他的政治體，有些反對使用容器，所以我們後來實施鎖國政策。」

「沒錯。」黛西說。

「關於容器的由來，是因為戰爭，這也是真的嗎？」

「我沒想到在這種情況下，他會告訴你這個。這是事實，不過只有我們老一輩的人還記得，現在多數的年輕人只聽過聖人計畫。」

「老師也曾提起，他還沒告訴我那是什麼。」當時霍華德來了。

「那我來補充他未說明的部分——聖人計畫，是為了要創造出一個完全平等、和諧的世界，可以讓人感同身受的世界。瞭解痛苦，才能停止痛苦；瞭解愛情，才能找到對的人。」

「成功了嗎？」

「成功了，但可惜不如人們預期，」黛西看著杯中，神情帶有一絲落寞。「起初人們雀躍，因為我們將脫胎換骨，捨棄原罪。少部分的人獲選進行實驗，也確實成功，那些人轉變成超脫世俗之人，勤奮、禮貌、謙虛……一切美好的代名詞，都能套用在他們身上。你能推斷出之後怎麼了嗎？」

「既然如此，大家應該都想成為那種人。」我說。

「正確推論。這樣就會衍生出供不應求的問題，這是第一點。但——真正導致計畫失敗的卻是第二點。你再試著想想。」

黛西這一點跟老師一樣，會要我試著推敲出答案。

我喝一口紅茶，讓自己的思緒沉澱。既然供不應求，人們會互相爭奪才對，但這樣起因還是在第一點。真正失敗的原因有其他？這是為什麼？容器確實有發揮作用……

「我想不出來。」

「你聽好了，特別是現在的你。」她將茶杯放下，正襟危坐。「原因是——人的罪比想像中還要大。當初獲選參與計畫的人之所以會成功，是因為不計代價。另外，裝著原罪的容器又該如何處理呢？埋起來？丟到海溝？還是送給你討厭的某個人？這些只是冰山一角的問題，所以後來有關惡意的容器都停產了。」

原來容器也能裝進不好的事物。

「這樣懂了嗎？」黛西問。

「那些聖人呢？」

「後來的消息都不曾被公開，但我猜想，他們的原罪其實並沒有完全被摘除，又從零星的小火變成燎原大火。」

「真是不幸。」

「你錯了，恢復原狀才是最好的結果。別以為幾個聖人就可以改變世界，想生存於這世上，原罪是必需的。」

原罪是必需的？那我的罪行，又是從哪個衍生出？「這個世界，現在是和平的嗎？」我問。

「我無從得知，但紛爭不會有根除的一天。」黛西摸著杯緣的亮綠色網線，茶壺同樣也有，還多了金三角裝飾。「你要小心，你的老師感覺另有所圖。以你現在的情況，不該讓你獨自去探索危險的議題，他應該盡可能地把所有常識、禁止事項，短時間內都告訴你。」

莉迪亞這時走進客廳。「暫停，我需要人手。」她指著我們兩位。「進廚房吧。」

「大師，我能不能只動嘴巴就好。」黛西說。

「休想，在廚房我說了算。」

我們三人走進廚房，中間有張花崗岩的四方桌，上面已經備好了發酵完的麵糰，還有磅秤。

莉迪亞說：「我們今天要來做辮子麵包。首先要把麵糰分割成三十公克大小。」

她要我把分割好的數十球小麵糰，一一滾成橄欖形，再閒置十分鐘，使麵糰鬆弛。

「你們剛在聊什麼？」莉迪亞問，她穿著白色，泛黃的圍裙。

「我們聊了容器的起源。」黛西說。

「Robot 你更新了嗎？」

我說：「要花些時間……」

「不用急，慢慢來。」黛西說。

「莉迪亞，妳贊成使用容器嗎？」我問。

「我贊成，它讓我看清了許多事情的本質，雖然它也讓我失去很多，但那是使用者的問題，容器本身沒有錯。」

「妳有想過，或許他們並不想賣嗎？是出於無奈下。」

「你是在說無色人嗎？」莉迪亞問。

「不只他們，還有其他政治體。」

「哪個政治體？」

「妳知道上次我們去看的水火晚會，還有流光，那些情感是從哪來的？」

「你的老師說了什麼嗎？」黛西問。

「我只能說這麼多，避免危害妳們。」

她們彼此對望，然後莉迪亞說：「R，其實我們有討論過你的老師，我們覺得他——」

「他不正常，但我不知道該如何是好。」我打斷她的話。

老師雖然不苟言笑，對店裡的事吹毛求疵，但我相信他是關心我的。不過，自從他坦承欺瞞我，這感覺就變了。

「你的老師似乎在塑造某種症狀給你，」黛西推著眼鏡，說，「——基準失衡症。」

「那是什麼？」莉迪亞問。

「我們從小就在日常生活中學習社會的規則、價值觀，才能做出常理判斷。舉例來說，吃牛排你會用刀叉，而不是筷子。撿到東西要物歸原主，而不是占為己有。馬桶你會覺得潔白最合適，而不是其他顏色，雖然效果一樣。」

莉迪亞說：「我不懂，這有什麼關聯？」

「這就是R的問題所在——他缺乏常識，是因為他沒有衡量的標準。我們為了生存，訂立許多程序、法律、相同的價值觀，對他來說，大量的記憶被上鎖，等同削去了這些日積月累的準則。」

「那該怎麼辦？」莉迪亞似乎比我還緊張。

「只能從頭建立，但你的老師讓你獨自發展，就像讓你走高空鋼索，一不小心就會粉身碎骨。」

「我該怎麼做？」我問。

「——相信我們。」莉迪亞說，「黛西她是我們第五平臺最有智慧的，她如果覺得不對勁，會對你提出警告。」

身旁有她們，我感到安心，我如果對她們傾訴我所有的煩惱，心裡一定會很舒暢吧。把這些煩惱裝進容器，我猜看起來會像是數團糾結的毛線球。

黛西說：「有關水火晚會的疑問，你是在指生命起源嗎？」

「妳知道嗎？」我感到驚訝，還是說現場只有我不知道。

「過去曾有陰謀論說，在我們接管生命起源後，從那邊的人民身上壓榨出珍貴的情感。」

「這是真的嗎？」我問。

「只有第一平臺的人知道。」

莉迪亞說：「我知道水火是從其他城市供應，但我沒聽過是從生命起源。」

「因為妳太年輕，那時戰爭剛結束，政府不希望國內掀起輿論，所以這事在很久以前就禁止談論，對於我們這些親身經歷的人，政府只能期待我們早日死去。」

所以，老師說的有可能是真的……

「R，你還好吧？你的臉色很難看。」莉迪亞說。

「我沒事。」

「現在麵糰要進行下個階段，你可以嗎？」

「我沒問題。」

「把每顆麵糰搓成三十公分左右的長度，等下就可以開始編辮子。」

在搓揉麵糰的過程中，我腦中盤旋著老師出給我的難題。沉默動物與黑色傑森勢不兩立，而黑色傑森守護著高區，這裡有很多好人，喬米、霍華德、莉迪亞、黛西……如果我加入沉默動物，將來有可能會對他們造成危險。

如果我不加入，老師又會再度奪走我的記憶，他會送我回到家人身邊嗎？難道——我父母的記憶也都被上鎖？

「Robot、Robot——」

「嗯？什麼事？」

莉迪亞問：「你會編辮子嗎？」

「我不確定，妳能示範一次給我看嗎？」我說。

「我先教你最簡單的三股辮，你拿三條長麵糰，排在一起後其中一頭集中捏緊，然後像這樣，」她的手不斷交錯，麵條相互纏繞，逐漸合而為一。「有看清楚嗎？」

「我試試看。」不知怎麼回事，長麵糰到我的手裡，手指便自動起來。

「編得不錯嘛——試試看進階的。」

後來我們編了四股、五股的辮子麵包，我相當得心應手，我用不著多加思考，麵糰彷彿在我的手上活過來，真是種奇妙的感覺，莉迪亞跟我同樣驚訝，原來我還有未發現的長才；但除非我找回記憶，不然這永遠是個謎。

莉迪亞把辮子麵包放到烤盤上，刷上蛋水，最後的發酵要等三十分鐘。她要利用這段空閒時間準備沙拉與甜點。我則與黛西到客廳，繼續喝茶。

「你平常有疑問，都是你的老師解答嗎？」黛西問，她又泡了一壺茶。
「對，不過他不在時，我會去問中督電腦。」
「你知道過去每個人家裡，甚至是口袋裡，都有一臺中督電腦嗎？」
「真的嗎？」
「過去的資訊傳遞比較發達，人們可以全天候在電腦網路裡交換訊息、查資料，只須付少許的價格，也可以打電話到國外，但這都是鎖國之前的事。」
「這麼方便的事，現在怎麼都沒了？」
「原因是革命軍會在上面散布不實的報導，以及危險的思想，初期政府雖然受到極大的反彈，但在黑色傑森去敲你家門後，風波逐漸平息，人們也習慣了。」
「革命軍是沉默動物嗎？」
「大概吧，你這類問題最好不要在中督電腦上詢問，陰謀論者認為問這類問題的人，會被政府盯上。」
「對了，妳是怎麼查到關於葛瑞絲的事？」
「因為我的好友──芬妮，過去曾在那所學校中任職，她還記得葛瑞絲曾經邀請她，一起去霍華德家用餐，不過她後來不舒服沒去。」
那場聚餐，就是上次我看的夢。「芬妮說葛瑞絲死了？」
「對，她不幸捲進車站的恐怖攻擊，她原本過不久就要舉辦婚禮，芬妮還因此啜泣，上年紀的人都會特別容易感傷。」
「妳還記得有關那場恐怖攻擊的事嗎？再微小的事都可以。」
「關於那件事，總歸是沉默動物策畫了某種情感攻擊，這件事其實相當有名，原因是倖存的女性，都陷入瘋狂的狀態，後來在不得已的情況下，政府只好將她們的記憶上鎖。」

「沉默動物他們做了什麼？」

「哈，你真奇怪，我又不在現場，怎麼會知道？」

「也對。」看來我也不知不覺感染了女客的瘋狂。

「你們可以先進來吃沙拉嘍——」聲音從廚房傳來。

我走進廚房就聞到麵包的濃郁香味。桌上擺著新鮮翠綠的萵苣、紅潤的小番茄、暗紅色的肉片，還有沙拉醬與起司粉。

黛西驚訝地問：「妳哪來的煙燻牛肉？」

莉迪亞笑咪咪地說：「這是祕密。」

「我不在乎，只要能吃到就行。」黛西快速地把椅子拉開坐下。

夢裡牛排的滋味讓我魂牽夢縈，還有烤盤上的金黃色辮子麵包，有股衝動從我的胸口竄出——我卻什麼也想不起。

「關於霍華德的夢境，還有什麼是我不知道的？」莉迪亞問，她坐在我的對面，與黛西並肩而坐。

我將霍華德家中的事，包括：比比、強森、葛瑞絲的過去，霍華德的告白，一切都告訴莉迪亞。

莉迪亞說：「黛西，可以麻煩妳再跟好友打聽強森的消息嗎？」

「沒問題，我也好奇。」

「不過，真羨慕他養過狗。」莉迪亞說。

「那很特別嗎？」我問。

「狗只有富裕人家才養得起。聽說狗帶給人的快樂，非一般快樂可以比擬。」

「為什麼這麼說？」

「因為牠們是為了陪伴人類而生的物種，溫柔的眼神，永不背叛的心。」

比比也還守在那個家嗎？守在霍華德身邊。

「其實很久以前，養寵物是一件很普遍的事，我有一張照片，是我的祖母與她養的十隻貓合照。」黛西說，「直到因為戰爭，許多都被政府抓去做實驗。」

「黛西，吃飯時別討論嚴肅的議題嘛，R，麵包好吃嗎？」

「好吃。」我說，剛出爐的金黃色麵包散發著熱氣，香味撲鼻而來，這是幸福的味道。

「雖然甜點才是我拿手的，不過我做的麵包也不差。」

「所以，當初我才願意讓妳用麵包折抵房租。」黛西說。

「我也很喜歡，比配送的麵包好多了，是我有記憶以來吃過最好吃的。」

「是嗎？如果有這麼好吃，你等下會死嗎？」莉迪亞對我說。

「什麼——」我驚恐地離開椅子，卻一屁股跌坐在地。

「莉迪亞——妳不該對R開這種玩笑，他會當真的。」黛西將我扶起。

「抱歉，R。」莉迪亞也過來攙扶我。

我重新做回椅子上。「妳剛剛為什麼這麼說？」

「這是我們甜點師的玩笑，要創造出好吃到會死的甜點。」

「有那種甜點嗎？」

「當然沒有，但我們會朝那個目標前進，這樣才能做出令人朝思暮想的甜點。」

「喔——我懂了，是想吃得要命的意思。」

「R成長挺快的。」黛西說。

這樣一起坐在餐桌前談笑風生，讓我短暫忘了惱人的事。這就是我所期望的，這比任何山珍海味都還要重要。外酥內軟的辮子麵包，沒有特別地調味，卻讓人一口接一口。

吃完豐盛的午餐後，下午黛西跟我展開對談，她不斷地拋出問題，例如：當別人想跟我借情感時怎麼辦？又或撿到了一瓶漂亮的容器，那正好是我所需要的情感，只要放入水晶就沒人發現，這樣我會怎麼做？許多問題我都選擇得不夠好，回答得不夠完善。黛西告訴我，走下一步前，要試著推估後續可能的影響。

有一題，黛西問：如果另一伴，在跟我抱怨她的體重時，我該怎麼回答？這一題使我笑了，因為我有經驗。

窗外的天色，黃昏將至，而我的腦袋已經昏沉沉，黛西說今天到此為止。她還拿許多書借我，有關人際關係，容器常接觸到的法律與實際案例，以及容器圖鑑，上面有各式各樣的應用以及帶來的效果。

「我帶R去坐天際線。」莉迪亞說。她把中午吃剩的麵包重新加熱，讓我帶回去。

黛西送我到門口，她說：「這裡隨時歡迎你。」

「謝謝妳，我會再來的。」

「另外，我要提醒你，所謂的常態不一定就是對的，真相說不定是殘忍的，你首先要學的第一個課題是——說謊。」

「那是不對的行為。」我說。下午我們也探討過，但她沒能說服我。

「黛西，現在教R這個不會太早嗎？」

「難道要等他得罪人，或者是造成傷害時才告訴他嗎？我現在告訴他的是現實運行規則，如果他想融入高區，唯有適應。」

「我懂所謂的善意謊言，但我目前還想保持下去，因為說謊，就代表我多了一個祕密，現在的我，已經無法承受更多的祕密。」

黛西給了我一個擁抱。「辛苦的孩子，沒事的，你這年紀本來就會有許多煩惱。」

黛西的擁抱很溫暖，她身上有著洋甘菊的香味。我也抱著她，假裝她是我的母親。

18 傀儡劑

「我想走走，吹吹晚風。」我說。

莉迪亞說：「我陪你走。」

晚風涼爽，稍微有些強勁，風從我耳旁呼嘯而過，撥弄我的瀏海，正好使剛用力過度的大腦稍稍冷靜。

夜晚的高區璀璨生輝，那些我曾可以單純賞心悅目的美好，現在卻會想像那瑰麗飾品的背後，有什麼樣的故事。我們走到金騎兵廣場，噴水池銅像的劍指向前方，劍鋒散發著金光。

「R，你的老師在照顧霍華德嗎？」

「對，但他最近都沒回來。」

「你跟我提過，霍華德很懼怕你的老師。」

「對，在他拿給我第一個夢時。」

「你覺得這兩個，哪個是事實？」

我停下腳步。「如果，妳覺得霍華德的恐懼是真實的，妳打算怎麼做？」

我不是沒想過這個問題，但不確定因素太多：霍華德的混亂，老師的隱瞞，沉默動物的詭計。

「我們到沒人的地方談。」

我們到朗河附近的長椅坐下，莉迪亞從外套口袋，拿出一個用黑布包裹的東西。

「這是什麼？」

「傀儡劑，」莉迪亞小聲地說，「這個短時間內，可以命令人做任何事。」

「你想做什麼？」

「讓法蘭克帶我們去找霍華德。」

我伸手想拿傀儡劑，莉迪亞卻將手縮回去。「R，我老實告訴你，只要身上有這種東西，不管用途為何，都是死罪。」

「——什麼？這麼危險的東西，妳趕快丟到朗河。」

「不行，這是我們最後的方法。」她此刻的神情，又跟店裡的女客一樣，充滿執著與渴望。

「有必要冒著死亡的風險嗎？」

「有——對我來說，因為他讓我重拾生命。」

我將身體側向另一邊，說：「我沒辦法幫妳，這是違法的，不在我們約定內。」

她從我身後抱住我，頭靠在我的肩上。「自從你的老師說，霍華德快崩潰了，我就花光積蓄，還付出一半以上的甜點技能，到黑市換取傀儡劑。」

我轉過來，抓住她的肩膀，對她大吼：「妳瘋了嗎？」

「讓他把我當成葛瑞絲。」莉迪亞說，「這也可以用在霍華德身上，既然葛瑞絲已經死了，就讓我代替她，只要能讓他快樂幾天就好。」

我們雙眼直視，她在我眼裡堅定，我在她眼裡一定是疑惑。到頭來我還是不懂愛情，我無法理解為什麼人能為另一人如此死心塌地。在我眼中，莉迪亞才是被愛情擺布的傀儡。

「現在……我們還無法確定，霍華德的愛情是否給了葛瑞絲。」我試著轉移話題。

「你覺得霍華德還愛著葛瑞絲嗎？」

我重新面向朗河。「我不知道，但跟葛瑞絲在一起的時候，他的內心很飽滿，他希望那種感覺可以永遠延續。我看下次將他的夢帶給妳。」

「不可以——因為他信任的是你，不是我，還不是……在夢中，那位叫尼斯的詭異管家有出現嗎？」

「沒有，大宅裡只有霍華德與比比。」

那位尼斯，莉迪亞說過戴著面具，他也是沉默動物的人嗎？回想起老師房裡的白骨面具，仍讓我起雞皮疙瘩。

「霍華德和葛瑞絲都聊什麼？」

「從煮菜到打掃，比比做過的蠢事，過去與將來，他們什麼都談。」

「原來他也有正常人的一面，我此時此刻真的好嫉妒葛瑞絲呦——」

「妳嫉妒她什麼？」

「我嫉妒他們可以輕鬆普通地聊天，這樣就很幸福了。」

「我不懂，如果這樣就感到幸福，為什麼幸福在我們店裡會賣這麼貴？」

莉迪亞靠向我，用手掩住了嘴，輕聲地問：「R，你想要知道讓女生幸福的祕訣嗎？」

「好。」

「你把耳朵靠過來，這樣幸福才不會跑掉。」

我的耳朵貼近她櫻桃色的嘴唇，莉迪亞的頭髮依然夾帶著茉莉花香。「你已經做到了。」

「什麼？」

「仔細聆聽，還有絕不要自以為夠瞭解女人。」

「我該學的還有很多，我從來不覺得自己夠瞭解人。」

「呵呵，不是這樣的，是因為有時連我們也不瞭解自己。」

我現在覺得，記咖啡的流程還比較輕鬆。「所以，即使霍華德每天跟葛瑞絲談話，也無法瞭解她嗎？」

「慢著，我發現一個盲點了——就是你。」

「我？」

「既然你不懂愛情，又要怎麼尋找愛情。」

她一語驚醒夢中人，她說得有道理。「但我不能隨便使用店裡的容器，何況店裡的愛情有那麼多種面貌，我也不知道該用哪一種？」

「用我的。」莉迪亞說。

「妳的？」

「你現在不能使用水晶訂契約，你只能接受，所以我只好把愛情單方面分給你，等你能使用水晶後，一定要還給我。」

「我會還妳。但使用後我會變怎樣？」

「你就會瞭解什麼是愛情，我有多愛霍華德，你就會有多愛我。然後等霍華德再給你夢境時，你或許就能從中找出蛛絲馬跡。」

「我會愛上妳？」

「暫時性的，只要還給我就沒事。現在把你的水晶拿出來。」

「會痛嗎？」我拿出我的十字架水晶。

「傻瓜，不痛哪算愛過。你願意為了霍華德，還有我這麼做嗎？」

我不捨再看到霍華德痛苦，還有如果我能解決問題，或許莉迪亞也能獲得幸福。

「妳要答應我，把傀儡劑換回妳的甜點技能。」

「好，我會去換回來。等你生日時，我會為你烤一個全世界最好吃的蛋糕。」

接著，莉迪亞將她的四葉草水晶墜鍊抱在懷中，她閉起雙眼，她一定是在想他，她的水晶開始發光。她將橘光的愛情捧在手中，像是一顆小柳丁，也像充滿活力的朝陽。或許是因為霍華德在莉迪亞的生命中，是有如朝陽的存在。

「你覺得如何？」

「很美，像妳的髮色。」

「你的水晶靠過來。」我照做。那些小光球聚集到十字架旁。「有什麼感覺嗎？」

「沒什麼特別的感覺。」

「效果會慢慢出現，尤其是在我們分開後。」

「莉迪亞，如果說……霍華德的愛情不如你所想像的呢？如果那充滿危險呢？」我想起老師對我的告誡。

「R，如果人生從不冒險，我保證等你老了，你會夜夜想著如果的事而失眠。還記得我們的約定嗎？你發現了什麼，一定要告訴我。」

「我記得。」

「一切都會沒事的，你別擔心。」

莉迪亞送我到上線的地方，她說我等下就能體會愛情的洗禮。我獨自一人坐在天際線上，身旁是不認識的乘客，底下是從未見面的人們，不過情況已經跟幾個月前，我剛到高區時不同。

我結交了幾位朋友，也學會一些泡咖啡的技巧，更重要的是——我開始跟人有連結。

我愛上莉迪亞了……我為什麼會愛她？我細想著幾種可能性——因為她的笑容？她的眼睛？還是

跟她在一起我很開心？我的胸口開始感到溫暖，嘴巴不自覺地笑了起來，舌尖也傳來甜味。
莉迪亞，我開始想妳了……

19 擁抱

回到THE NEST前，布簾透出微微亮光。老師回來了？

我打開門，老師坐在吧檯前，霍華德專屬的位子旁，黑色大衣的衣襬有些磨損。「請泡一杯咖啡給我。」他說。

我繞過老師到吧檯的另一邊，用肥皂搓揉雙手。老師的臉頰紅通通且更消瘦，他手邊放著一瓶大摩威士忌，雙眼迷濛。

我打開機器，沖煮一杯濃縮咖啡，在從架上取下軒尼詩XO，然後去廚房將一顆蛋黃與一匙蜂蜜混和，打成蛋液後輕輕到入濃縮咖啡中，再加上鮮奶油，就完成了——凱薩爾米蘭琪。

老師將小玻璃杯拿到鼻子前，問：「這是你自學的？」

「中督電腦裡有做法。」

「你的成長讓我吃驚。」

「因為你教導有方。」

「哈哈，我並不大會教人，這點我很清楚，是你才華洋溢，像你的父親，樣樣精，樣樣通。」老師痴痴地笑。

我問：「霍華德呢？」他喝醉後，會容易被套話嗎？

老師斂容，「他逃跑了，我們找了他一天一夜，但一無所獲。我想他或許會來這，才在這裡等他。」

我心想如果他這個時間來，不會從大門。「他為什麼逃跑？他現在的精神狀態如何？」
「我不知道他想起什麼，他依然很混亂，美夢與惡夢糾纏著他。」
「知道他可能會去哪嗎？」
「他想起的地方都已今非昔比。如果他有過來，立即打電話到這。」老師留下一張紙條。
「你今晚還是不待在家嗎？」
「怎麼了嗎？錢不夠用嗎？」
「你已經兩個禮拜沒煮飯。」
老師抿嘴，「我很抱歉，我會彌補你，還有你把店顧得很好。」他伸出右手臂彎曲，成九十度。
「你也跟我一起做這個姿勢。」
我不解，但照做。「這樣嗎？」
老師突然大臂一揮，勾住我的手，把我整個人拉向他，他的手肘抵在我心臟，他說：「這是我跟你父親道別時的互動。」他調整我的手肘，貼近他的心臟。
之後老師走出店外，我感到有些錯愕，因為我們不曾那麼親密過。
我回到房間，霍華德已經來過，書桌旁放了一瓶粉櫻光的容器，裡面的花瓣層層推砌。如果連他的回憶都如此美麗，那他的愛情會是什麼模樣？
我躺在床上，打開容器後聞到陣陣清香，像是衣物剛洗淨的柔和與清爽。
氣派的裝潢，莊嚴的肖像畫，這次又回到安德森大宅，桌上擺了兩杯牛奶咖啡，比比慵懶地躺在火爐旁，他們兩人相對而坐。
「妳不談嘴角的瘀青嗎？」霍華德問，他的瀏海變長，這次的時間應該又過了幾個禮拜。
葛瑞絲的臉上塗著厚厚的妝。「沒什麼，只是不小心去撞到。」

「我很清楚那不是撞傷。」霍華德壓抑著怒氣。

「你為什麼要追問？你沒有立場。」

「我可以想辦法幫妳解決。」

「你無法幫上忙，也不關你的事。」

「我們是朋友。」

「但我無法這樣說服自己。我知道你想要的更多，而我無法給你；接受你的幫忙，就像在利用你。」

「我心甘情願，妳不用給我什麼。」

「我就是瞭解這點，才更加不能告訴你。況且你為我做得越多，強森越會起疑，我只是想要一段平凡的幸福，這要求過分嗎？」

他說：「那也是我的希望。」

原來奮不顧身是這種感覺，讓人有勇氣站在危險前，張開雙臂阻擋所有的惡意，我現在能理解莉迪亞的感受了。

葛瑞絲將頭撇開。

「如果妳不打算告訴我，我只好當面質問那個懦夫。」

葛瑞絲驚恐地看著他。「你不需要蹚這渾水，這是我跟他的事，你就當不知道，之後的情況一定會好轉。」

「這不是我認識的葛瑞絲，我所認識的是一位勇敢、不放棄，有話大聲說的女人。」

「你所看到的葛瑞絲，是我演給大家看的，一個開朗、積極、熱心的女孩，有誰不愛呢？這也是強森對我的期待。」

「這也是妳的期待嗎？社會的上流分子，學術上的菁英，一個體面的家庭。」

「你有什麼資格批判我？我不偷、不搶、不騙，一路從社會的底層爬上來。你家財萬貫，又有良好的背景，根本不懂被人作踐的感受。我累了，如今好不容易一切都要撥雲見日，我不想因為你再節外生枝，堅強的葛瑞絲只是個假象。有件事你說對了——我之所以花這麼多時間在你身上，只是自我滿足，將來我或許可以在募款的晚宴上，談論這個故事。」

我對葛瑞絲說的話感到憤怒，但霍華德絲毫沒有生氣，反而還感到不捨。

「即使如此，妳也不用忍受暴力行為。」

「他其實已經向我道歉。你從沒被金錢追著跑，所以我想你無法體會這種感覺。我從小就瞭解一貝令可以逼死一個人，可以讓尊嚴墮落。」

「他值得妳託付一生嗎？如果他從此一蹶不振的話呢？」

「我相信他，他一定會東山再起。」

「妳跟他在一起真的會幸福嗎？」

「不管怎樣，我都決定與強森一同共患難。所以，你放棄我吧，以你的條件，要找一個比我更合適的人，簡直易如反掌。」

「我瞭解了。讓我幫妳最後一次，之後我不會打擾妳。」

「為什麼我說了這麼多，你還不願意放棄？為什麼你這麼為所欲為？」

「只因為我做得到。」

霍華德站起，而葛瑞絲則一動也不動，注視著前方，連眼皮也沒眨。我看向鐘擺，整個空間除了我與霍華德之外，連窗外的落葉也停止落下。

他走到葛瑞絲面前，單膝下跪。

他說：「更重要的是——因為我深深地愛著妳，如果我們年齡再接近一點，如果我們不是師生關係，如果妳能再依賴我一點，我們之間是不是會有別種可能？」

這是怎麼回事？這不可能是霍華德的過去。

「我們可以牽手逛街，在咖啡店裡談天說地，假日一起睡到中午，然後在廚房煎鬆餅。」霍華德親吻了她的額頭。這裡難道是他的幻想？是他真正想對葛瑞絲說的話嗎？「或許以後我們不會再見面，但我會活躍於伸展臺，讓妳知道我過得很好。」

霍華德說完後走向大門，我也跟過去，他打開大門時，稍微停頓了一下，當他再跨步向前時，他下定某種決心。

過門後，我們來到了一間萊姆石砌成的房間，腳下是平坦的水泥色地板，前方的櫃檯有兩位女接待員，她們塗著金色眼影，見到霍華德，表現得又驚又喜，其中一位還從抽屜裡拿出雜誌請他簽名。

他簽名後表示來意，其中一位搶先說要帶領我們去招待室，另一位捶胸頓足，招待室的牆面是紅杉毛櫸的花紋，中間擺了張桃花心木製的長方桌，可以容納得下十二個人。

「請問要喝茶，還是咖啡？」

「咖啡，謝謝。」

接待人員隨後端了咖啡一杯過來，霍華德加入奶油球。他走到一旁的落地窗，額頭靠著玻璃，我不知道他是在看窗外，或看他自己，他內心很平靜。

強森走進來，手裡拿著威士忌與酒杯。「你來找我做什麼？」

「你的公司遇到了什麼問題？」霍華德問。

「你們家族要幫我嗎？」他拉開椅子坐下。

「我跟他們已經沒關係，是我要幫你。」

「哈哈——你要怎麼幫我？拿你當模特兒的錢嗎？那不大穩定，不如你去當服務生，工作個五十年，或許就可以幫上我一點忙。」他為自己倒酒。

「喝得爛醉就有幫助嗎？你真的試過每種方法了嗎？你有從錯誤中記取教訓嗎？」

「我告訴你，老子沒做錯任何事，一切都是該死的政府突然決定鎖國，我的貨船被扣押在伊甸園，如果貨品沒回來的話，債主過不久就會上門討債。」

「這都不是動手打女人的理由。」

強森把酒杯用力放在桌上。「聽好了，那是件意外——」

「你需要多少錢？雖然我跟安德森集團沒關聯，但我已經分得我該拿的部分。」

強森左手撐著額頭，右手把玩酒杯。「五百萬貝茲。你有辦法嗎？」

「我會嘗試。」霍華德走向大門，他背對強森。「但你要知道，我會這麼做，都是為了葛瑞絲，一個來自灰燼區的女人幫了你，我不准以後你再拿她的出身調侃她，還有——要是你敢再對她動手，我就殺了你。」

霍華德的水晶戒指，發出烈火般的紅光，我與強森都清楚，他不是在耍嘴皮子。

我們離開強森的公司，首先，霍華德打電話給他的父母，他只能在電話裡留言，他想各借兩百萬，雖然他心裡很不願意這樣做，也覺得這樣希望渺茫。他還是一五一十地稟報，說要借給一家進出口貿易公司，他的船目前被扣留在國外，如果他們願意借的話，他會再跟對方談之後的利息與酬謝。

接著，我們還跑了好幾家銀行，如果抵押安德森大宅，銀行報價一百二十萬。我們也去了專門收購容器的店家，經由他們的檢測後，發現霍華德的愛情很值錢，不過店裡的容器都不夠大，所以霍華德不願意賣，因為那賣不到最高價。

夢裡的時光跳躍，一下就過了數天，霍華德的父母並沒有回覆，他最終跟銀行談到了一百五十萬的價格，而且他也付出大筆違約金，一次性拿走奶奶留給他的財產，即使如此，也還差了一百萬。

最後，我們到霍華德的經紀公司，外觀是黑色玻璃帷幕大樓，各家精品服飾進駐，霍華德有預約，接待人員說：「父親曼德拉已經在五樓等候。」

我們搭電梯上五樓，在敲門前，霍華德縮手，手把彷彿會燙傷人，他突然躊躇不前，彷彿踏入瀝青未乾之地，整個人陷入腰部以下。他內心惶恐，這是為什麼？他沉重地敲門。

「請進。」

他內心掙扎地轉開門把，地板是深咖啡色硬木地板，牆上掛著許多動物頭顱的標本。

「你好，父親曼德拉。」

「我的孩子，這是你第一次主動找我，你有事求我，我們就別浪費彼此的時間。」曼德拉的打扮依然相當花俏，身穿粉紅羽毛的大衣，配上葡萄色的紫光領帶。

「十年契約，一百萬。」霍華德說。

「哼——你是在逗父親開心嗎？你離那個價碼還遠得很。」

「是嗎？那我去其他間問。」他轉身。

「慢著，我不可能看輕我的孩子，但你也瞭解行情，我最多只能給你三十，剩下的七十，只要你配合，我或許能幫你湊到。」

他們談的交易是什麼？霍華德雖然表面不在乎，但他心中充滿不安，以及升起某種恐懼。

「你回去慢慢考慮吧，我從不逼人。」他抽起雪茄。

「什麼時候能給我三十萬？」

「在這邊簽字，我下午就可以匯給你。」

霍華德快速地預覽合約後，說：「三十萬，三年。」

「五年，我堅持。」

「我還要一個附加條件，我要到巴黎發展。」

「沒問題，其他就看你的決定。」

霍華德面色凝重，簽字後他離開那，場景換到旅館，他已經搬離安德森大宅，當初銀行願意提高價碼的原因是他能迅速搬離。

他走進浴室沖澡，我坐在外面的椅子上搓揉小腿，試著緩解這幾日累積的疲勞——雖然一點用也沒有。

熱水刺激著腳底的水泡，我感到刺痛，浴室傳來搥牆的聲響，我的右拳立刻腫了起來。我站在浴室前，此刻我感覺不到霍華德在想什麼，真是奇怪？玻璃瀰漫著白霧，隔起了我與霍華德的心。

他走出浴室後，我以為他會躺在床上休息，沒想到他卻從行李箱中，翻出學校制服。我望向窗外，早晨的陽光已經大剌剌灑在街頭。夢裡的時光常使我錯亂，不同的窗戶是不同時間，每一扇門後都充滿未知。

現在是早晨，他準備去上學，這幾天換算下來，他應該很久沒到學校。房門後就是教室，他走到座位，周遭的人三五成群，唯獨漏了他，他們談論著畢業後要做什麼，以及容器要如何使用。在離開校園前，他們有些人已經訂下契約，來確保分離後友誼不會變淡。

沒人跟霍華德訂契約，也沒人來問他這段時間消失到哪。我能感受到他心中的孤獨感，可是他享受孤獨，不覺得寂寞，難道他一個人真的比較自在嗎？

鐘響後，葛瑞絲走進來，她帶著爽朗的笑容向學生們問好，她的眼神短暫停留在霍華德身上，接著她要同學翻開課本開始上課。她嘴角的瘀青已經不見蹤跡，今天講述的是《李爾王》的故事。

故事的內容十分精彩，有學生提出質疑，男子的耳垂掛著銀色耳環，他說：「解析這些故事對他們人生一點幫助都沒有，如果李爾王有容器的話，就不會落得這般下場。」

葛瑞絲微笑，說：「假設某天有人跟你說：嘿——別往西邊去，那邊發生了嚴重的瘟疫，但聽說吃檸檬有幫助，這就是故事，故事與我們息息相關，就像生活中的閒聊，我們能透過故事窺視未來，並為未來做準備，這是容器做不到的，而你也是透過別人的故事，才瞭解該如何妥善使用容器。」

下課後，葛瑞絲與霍華德的視線又對上，他們用眼神交換了某種訊息，霍華德跟著她走出門外，他們隔著十步的距離，一前一後走進輔導室。

「你這段時間去哪了？我去過你家，外頭的鐵門竟被貼上封條。」她站在門旁質問。

「我搬走了。還有這個給強森，」霍華德遞出一張支票。「再給我一些時間，剩下的我會補齊。」

葛瑞絲看著支票，眼珠子彷彿要跳出來。「四百三十萬？這些錢怎麼來的？」

「妳別管，我都處理好了。」

「你把房子賣了嗎？趕快把這些錢拿去還給銀行，」她試圖把支票塞進他的手中，而他雙手握拳，

「那裡有你跟奶奶、比比相處的點點滴滴，充滿你成長的回憶。」

「正因如此，我才不想再待在那，那裡實在是太空曠了。而且我畢業後打算到巴黎。」

「不管你說什麼，我絕不會收下。」

「如果妳真的把我當朋友的話，就接受我的幫忙，這些錢當我借妳的，這樣好嗎？」他將葛瑞絲的手，移往他心臟的位置。「先將這些拿給強森。」

「你現在住哪？」葛瑞絲問。

「我住在弗拉德爾車站附近的旅館。」

「告訴我哪間旅館，還有房號。」

「萊明富旅館，零四二六。」

葛瑞絲抽走了手。「你待在那，不准亂跑。」她拿走支票，快速離去。

這樣就對了，趕快拿給強森。霍華德閉上了眼睛。鐘聲響起，場景又開始變動，天花板往上推擠，地面上竄出了好幾根石柱，盆栽裡的植物根部向外延伸，形成樓梯與欄杆，樹上的果實落下後長出手腳變成人。

我們回到萊明富旅館的大廳，這裡有提供寵物休息處，霍華德推開一旁的玻璃門。房內有許多鐵籠，但只有比比，比比窩在最底層的籠子，牠看到霍華德後站起，拚命搖尾巴，發出撒嬌聲。

霍華德蹲下，他將手伸進籠子，撫摸比比。「再忍耐一下，之後我們就去旅行。」

他回到房內，窗外開始下起大雨，他坐在窗檯前發呆，不——他是在想葛瑞絲。拍打在窗上的雨，激起了霍華德心中的漣漪，他回憶著與她發生的點點滴滴。

「叩、叩、叩——」門口傳來急促的敲門聲。霍華德走到門前，從貓眼看到了被雨淋濕的葛瑞絲。他急忙開門。「妳怎麼會來？」

葛瑞絲看著霍華德，然後，「啪——」重重地摑了他一記耳光，我的臉頰一陣辣燙。「我剛去了銀行，想瞭解你的貸款，結果你知道我發現了什麼事嗎？」

「妳糟蹋了我的心意。」

「銀行總共只給你四百萬，剩下的三十萬是怎麼來的？你又要怎麼補足差額？」

「我跟我父親要的。」

「你騙不了我，」葛瑞絲的淚水在眼眶中打轉。「你到底做了什麼？」

「……」他別過頭。

葛瑞絲身體開始顫抖，她雙手掩面痛哭。「我剛剛好害怕，開門後會看到一個滿頭銀髮、眼神空洞的人。」

「對不起……」他看到葛瑞絲這樣，也感到痛心。

「你去找禿鷹了嗎？」

「沒有。」

「那你怎麼可能有這筆錢。」葛瑞絲淚流不止。

「是經紀公司，那筆錢是五年的簽約金，他們晚點會給我剩餘的部分。」

「你把自己賣了？」

「我不會用那種字眼，這是我事業的跳板，他們會為我安排好一切，我將在舞臺上大放異彩。」

「快把錢還回去，他們會榨乾你的。」

「我不怕吃苦，不只為了妳，這也為了我。」

「你為什麼這麼傻？」她激動地吼著。

「能遇上妳是我的幸福。」霍華德親吻葛瑞絲的水晶戒指。「所以依照契約，我也要給妳幸福。」

下一秒，葛瑞絲抱住霍華德，他們擁吻。

我能感受到她柔軟的唇，她的氣味，她的體溫。他們褪去彼此的衣物與枷鎖，在床上翻滾，霍華德的手在她身上游移，嘴也不停地探索，從耳垂到脖子，從脖子到胸口，葛瑞絲的呼吸逐漸加重。

我臉紅，心跳加速，這種感受原始又充滿生命力，這一刻彷彿只為他們存在。他抬頭看向撫媚的她，等待她的回答，而她點頭。我之後感受到緊緊的包覆感，在無數的上下起伏後，體內有股熱泉湧出，我感到無與倫比的滿足。

激情過後，雨變小了，我背上的汗珠變大，他們赤裸地躺在床上，一次又一次地接吻，每一次都當最後一次，他們的瞳孔映照彼此。

20 沉默動物

時間剛過八點，這是我第一次錯過練習時間。

我梳洗完後為自己泡了一杯晨喚時鐘，然後將昨天帶回來的辮子麵包加熱，雖然脆度減弱，仍香氣四溢。

我在房間吃早餐，一邊將夢裡所看到的線索一一記下。

——霍華德簽下合約，而且可能到過巴黎發展，他是那時去凍結的嗎？如果他有一雙不老的臉孔，他就可以永遠走在伸展臺上。

——他過去的老闆是父親曼德拉，一名高挑、花俏的黑人男子。

——在房子賣掉後，霍華德住在車站附近的萊明富旅館，零四二六號房。

整理好後，我外帶一杯牛奶咖啡，前往派特羅麵包店。在等待天際線的同時，我到一旁的中督電腦，試著搜尋昨天夢境容器裡的花，我找到一朵相似的名叫千日紅，花語是——不朽。

乘坐天際線時，我開始想莉迪亞——事實上從早上算起，應該有五次，分別是看到陽光時，咬下麵包時，喝下咖啡時，如果把我的思念都裝起，應該能為店裡補不少庫存。

我到派特羅麵包店的後方，拍打鐵門，開門的師傅滿頭大汗。

我說：「我有急事想找莉迪亞。」比往常更強烈地期待。

莉迪亞隨後出來，她戴著口罩，捲起袖子，圍裙沾滿麵粉與油漬。

「R，你怎麼來了。」

我將霍華德失蹤的事，還有夢中大部分的事告訴莉迪亞，包括——他們的爭吵，霍華德的不捨，心中的恐懼，還有我們四處籌錢的事。臉紅心跳的體驗除外。

「我就是在那間旅館初次遇見他，而且是同一間房，那地方對他一定很特別，我們先去那邊看看。」

莉迪亞請假後，我們到車站附近。這邊的變化不大，我們找到那間旅館，它們的水藍屋頂像城堡的尖端。我們進門，莉迪亞跟櫃檯人員指定零四二六號房。在等待的同時，我在大廳四處閒晃，以前比比待的地方，現在變成一個小型健身房。過了五分鐘，櫃檯人員通知我們可以入房。

進房後，空氣裡飄散著薄荷的味道，這裡的擺飾、壁紙、地毯都更新過，我到陽臺旁，今天的天氣不錯，是個大晴天，溫度適中，下面群眾熙熙攘攘。莉迪亞曾想在這邊結束生命，幸好霍華德出現。

我們巡視房裡的每一個角落、床下、櫃子，敲過每一寸的地板與牆面，想找出隱藏的空間，連天花板也沒放過，卻一無所獲。

我坐在椅子上休息，思考著：霍華德為什麼會回來？是因為他與葛瑞絲在這的美妙體驗嗎？他與莉迪亞也曾在這溫存。想到這件事，我心裡湧出怒火。我經歷過這種柴火悶燒、燥熱的感覺，霍華德也是這樣看待強森，我的嫉妒心是莉迪亞的愛情在煽動嗎？

直到晚上九點，我們什麼也沒發現，霍華德也沒出現。

「妳找到他後要做什麼？」我問。

「我不知道，這取決於他希望我做什麼。」

「妳為什麼這麼愛他？」

「怪了，你應該是最清楚的才對。今天我們回去吧。」

我們退房，然後站在天際線的等候區，莉迪亞在毫無預兆下，站在原地抽搐、哭泣。那行為簡直是在撕裂我的心。我走到她面前，擁抱她。

「我們一定會找到他。」

「我想回家。」她說。

「好，我帶妳回去。」

「我想回去小時候，父母都健在的家。」她也抱起我，在我的胸前用力哭著。

我不斷摸著她的頭，安撫她。「我也是，我也想回到那個家。」

我送莉迪亞回家後，回到第四平臺，我提前兩站下車，我想感受晚風的吹拂，路上只剩零星的行人。

如果我搶先發現霍華德的愛情，現在的我會願意還給他嗎？因為那也代表我要把愛情還給莉迪亞。我想成全他們，但也不想失去這份情感，這就是占有慾嗎？這也是愛情的面貌之一嗎？

我苦惱地走著，快回到店裡時，街上突然響起高亢的警報聲，路燈閃著紅色的警示光，天際線停擺，全都降至地面，隨後巨大的廣播聲開始播放——

請所有民眾待在屋內並門窗緊閉，黑色傑森將在此地區行動。

廣播不斷重複著這句話。行人開始小跑步，臉上充滿驚恐。不一會時間，街上空盪盪如鬼城。我也奔跑著，前方傳來磚瓦掉落破碎的聲音，我抬頭，瞄到一個黑影在屋頂上，與我反方向疾馳而過。

我有種不好的預感，這邊沒有躲藏的地方，我在街上到處敲門、求救，但都沒人予以回應。

隨後有數個戴著黑色面具的人，在天際線上快速移動，他們腳下發出尖銳的聲響，散發零星的火光。我索性直接臥倒在街角，我知道這樣毫無幫助，但我只能盡可能讓他們忽略我。

戴著黑色面具的人全副武裝，只露出雙眼，手裡拿著槍與盾牌之類的裝備，那不像是要去管理秩序，顯然是要去了結某個人——要我們待在屋內，只是委婉的說法。我猜他們真正想表達的是：走出家門，後果自行負責。

在他們經過後，我又觀察了三分鐘，都沒其他動靜，我便起身奮力跑回THE NEST。好不容易抵達店門口，我急忙掏出口袋中的鑰匙，抖動的手始終無法對準鑰匙孔。

「R……」

一個微弱的聲音從我身後呼喊，我急忙轉頭，那人的身影逐漸從暗巷裡現形——是霍華德。「你怎麼會在這？」我問。

「救我……救救我……」他衣衫不整，步伐搖晃地走向我，然後跪在我面前。

「你怎麼了？法蘭克對你怎麼了？」

「我好怕，他們不停地鞭打我，他們的笑聲永遠不會停止。」霍華德臉色發白，聲音因恐懼而顫抖。

我掀起他的上衣，背部的確有數十道微突的傷疤，但，這不是最近發生的。「是誰鞭打你？」他的表情突然變得呆滯，眼球不停地游移，然後，他將另一個夢境容器交給我，是血色與暗灰色形成的漩渦，看起來充滿不祥。

「R，把那東西交給我。」

是老師的聲音，他在哪？我四處尋找。

「啊——啊——」霍華德發出恐懼的呢喃，他指向天空。

天際線上站了四個人，更確切的說法是，是像人的怪物，他們披著黑色斗篷，臉上掛著疑似動物的頭骨，像老師房裡密室的那種。其中一個有著巨大鳥喙的人，垂降下來。霍華德躲在我的身後發抖。

他說：「R，把夢還有霍華德交給我，你上樓去。」

「老師？」

「那個夢不適合給你體會，快點——我這個樣貌不能在這久留，也不能讓人看見你與我談話。」

「他怎麼了？」我問。

「他之所以會這樣，是因為想起可怕的過去。」

「是這樣嗎？」我轉身面向霍華德，問：「你想起什麼？」

「金絲雀，沒時間了，黑色傑森隨時會回來，乾脆把他們都抓起來。」出聲的是個女人。

「霍華德，告訴我該怎麼做？我會幫你。」我說。

「R……我、我——」

不遠處又傳來尖銳的聲音，霍華德聽到後，開始尖大喊：「R，跑——快跑！別管我！」其餘的三人也都垂降下來，其中一人朝我們揮撒銀藍色的粉末，在千鈞一髮之際我閃過，霍華德沒有。我瞭解到此時我要盡全力逃跑。

「R——快回來。」老師說。

我朝著尖銳的聲音奔跑，這是一條險路，但唯有如此，我才可能躲過老師他們一行人。

「金絲雀，不要追——」另一人說，這次是男性。

金絲雀是指老師嗎？他在追我嗎？我不能被他抓到，這夢不能交給他，我一定要親眼確認發生什麼事。但我卻無法甩開老師，步伐聲緊追在後，我感到他傳來的壓迫感，而黑色傑森也近在眼前，我現在已經前後受敵、騎虎難下。

我大喊：「救命——」被白骨怪物追逐的惡夢成真。

就在我以為要被老師追上時，他說：「給我趴下。」

接著，他超越我，跑在前方。然後他騰空跳起，從手裡射出了金色的物體，其中一個黑色傑森應聲倒地。他身後還有其他人，他們舉起長槍，老師往一旁跳去，而我將夢境容器抱在懷中，側身倒地。

老師鑽進暗巷，黑色傑森剩餘的兩人追上去。我上前查看倒地的人，他的身上插了數把金色刀子。我還來不及檢查他是否活著，其他方向的天際線也傳來尖銳的聲音，我趕緊拔腿狂奔。留在那我實在無能為力，更何況如果他們斷定我與沉默動物是同夥，我會當場死於槍下。

我不斷地逃，不斷地逃，直到遠離刺耳的高分貝，直到雙腳無力。我在一個街角坐下，大口喘氣，汗珠不斷從額頭滑落，這裡沒亮著紅燈，我才安心。等我調整好呼吸後，我回想剛剛老師的舉動，他是在為我製造逃跑的空隙嗎？我好混亂。

不論如何，今晚我要找個安全的地方，看過去到底發生了什麼事。前方有個天際線站牌，不久後，玻璃房出現，裡面空無一人，我朝第五平臺前進。

21 霍華德的夢魘

我獨自排徊街上，我不能去找我認識的人，萬一沉默動物還在找我，會牽連他們。我現在的感受比剛到高區來還難受，那時的我什麼都沒有，而現在我卻要盡量遠離我所擁有的。

我將霍華德的夢藏進衣服裡，我第一次見到不閃耀的容器，混濁又黏稠，看了真不舒服。但中間又存有一絲光芒？

在不知不覺中，我走到車站，或許是那邊的街道還有些許的光亮。我在紀念碑前停下，上面有罹難者的名字，在上面我找到葛瑞絲．溫絲蕾。她真的死了……那強森呢？我繼續搜索，然後在石碑的最下方也找到他，強森．格林威。

他也死在恐怖攻擊裡，當時到底發生了什麼事？

電梯還能運作，我搭電梯到頂樓的摩天輪，上面已經人去樓空。摩天輪的小房間並沒有上鎖，在這不會有人打擾我，我關起門，蜷曲在鐵板上，打開那瓶不祥的容器。

「我要結婚了。」葛瑞絲躺在床上說，「日子很早以前就訂好，只是……我不知道該如何開口。」

窗戶上還停留著雨珠，地板上是同樣的衣服，這是延續上次的夢。

他將葛瑞絲摟入懷中。「恭喜妳。」

「我們不可能再這樣，你知道嗎？」

「這只是一場雨中的美夢。」霍華德說。

「我也不能拿你的錢，你知道嗎？」

「那妳該怎麼辦？」

「我不是一個人，我跟強森可以重頭開始，這一定會比在灰燼區簡單。你別再為我做傻事。」葛瑞絲穿回衣服，將支票留在桌上後走到門口，她問：「可以答應我最後一件事嗎？」

霍華德捏皺床單。「好。」

「忘了我吧。」她走出門。

有一瞬間，我覺得心臟停止跳動。霍華德起身走到窗戶旁，看著消失在雨中的葛瑞絲，他心想，如果雨能稀釋自己的愛情，那該有多好。

他怎麼可能這時離開她，尤其在得知她有麻煩後！他穿起衣服，準備外出，他在發抖？他正在害怕——害怕接下來發生的一切。

他拿起一旁的話筒，跟服務員說：「請給我一杯牛奶咖啡。」他喝完後走去大廳，跟櫃檯人員交代他要離開幾天，請幫他照顧好比比。然後我們走向旅館的玻璃旋轉門，進入後，我發現這旋轉門沒有出口，連入口也消失不見。我跟霍華德不停地在旋轉門內打轉，玻璃上浮現他與葛瑞絲的過往，第一次在輔導室中的爭執，還有伸展臺時，一直到約會為她別上耳環，後來突然停止旋轉，玻璃被冰封，接著碎成滿地。

玻璃的殘骸在我們周遭漫天飛舞，拼湊出新的夢境——我們回到父親曼德拉的辦公室，他正在為一隻橘貓標本清灰塵。

「想清楚了嗎？我的孩子。」

「帶我去那吧。」霍華德全身起雞皮疙瘩。

「你確定嗎？你臉色看起來很糟。」

「我很確定。」
「好，父親會幫你，你想什麼時候？」
「越快越好。」
「沒問題，你先去二樓的招待室等。」
我與霍華德到招待室，他看著窗外。外頭的時間變化很快，雲朵快速地變化，人們每五秒可以走完一條街。天際線高速行駛，我們接下來要去哪？霍華德的髮色什麼時候會變淡？
接著，兩位身穿黑西裝的彪形大漢走進來，父親曼德拉跟在後頭，說：「我們走吧。」
我們下樓，門口停放著一輛加長的黑色轎車。當車子發動引擎後，原本焦慮、恐懼的霍華德頓時產生另一種情感──放棄。他放棄了掙扎，我不懂，這到底是為什麼？
「發生什麼事？這不大像你的作風。」曼德拉問，他點燃雪茄。
心灰意冷的他聽到這個問題，又重新燃起了一絲溫暖，他想著葛瑞絲。
「我想當一次太陽。」霍華德說。
「太靠近可是會像伊卡洛斯，現在還可以反悔，大不了父親去道歉。」
「我要去，我要幫助那人逃離被貼上標籤的命運。」
「好，父親支持你的決定。現在要蒙上你的眼睛。」
我的視線也被遮蔽，車子啟動不久後便停下，實際上可能過更久，因為在夢裡時間並沒有規則。
「我先下去，等會就回來。」曼德拉說。
霍華德的不安也影響著我，我的呼吸變急促，視覺被遮蔽後，聽覺、嗅覺、觸覺等，所有感官都被放大。
車門開啟，曼德拉說：「我的孩子，因為你的身分特殊，我幫你談到了一個好價錢，你當他們的娃娃一天可以拿十萬，不過一切都要聽他們的吩咐，即使會受傷或流點血，你也要絕對的服從。你能辦到嗎？」

他在說什麼？什麼娃娃？為什麼會流血？

「我可以……」

「之後是由他們帶領你，我的工作只到這邊。一個禮拜很快就過了，我到時會來接你，你很快就可以解決問題。」

我們下車，引擎聲逐漸遠離。霍華德被銬住雙手，脖子上套上了某種東西。之後我意識到，脖子上的是一個項圈。金屬發出碰撞聲，我們被鐵鍊拉著走。

我們彷彿走在一條漫長的隧道裡，門一扇接著一扇開啟，然後密閉感消失，我們似乎來到一個更寬敞的空間。我們走上階梯，接著被摘下眼罩，強烈的白光刺激著我的雙眼，等眼睛習慣後，原來我們站上一座伸展臺。

底下的人們盛裝打扮，手拿紅酒與香檳，一旁的長桌上鋪著滿滿的麵包、水果，肉片堆得像座小山丘，每個人都帶著華麗的威尼斯面具，只露出嘴巴。

有個西裝筆挺的男子從T型臺的另一端走來，他手裡拿著麥克風，用高亢的嗓音說：「讓我們熱烈歡迎今晚的主角，他是時尚界備受矚目的明日之星，同時，他的體內還流著安德森家的高貴血統，他就是——霍華德——」

掌聲如雨般落下，臺下的人對霍華德品頭論足。人們湊到舞臺前，他們吞嚥口水與發出詭異的笑聲，這跟霍華德在學校被霸凌的感覺不同，是更強烈、更純粹的惡意。

一旁的牆上掛著各式鞭子與金屬夾，這次換我起雞皮疙瘩，這是我自己的感受，站在舞臺上的霍華德，面對眼前的危險，依然如鑽石般耀眼，他不允許自己在他的王國上難堪。

「我知道大家已經迫不及待，但新的娃娃一定要經過消毒才行，所以——現在開始競標，起標價五千貝茲，誰想幫他洗澡？」主持人拉著我們脖子上的鏈子。

現場許多人舉著牌子，價格漲到七千、一萬、一萬二……最後落在兩萬八千，敲下三次槌。

「我們恭喜十四號先生得標，你將獲得三十分鐘的洗澡時間。」主持人將我們交給剛剛得標的人。

這是怎麼一回事？這裡實在是太奇怪、太不正常了——霍華德一定要逃離這裡，但我著急也沒用，我什麼也做不到。

十四號是名肥頭胖耳的中年男子，他牽起鏈子，往其中一道門走過去，門後充滿了浴室的霧氣。他們走進去，我卻被隔絕在外，同時我也感受不到霍華德的想法，這情形與之前他在沖澡時一樣。我用力地捶打霧牆，它們散了又聚集，沒完沒了。

「放棄吧。」男孩說。他的手裡拿著一塊派，現在他的模樣大約五歲。

「你來得正好，快去幫他——」我說。

「這是他的回憶，我無法干涉。」男孩大口咬下派，紅通通的果醬從嘴角溢出。

「為什麼我無法進去？這白霧是什麼？」

「因為他心裡不願意想起這段過往，所以他本能地遮蔽這段回憶，也或許因為你們是朋友，所以他不願意讓你承受這種痛苦。」

「這裡到底是什麼地方？他竟然還要在這裡待上一個禮拜——」

「你討厭這裡嗎？」

「當然。」

「那等你醒後，你可以毀了這裡。」

「你在說什麼？」我問。

「我指這個。」他拿出上次的容器，我在中督電腦上查到那叫青色。「這是世界上最危險也最強大的東西，這可以帶你到夢的下個階段，你可以不用留在這聽霍華德的哭喊、哀嚎。」

「我不能丟下他。」

「別忘了你的目的——是幫他找到愛情。」

男孩說得沒錯，只要找到愛情，就能讓這些痛苦畫下句點。

「請帶我去，拜託。」我咬牙切齒地說。

男孩將空盤子丟到地毯上，地毯跟盤子一同碎裂，他將部分的青色的液體倒入裂縫中，裂縫立刻擴張成一個小池塘。

「跳進去。」男孩說完後，率先跳入。

我也跟著一起跳進池塘中。我們腳踩烏雲，從天而降，這邊下著大雨，我們隨著雨水，一起降落在空無一人的十字路口。

「霍華德呢？」我問。

「他快要出現了。」男孩呈現半透明狀。

「謝謝你幫我。」

「這夢還沒結束，我先去前方看看。」接著他將青色容器倒在自己身上，他開始融化，然後與地上的水窪合為一體。

前方出現兩個光源，是那輛黑色的加長型轎車，它疾駛而來又狠狠地煞車。接著，霍華德被拋出車外，他穿著純白的長袖上衣與長褲，衣服後面還印有數道血痕，我蹲在他身旁，背部也開始刺痛難耐。

「父親曼德拉在哪？我要跟他談。」霍華德靠手肘撐起上半身。

駕駛的車窗打開，說：「聽說他昨天已經回故鄉，因為之後政府要鎖國，而你正好是他回國前再撈一筆的機會。」

「不、不——你們不能這樣，我需要這筆錢。」霍華德起身，趴在車窗旁。

司機揮出一拳，霍華德重重地往後摔。「我們已經付了一百二十萬給他，剩下的是你跟他的事。」駕駛說完後，踩下油門，揚長而去。

霍華德躺在地上動也不動，任憑雨水沖刷，他已經筋疲力盡。接著，他開始狂笑，一會兒又蜷曲身體哭起來，還發出野獸般的怒吼。

這是絕望的滋味嗎？連呼吸都沉重，不知道該何去何從，只能不斷墜落無底深淵。

然後我們聽到開門聲，我們才發現，有一群人正盯著他，是一群銀白髮、銀眼睛的人，看得令人頭皮發麻。他們其中一人站出來，平舉手，指向我們的身後，路的盡頭中有座獨立的樓房，即使在雨中，也能依稀看見頂端是一隻巨大的鳥。霍華德像是失了魂般，緩緩走過去，走近後我才看清是隻禿鷹，嘴裡咬著天秤。

就是這裡，霍華德就是在這邊取出他的愛情。已經沒有希望的他，決定要與惡魔進行交易。

他推開門，裡面燈光昏暗，兩側是巨大的容器櫃，星光熠熠，架上的容器品質，光澤與純度都好得沒話說，我們像是走進銀河，銀河大道的盡頭有張桌子，對面坐著一個人。

「我叫里奇，少年，你需要什麼？」藍蝴蝶結的人開口，他是法蘭克的老師，他臉上布滿皺紋。

「七十萬貝茲。」霍華德說。

「喔？那你想賣什麼呢？」里奇皺眉。

「我的愛情。」

「哈啊——哈哈哈——」他的口水噴出，笑得誇張。「小鬼的愛情哪值錢，年輕的愛情雖然濃烈，但真正好的愛情需要時間發酵，你的愛情就像速食，又鹹，又油，又沒深度。」

「市面上販售的容器，都裝不下我的愛情。」

「裝不下？」里奇抽起了菸，魚尾紋擠在一起，他上下打量霍華德。

「如果是你們這種專家，或許有辦法幫助我。」

「我們的確是有容量比較大的容器，好吧，我就先來鑑定你的愛情。」

里奇拍手兩下，有兩位男子從他後方走出，其中一位是年輕的法蘭克，他的臉上沒有一絲皺紋，有一雙鋒利無比的眼睛，他有時候會用這種眼神看我，另一位是有著深邃法令紋的黑髮男子，我記得他，他是老師的朋友。

里奇說：「帝芬達，把測量儀拿過來。」

男子從一旁底下的矮櫃，拿出巨大的水晶球，放在桌上。

「你把雙手放到水晶球上面。」里奇說。

霍華德照做。

「現在我要量測你的容器，會順便看看其他情感，你盡可能地想像最深刻、最美好的回憶，清楚嗎？」

「快開始吧。」

「你想像身處在一片漆黑的深海裡，沒有左右，沒有上下，連呼吸都嫌大聲的寂靜，你獨自徘徊，此時你的背後出現光源，有人叫你，是你的親人，世上你跟他們最親近。」

水晶球的中間開始冒出桃色的泡沫。

「只出現單一的形狀，看來你只由一個親人撫養，而且這位親人不在世上了吧？」

「對。」

「接著，你奔向那位親人的所在之處，你沒注意腳邊，要掉落更深的海底，」水晶球中的破沫全部破裂。「此時，有人抓住了你的手，這個人的手強而有力，你知道他絕不會鬆手，他是你此生最要好的朋友。」

水晶球底下開始湧現出碧綠的固體，形成數個倒U的形狀，在裡頭嬉鬧，相互追逐。

「你的友情挺值錢的，能見度很高，這可不常見，不過它的狀態很特別，你剛在想什麼？」

「我的寵物，比比。」

「原來如此。」

「後來比比將你拉起，牠舔著你的手，你覺得好溫暖，原來是你的手流血了。不知名的傷口把你的衣袖染紅，血腥味是深海怪物的燈塔，你聽到轟隆巨響，整個海底像在移動，接著有張血盆大口朝你飛來，以閃電般的速度將你吞下肚。在怪物的胃中，酸液腐蝕著你——你就要死了，此時你最想見的是誰？你最後想再對誰說一次——我愛妳。」

起初，水晶球恢復成一片空無，我的腦中逐漸浮現葛瑞絲的面貌，她的微笑，她的味道，她的堅強。水晶球的中心出現一顆米粒般大小的白光，光慢慢膨脹，我們每個人都看得目不轉睛，直到水晶球支撐不住，開始龜裂，最後碎了滿地，光像是冰晶般飄落，然後消失。

里奇看得瞠目結舌，他問：「少年，你叫什麼名字？」

「這不重要，你要不要收下我的愛情？我只要現金。」

里奇解開衣領，從脖子上拉出一條項鍊，不對——是鑰匙。「帝芬達，把那個拿來。」

「父親——」黑髮男子加重語氣。

「快去拿。」

黑髮男子不情願地拿了鑰匙。
「你們有辦法裝下我的愛情嗎？」霍華德問。
「有，不過必須用很特別的容器。」
「所以成交了嗎？」
「別著急，我還沒看到全貌呢，不如你先告訴我這段愛情的故事，這樣我將來更好推銷，才能給你一個公道的好價錢。」
「你想知道什麼？」
「你把這樣的愛情賣給我，難道女方都不介意嗎？」
「這段愛情，是我單方面的一廂情願，她──並不愛我……」
「喔？是什麼原因讓你深愛一個不愛你的人？」
「她從小生活在烏雲裡，是時候灑下陽光了。與其兩人不幸，我寧願成全她。我會愛上她，我想只是因為她出現在我眼前。」
「好吧，最後一個問題：你為什麼要賣掉愛情？」
「為了不讓她的太陽熄滅。」
黑髮男子回來，他的雙手捧著一個歲月悠久的淺棕色木盒。里奇示意放在桌上，年輕的法蘭克，將水晶球碎片清理完後，拿了一面鏡子給霍華德。
「少年，我坦白跟你說，我從沒有花過七十萬收購愛情，不過，我也承認，我沒看過這種愛情，所以你等下盡可能地投入愛情，但量力而為。」里奇微笑裡藏刀。
霍華德打開木盒，裡面放著一個未標示的容器，而且容量不大，霍華德與我心中充滿疑惑，但也別無辦法，他雙手扶著容器，水晶戒指開始發光。

我的腦海又浮出葛瑞絲的臉龐，與牛奶咖啡的滋味，容器開始出現光點。這瓶容器跟之前明顯不一樣，有種深不見底的龐大容量，我們都感覺到了，一顆淚珠從我的右眼角滑落，他投入得非常快速與大量，他——打算投入所有的愛情！

這也代表再也不能見她，不能讓她看到這副模樣。

霍華德的頭髮開始褪色，湛藍的眼珠也逐漸消散。我感到頭痛欲裂，全身冒著冷汗。他咬牙繼續苦撐，他的愛情逐步被抽乾，腦海中，葛瑞絲的身影變得支離破碎。

永別了，我的愛情。霍華德這樣想，然後他頭髮變成銀白，身體癱軟，往一旁跌落，法蘭克一個箭步將他扶住。我的內心彷彿被挖空，寒冰鑿進骨髓裡，像是再也感受不到愛。眼前出現黑霧，我的意識也快消失……

眼前一片黑暗，在懵懵懂懂之間我聽到了鳥鳴，聲音輕巧又帶著愉悅，陽光隔著眼皮跟我打招呼，我四肢彷彿被束縛。我慢慢地睜開眼，看到陌生的天花板，霍華德躺在我身邊，原來夢還沒有結束。

他想要起身，但只要他移動，我的身體彷彿要裂開。

「要喝些水嗎？」法蘭克坐在一旁，手裡拿著書。

「我……睡多久了？」霍華德問。

「已經過了兩個晚上。」

「我該走了。」霍華德看向窗外，陽光像針扎進他的瞳孔。

「你很幸運，你的容器還沒破，我們幫你做了緊急處理。」

「你們做了什麼？」

「給你一些我們庫存的愛情，但只是延緩你破裂的時間，如果有機會，把自己的愛情放些回去，拖太久就沒機會。」

霍華德的眼中，只剩一絲稍縱即逝的淡藍。

「我的愛情在哪？值多少錢？」

「支票在這，墨鏡附贈。」

霍華德拿起支票，皺起眉頭，他再三數過，問：「一百萬？」

「對，這是我們的出價。」

「我只要七十萬，你們卻給我一百萬？」他虛弱的手抓住老師的領子。「你們有什麼企圖？你們怎麼可能會這麼好心。」他惡狠狠的模樣，像是要把老師吞下肚。

老師面無表情。「我們做事有原則，我們不多拿，也不少拿，老實說你愛情的價值難以估計，一百萬是我們的極限。」

霍華德鬆手。「如果讓我發現你們在搞小把戲，我會回來殺光你們。」

老師從容地微笑，說：「你有三天的反悔期。另外，我們早就習慣與死亡為伍，想走就走吧，那邊有一套正常的衣服是給你的，小心別讓傷口裂開，我們只是幫你做簡單的處理，你得到醫院去。」

「為什麼要幫我？」

「我們禿鷹雖然是靠腐肉維生，但可不喜歡獵物死在家裡。」

霍華德帶起毛帽還有墨鏡，口罩遮住他蒼白的臉。離開禿鷹後，霍華德先去銀行查看這張一百萬的支票，確認沒問題後，他準備好強森所需的錢，再度回到他的公司。

霍華德對接待人員表明身分，說有東西要拿給強森，她們看到他的改變，接頭交耳後，撥下電話知會強森，然後霍華德被允許前往他的辦公室。

進辦公室後，霍華德說：「你只要在這張借據上簽名、蓋手印，我就可以借你五百萬。」

強森呆若木雞，問：「你——做了什麼？」

「做了不做會後悔的蠢事，錢拿去吧。」

強森雙手抱頭轉一圈，極為興奮。「我不知道該怎麼表達我心中的感激——謝謝你、謝謝你，但這筆錢，我不知道什麼時候才能還你。」

「只要你保證葛瑞絲臉上充滿笑容，我就不會急著向你索討。」

「我保證將來不會讓她受一絲的委屈。」強森簽名。

霍華德拿走借據，轉身準備離去。

「慢著，你想見她嗎？她剛好在這，婚禮顧問在幫她的婚紗做最後調整。」

「別告訴她這筆錢的來源，還有我來過。祝你們幸福。」霍華德邁向門口，昂首闊步——都結束了，他對自己說。

門後是旅館的大廳，霍華德先走向一旁的寵物休息室，比比一開始對霍華德充滿緊戒，直到霍華德脫下口罩，呼喊牠的名字，比比先是愣一下，才熱情地迎接他，並從喉嚨發出「嗚嗚——」的撒嬌聲。

「對不起，我離開這麼久，我們等下就離開這。」

跟比比打過招呼後，霍華德走到櫃檯。櫃檯的女子，一雙眼骨碌碌地盯著他。他要求送一份小份量的早午餐到他房裡，然後他說今天中午前就會離開。

在短暫地休息與用餐後，霍華德收拾行李——他的行李不多，能讓他懷念高區的東西，就只有從家裡帶走的幾張相片。

「準備好了嗎？」霍華德結帳後，將比比從籠中放出，繫上繩子，比比興奮打轉，想必悶壞了。

「我們走。」

我們走出旅館，霍華德脫下他的毛帽、口罩、墨鏡，從口袋中掏出那張借據，並撕成碎片，那些碎片隨風穿過揪心的我，我皺眉，但……我能理解。

經過的行人都對他投以睥睨的眼神，但霍華德毫不在乎。我第一次感覺到他如此地輕鬆、自在，像是春天的一縷溫暖微風，雨水宣告旱季的結束。比比似乎知道霍華德不舒服，牠沒有亂跑，只是靜靜地跟在身旁，每當他停下喘氣時，牠都會上前凝視。

「別擔心，我沒事。」他對比比說。

接著，我聽到一個熟悉的鐘聲，我查看四周，這裡是弗拉德爾車站。他的想法從我腦中掠過，他要坐高速列車，到一個沒人認識他的地方，使家族蒙羞的他，還有這頭銀白髮，高區從此再也沒有地方容得下他。

「不——別去那。」我想阻止他，因為我知道等下會發生的事。但我所有的行動都無功而返，他緩緩穿過張開雙臂的我。

他買了車票，虛弱地坐在候車位上。我看向一旁的時刻表，下一班車進站是三十分鐘後。或許他能順利搭上車，因為現實的他還活著，所以那場恐怖攻擊，說不定是更之後的事。

霍華德低頭，他的腦袋昏沉，也跟著影響我，食物在肚裡翻攪，我感到噁心想吐，潔淨的地板可以映照出他的蒼蒼白髮，比比在一旁騷動。

「我沒事，我們等下要再分開一下子，你得到貨物區那節車廂。」他撫摸比比的額頭。「看來友情比愛情長久。」

車站裡的旅客都刻意與他保持著距離，然後，一雙赤裸又充滿髒汙的腳站在我們面前。霍華德勉強地抬起頭。

她出現了，婚紗的裙襬被她綁在腰際上，滿頭大汗的她不發一語，她的手指輕滑過他銀白的瀏海與憔悴的臉龐。

他的嘴角抽搐，問：「妳……怎麼可能會在這？」

「旅館的人說你會離開幾天，然後我付了一些錢，交代他們只要你回來就通知我，你打算一走了之嗎？」她潸然淚下，眼淚滑過臉頰與鼻翼。

「我希望妳幸福。」

「我不要犧牲你的愛情。」

「妳怎麼知道我賣了愛情？」

「公司的櫃檯人員，她們跟我說你來過，而且鬢角變銀色，所以我問了強森，他全告訴我了。我說：我們不能收下這筆錢。但我們意見不合，又大吵了一架，我一急——便拿酒瓶敲昏他，把支票搶過來。」

「妳怎麼會這麼傻。」霍華德激動地說。

「我剛已經去禿鷹贖回愛情，你雖然成年了，但還未畢業，所以監護權還在我手上，他們不得不給我，快放回去。」葛瑞絲放下裙襬，裡面有個紅盒子，她打開，取出璀璨耀眼的愛情，光充斥整間車站卻不刺眼，那是一個陰影也會躲藏的世界。

霍華德搖頭，他將愛情推回去。「妳快回去跟強森道歉，所有的標籤，讓我被貼上就好。」

「我愛你的銀白髮，它跟你的內心一樣純白，一直以來我都在壓抑著對你的感覺，現在我清楚了，把你的水晶靠過來。」

他們兩人十指緊扣，戒指上的水晶合併在一起，那愛情也在他們的掌中，葛瑞絲吻了霍華德。霍華德的眼珠變回了湛藍，頭髮變成了淡金色，臉色也轉為紅潤。

「好點了嗎？有什麼感覺？」葛瑞絲問。

部分的愛情回到霍華德身上，連同葛瑞絲的，他彷彿重獲新生。「很美妙。」

「你家還有空房間嗎？」

「妳只能跟我擠在同一間。」他說。

現在——是霍華德此生最幸福的一刻。

人群將我們團團圍繞，他們被光芒吸引過來，想一探究竟，突然間葛瑞絲的神情驚恐，有個人從我身體穿過，葛瑞絲推開霍華德。

霍華德跌坐在地，等他抬頭時，刀子已經刺進她的胸口。

比比見狀一躍而起，撲向強森，強森拔出了刀，與比比纏鬥。比比死命地咬著他的手臂，眾人們也上前將強森制止在地。

葛瑞絲倒臥，霍華德趕緊上前，將她摟進懷中，他睜大雙眼，害怕又徬徨，耳鳴掩蓋了喧囂聲，腦中一片空白……

「霍華德……」她將霍華德從徬徨之海喚回。

葛瑞絲一呼喊，便使他的淚水潰堤，「嗚——啊——」他想說話，卻只能發出一些哽咽的聲音。

葛瑞絲將他的愛捧在血染的胸前。「告訴你一個祕密……你的這份愛……以前之所以我不看……是因為我知道……從我看到的那一刻起……我就會愛上它……不管別人出多少錢……我都不賣……」

他們的手一同放在那愛情上。「這是妳的，永遠都屬於妳。」

「我……好開心。」鮮血溢出她微笑的嘴角。「答應我……找另一個珍惜它的人……」葛瑞絲瞬間失去了血色，她眼睛的光芒逐漸消散，然後闔上。

「不、不、不——」

一股龐大的失落感湧出，永無止境的哀傷，每一秒的痛苦都在加劇，我揪住胸口，大喊：「霍華德，快停止——我會承受不住。」下一秒，霍華德的愛情產生變異，擁有太陽的光芒，月光的柔和，光芒還在加劇，我感到頭暈目眩，快要喪失意識……在夢裡，我也會暈倒嗎？

我死命撐著眼皮，這夢還沒結束，我能聽到民眾的恐慌，有人歇斯底里地亂吼，或用高音瘋狂地大笑，尖銳的笑聲穿刺我的耳膜，全都是女性的聲音。

後來車站內響起澎湃、激昂的旋律，那聲音吸引了我的注意力後，又立刻陡降至如深海的低音，規律地迴盪，我的心裡感到一陣平和，周遭嘈雜的聲響也逐漸平息，不如說是變成一片死寂。

人們停止了動作，六神無主，兩眼呆滯，我一開始以為這是霍華德造成的，但我發現連他也是。

「這是強力的催眠。」男孩從人群中現身，手裡提著青色的燈籠。

「為什麼會這樣？」我問。

「繼續看下去吧。」

接著，有幾個腳步聲來到我們身旁，某個男人說：「金絲雀，快趁現在把東西收起來。」我看過那個長面獠牙面具，它掛在老師的房裡。

「這裡到底發生了什麼事？」老師同樣帶著鳥喙的面具。

「不曉得，快把那愛情還有男人都帶走。」

「這愛情跟在店裡時不同，我從沒看過這種顏色，這種光輝……」

獠牙面具說：「等回去再討論。」

「霍華德，跟我們走。」老師對他說，並將愛情收入盒中。

「你們想走去哪？」第三個聲音出現，是個很粗糙的聲音，嗓門像是生鏽。

——黑色傑森也出現了。

「好久不見，阿夫西斯，我們打算去一個沒有你的地方。」獠牙面具說。

「那叫另一個世界。」黑色傑森說，而他們來了五個人。
「金絲雀，這裡交給我來，你先帶那男人走，我隨後跟上。」
「沒有人能逃過黑色傑森的制裁。」沙啞的男人說。
「世上總有例外。」獠牙面具與黑色傑森對峙。
「A7與A8支援我，另外兩人負責那隻黃毛小雞，施打最高等級的集中力，還有戴上耳塞，眼前的男人，代號——白鯨，能用聲音操控他人。」
「是的，長官。」戰火一觸即發。
「我來製造空隙……」獠牙面具小聲說。號角聲再度響起，那聲音直達腦中。
現場的男性，除了霍華德之外，都恢復理智，他們面面相覷，唯獨女性依然處於瘋狂階段。
「S級罪犯——白鯨，你們在車站濫殺無辜民眾，釋放情感型的武器，操弄他人的意志，種種罪刑，罪證確鑿、人神共憤，我們將當下給予制裁。」
獠牙面具說：「地上的屍體，不關我們的事，還有這些人，我只是讓他們醒來而已。」
「多說無益。」
我看到倒臥在血水中的比比，強森也滿身鮮血，他手裡還拿著刀胡亂揮舞，威嚇剛剛壓制他的人們。
「砰——」黑色傑森開槍，強森應聲倒地。
「長官，這些人要怎麼辦？」
「妨礙我們的，先殺再說。」這是我聽到的最後一句話。
車站突然劇烈搖晃，連男孩都抱胸蹲下。
我問：「你怎麼了？」

「是外面的關係，你的身體在晃動。」

難道說摩天輪啟動了？

「還有，就在剛剛——容器跟水晶的枷鎖已經解除。」

「我成年了嗎？」我問。

男孩說：「應該還有一小段時間才對，或許是青色容器率先開始運作，下次可能就是我們最後一次見面。」

「難道沒其他辦法可以幫你嗎？」

「你對我感到惋惜嗎？」

「我以為，我們也是朋友。」

男孩露出笑容。「R，小心使用青色容器，我永遠不會離開你，永遠、永遠……」

男孩變成一道耀眼的光，使我閉起眼，當我再睜開眼時，我醒在摩天輪上的小房間，我站起，剛好來到最高點，朝陽從地平線的另一邊嶄露頭角。

又是嶄新的一天，醒來後我又開始思念莉迪亞。

愛情到底擁有什麼魔力？

22 黑色傑森

我趁工作人員沒注意時，乘坐電梯，離開車站。

事情的來龍去脈，我都清楚了，剩下唯一要確定的是：霍華德的愛情，是否還在禿鷹手上？我有一種預感，老師在店裡等我。

我先到莉迪亞的住處，我將紙條塞進門縫，我告訴她，我要去讓所有的問題畫上句點，如果我消失，也只是到遠方，不用擔心我。

我回到第四平臺。我在昨晚搭乘的地方下線，散步能幫我頭腦清晰，一方面我也能觀察街上的行人，是否有在討論昨晚的事，但人們一如往常，沒有特別的變化。

我經過昨晚黑色傑森倒下的地方，地上一點血跡也沒殘留。我一無所獲地回到THE NEST，裡面傳來磨豆聲響，還有我熟悉的身影，他正在手沖咖啡。

我開門，我第一次覺得這門鈴是種好東西，因為我不需要開口。

他說：「告訴我，我不在你身邊時，你還學會了哪些東西？」

「我學會了動物形狀的造型拉花，還自學了冰滴壺、土耳其壺的使用，還有調配白雪公主、鴛鴦、鏽色雪利丹。」我說。

「那請給我一杯鴛鴦。」

老師把吧檯的空間讓給我，他坐到吧檯前的位子，看著報紙，彷彿這一切都不曾發生。鴛鴦是奶茶與咖啡的融合，所以我先煮紅茶，我們店裡常用的是錫蘭紅茶。

「我看了霍華德的夢。」我說。
「我知道，所以你才回來。」
「那場恐怖攻擊，你們是怎麼全身而退的？」
「我們在車站外也有支援。」
「難道你們有預感會發生什麼事？」
「是里奇先生，當葛瑞絲來贖回感情的時候，里奇先生派了兩組人馬監視她，因為我們並不想放棄那愛情，他想知道那愛情之後會流向何方。我們只是當時剛好在那。」
「我看見你拿走愛情。」
「我不知道在哪，我發誓。」老師闔上報紙。「那愛情是個特例，擁有不可思議的力量，拿出容器後也沒有消散的跡象。霍華德與里奇先生決定藏起來，而霍華德忘了，里奇先生死於意外，所以那愛情從此銷聲匿跡。」
「為什麼那份愛情會有這樣的力量？」
「這是未知的謎，我們現代人雖然能將情感衡量、定價，但還是無法參透其中的本質。我只能猜測，當葛瑞絲死在他的懷中時，觸發了某種反應，使那份愛變得過於危險。你也看到了吧？見過它的女性都發狂，或許消失才是那份愛最好的歸屬。」
「所以，霍華德才自願參加忘卻計畫。」
「沒錯，失去一切的他，起初一心尋死。我們告訴他，如果他死去，存在於他體內，葛瑞絲的愛情也會跟著消失。他好不容易才打消念頭，但他哭著說：帶著那份愛，他無法往前。」
之後我們提供了忘卻粉這個建議，而他也接受。一開始情況很順利，他逐漸想不起她是誰，直到某天，他突然拿著大部分的財產，去凍結他的容顏。我們問他為什麼要這麼做，他卻說是為了不讓某人忘了他。
他的記憶開始錯亂，變得反覆無常。我們因此瞭解到忘卻粉還不完整，所以這些年來我們持續改良，並且照顧著霍華德。後來的一切，你都知道。」
「現在霍華德在哪？」
「等我喝到鴛鴦，我們就去見他。」
我將煮好的紅茶加入鮮奶，持續用文火煮著，然後再融入法式壓壺沖煮出來的咖啡。我端上桌給老師，我也準備牛奶咖啡要帶給霍華德。
老師閉眼，細細品嚐，與往常一樣，他今天不是說出他的感想，而是問：「關於加入我們，你考慮得如何？」
「我還不確定。」不能讓老師知道，我已經能使用容器的事。
「你剩的時間不多，但不要倉促做決定，就算你選擇加入，意志不夠堅定的話，我還是會奪走你的記憶。」
「我願意讓你們拿走我體內的東西，為什麼一定要將我的記憶上鎖？」
「為了保護你，為了讓沉默動物的高層放過你，我不得不這麼做。」
「這力量是天生的嗎？」我問。
「這也是下個階段才能告訴你。」老師起身，「走吧，霍華德不知道能再撐多久……」
「你這話是什麼意思？」
「就在昨晚看到黑色傑森與我們後，他的記憶已經完全恢復。」
我將牛奶咖啡裝進外帶杯後，與老師走出店外，我們搭上天際線。我初來乍到時，雖然那時沒有記憶，時常犯錯，但也沒什麼煩惱，只是一心想回家。現在我犯錯的頻率減少，煩惱卻也增加。

我們往第五平臺前進，今天的天空烏雲密布，途中我回想著，這幾個月我所遇到的人，經歷過的事，或許這是我最後一回想起他們。

「老師。」我說。

「什麼事？」

「如果，之後我不認同你們的話，請讓我先把愛情抽出，那是莉迪亞借放在我這，我必須要還她。」

「沒問題，我答應你。」

我們在最後一站下線，改成行走，我們走了很遠，這邊的樓房比琴巴林街還要殘破不堪。我看到了那隻咬著天秤的禿鷹，夢裡是獨棟的樓房，現在，左、右各多蓋一棟。

我問：「裡面的人都是沉默動物嗎？」

「沒錯，這裡是這樣，但禿鷹有許多據點，為了不讓黑色傑森盯上，有些據點只有一般人。」

「為什麼霍華德每個月的二十六號都不忘來我們店裡？」

「因為我們對他下了強力的催眠。」

「尼斯也在這嗎？」

「尼斯不是個體，是我們照顧霍華德的人統稱。」

「我曾經偷看過你的房間，裡面有個暗門，放置長嘴、獠牙的面具。」老師停下腳步，我不在乎他的反應，反正之後我可能也不會記得這件事。「黑色傑森稱他為白鯨，他是誰？」

老師原本怒視著我，但後來好像又想起什麼，只淡淡地回應：「下個階段。現在開始閉嘴，裡面有一般的民眾。」

我們走進中間那棟，裡面跟夢中的擺設一樣，只是換了個紅髮的年輕男子在櫃檯。紅髮男子的目光將我從頭到尾掃射。他向老師點了個頭後，我們進入屋內後方，走到三樓。

「他就在走廊底部的房間。」老師說。

開門後，裡頭昏暗，只有如豆子般大的燭火，霍華德躺在牆角的床上，吊著點滴，我跑過去，他臉上毫無血色，滿頭大汗又氣喘吁吁。

「霍華德……」我在他耳邊輕聲呼喚。

「芙瑞雅，他還好嗎？」老師問。

我未注意到房間的角落，還坐著一名戴著墨鏡的女子。

女子搖頭，說：「他的光芒微弱。」

我握住他的手，說：「霍華德，我能為你做些什麼……」

「R，是你嗎？」

「是，是我。」

「法蘭克也在這嗎？」

老師聽到後，走向前。「我在這，老朋友。」

「呵，老朋友，給你添麻煩了，過去我們曾促膝長談到半夜，品嚐你學的新咖啡，我很抱歉，到現在才終於想起你。」

「朋友是不會計較這些的——」老師說。他的神情哀戚，那並不像假裝，這些年來的照顧，難道他對霍華德也產出真正的友誼嗎？

「可以讓我跟R獨處嗎？我想單獨跟他道歉。」

老師點頭，與女子一同出去，他們大概認為現在的霍華德，已經不會再製造任何麻煩，更何況這間房只有一個出入口。

「R，讓你為我奔波，我很抱歉，我的愛情，原來是被我自己藏起。」
「沒關係，因為你我認識了其他人，也得到許多珍貴的體驗。」
「不，我昨天給你的夢，你不能用，那是很恐怖的惡夢。」
「我沒事，最痛苦的部分，我並沒有經歷。」
「是嗎……那就好……」
「你是怎麼了？怎麼會如此虛弱？」
「因為我想起來了。」無瑕的淚珠，從他的藍眼睛產出。「我終究忘不了她，我已經努力過，我放棄了，我想到她身邊去。」
「但還有人在等著被你愛上。」
「你看過那愛情了嗎？那你就知道，這是強人所難。」他猛咳。
「你需要水嗎？」
「我聞到了咖啡的香氣……」
「我幫你泡了牛奶咖啡。」
「我想喝一口。」虛弱的他還是擠出笑容。
我攙扶起霍華德，將咖啡送到他嘴邊。
「謝謝你，最後……我還想拜託你一件事。」他用氣音說。
「什麼事？」我也同樣壓低音量，老師他們可能還在外面。
「將我的愛情摧毀。」
「你真的要這麼做嗎？」
「那份愛情太危險，不能留在這世上……」他的淚珠不斷落下。

「我明白了……」

「R，為什麼你也在哭？」

我語帶哽咽，霍華德的夢還影響著我，失去葛瑞絲的傷痛，又湧上我的心頭，「我也不曉得……或許因為我們經歷過共同的悲傷，也或許只是陪你在哭。」

「能跟你當上朋友真是太好了。但我拜託你的事必須偷偷進行，沉默動物可能不會讓你這麼做。」

「你放心，我會不惜一切做到。你把愛情藏在哪？」

「我將它埋在葛瑞絲的墓裡。」

原來如此，難怪從沒人發現。「她的墓在哪？」

「在第五平臺的公墓，你有帶夢境容器嗎？我裝給你。」

「我現在已經能用水晶。」

「把你的水晶靠到我的戒指上。」

我蹲下，這次我將母親給我的羊角水晶拿出，與霍華德的水晶戒指結合。

下一秒，我聽到雨聲、鐘聲夾雜在其中，莊嚴巍峨的教堂出現在眼前，教堂的鐘聲多了一分肅穆，每一下都敲得令人心碎。

霍華德穿著黑西裝，手拿著鏟子，憔悴哀戚的臉龐，茫茫然地站在大樹下，葛瑞絲的墓就在眼前。

好冷——真的好冷，周圍瀰漫的水氣像是乾冰，冰煙貼著皮膚，滲入骨頭，心碎的感覺逐漸在我的胸腔蔓延，我必須賣力呼吸才能活著。我從他背後抱著他，雖然無法幫他分擔，但他的痛苦我都明白，這撕心裂肺的苦楚，我真的每一分都能體會，所以，讓我跟你共同承擔這份悲傷吧。

天空雷電交加，瀏海遮住了他的雙眼，他的嘴角抽搐，雨勢也隨之加大，他開始仰天嚎啕大哭。

葛瑞絲妳能聽到嗎？他將這份悲傷與不捨，化為雨水，滲入到妳所在的地方。霍華德拿起鏟子，開始挖掘她的墓。接著，他把紅盒子放入。之後他跪下，用雙手把土填滿。

這刻起，我瞭解了，他這輩子都不會愛上別人，他讓自己的愛情，在他忘記前，永遠陪在她身旁。雨勢越來越大，幾乎可以壓垮我，我的視線模糊不清……

我跌坐在地，我們的水晶分離，我抹去臉上的淚水。

「R，小心，拜託你了……」他說。

我走出門外，老師與女子站在走廊，背靠著牆壁。

「你們說完了嗎？」老師說，「這可能是最後一次。」

我點頭。

他的眼神在我身上游移。「可以讓我搜身嗎？」

我張開手臂，我知道這由不得我。老師的手輕拍我全身，不放過任何一個可能夾藏容器的地方。

「你接下來要去哪？」搜身完，老師問。

「回店裡，做每天該做的練習。」

老師看向站在一旁的女子。她說：「我看不到。」

我曾聽過她的聲音，是在哪？

「別在這邊逗留，我可能還要再過幾天才會回去。」

我走向樓梯，我感覺他們的視線還沒離開我。那女子說她看不到，是什麼意思？

我走出禿鷹大樓外，巧遇一群無色人，他們看著我的黑髮，眼神充滿嫉妒。既然禿鷹的生意欣欣向榮，想必這些年來無色人也增加不少。我想趕緊離開這裡，他們的眼神讓我不自在。

等我回到THE NEST時，莉迪亞蹲在門口，我們兩人互看，經歷那種悲傷後，還能見到她，我感到無比幸福與滿足。她朝我跑過來，飛撲到我身上，這股衝擊力，像是在塵封許久的地下室，開了扇窗。

「你跑去哪？」她說，「我好擔心你，我以為再也見不到你。」

「妳放心，我已經能使用水晶，而且我有交代老師，他會把愛情還給妳。」

「笨蛋，我不是在擔心這個，我是在擔心你。但你能使用水晶了？」

「對。」

「我該烤個蛋糕給你。」

「先進來吧，我有重要的事對妳說。」

進店後，我走向吧檯，而莉迪亞坐到霍華德的專屬位子旁。

「妳想喝什麼？」我問。

「一杯牛奶咖啡，謝謝。早上你留的紙條是什麼意思？還有昨天深夜，聽說你們這邊有掃蕩恐怖分子的行動。」

我一邊磨著咖啡豆，一邊思忖著，有什麼事能告訴莉迪亞。

「紙條的事，妳先暫時忘了吧。」我泡好咖啡後，一同坐在吧檯。「未來不知道會發生什麼事，不如我先把愛情還給妳。」

她點頭。我們兩人隔著一個腳印的距離，項鍊靠著。

「我該怎麼做？」一直以來我都是被給予的對象。

「你在心中想著愛情，然後想著要交易多少，這很難說明，等下你就會懂我在說什麼。」

她說得沒錯，透過水晶我可以感應到自己的情感，還有份量，我可以神奇地感應到莉迪亞的愛情在流動；但我還有另一種愛情，莉迪亞也感覺到，她移開項鍊，中斷交易。

「我——怎麼會有兩種愛情？」我感到驚訝。

「那是你本身的愛情。」

「我的愛情？所以我是真的愛上妳了？」

「R，誰也沒辦法預測愛情什麼時候會發生，但——我不能接受你的情感。對不起，這都是我的錯，你可能是受到我的影響。」

「也可能是我早就愛上妳，只是我沒發現。」

「別說了——我不能，我真的很對不起。」莉迪亞一臉懊悔。

「沒關係，我接受，我們可以繼續當朋友。」

我將她抱緊，她沒拒絕我，我知道這對我們兩人的意義不同，我對她來說只是朋友，但經歷過霍華德的痛苦後，讓我對任何渺小的幸福都充滿感激。

「你想告訴我什麼事？」

我內心突然掙扎，話卡在喉嚨。該告訴她嗎？

她說：「還記得我們的約定嗎？關於霍華德的事，你都不能隱瞞。」

最後，我決定她有權知道。「——霍華德可能快死了，他告訴我愛情的所在地，託我將它摧毀，所以妳忘了他吧。」

莉迪亞睜大骨碌碌的雙眼，她全身發抖，抖下淚珠。「——你說謊。」

「妳知道的，我從不說謊。」

「他的愛情在哪？」

「我不能告訴妳。」

她拉高分貝。「難道你要違背諾言？你這輩子再也見不到你的父母也無所謂嗎？」

「如果能讓妳遠離危險，我願意這麼做……」

「R——愛情本來就是一件充滿未知與不安的旅途，如果不冒險，又有什麼資格得到幸福。更何況霍華德神智不清，你不能被他牽著走，只有我們才能幫他。」

「他已經想起一切。」

「你怎能確定？只因為他這麼對你說嗎？別傻了，除非我親眼看到他的愛情回到他身上，如果他的選擇依然不變的話，我才會放棄。」

「不行，他的愛情太危險，女性看到後都會發狂，過去車站的恐怖攻擊，就是他造成的。」

「我跟她們不同，我是真心愛著霍華德，即使赴湯蹈火，跳進針海，我也不後悔。」

「——還是不行，我不能讓妳冒險。」我堅持。

莉迪亞甩了我一個耳光，我的臉像塗上辣椒，她用質問的方式，說：「為什麼不肯告訴我？難道我不值得獲得幸福嗎？如果你愛我，就告訴我——」她捶打我的胸口，一邊流淚。

「R——我不要這樣——我不要就這樣結束。」

我也流淚了。「我真的做不到……」我摟著放聲大哭的莉迪亞。

愛情到底是什麼？就算身陷其中，我還是不懂，但我明白一件事，面對莉迪亞的哀求，我還是能狠下心，拒她於千里之外。只因為我的愛就是守護她，即使她未來會恨我，我也不後悔。

她哭累後，才冷靜下來。「我也要去，我要和你一起做這件事。」

「不行，我自己去。」

「霍華德的心願，就是我的心願，請你讓我在最後為他做點事，當作償還他救我的恩情。或許他的愛情被摧毀後，我也會因此死心。」

「我不確定會發生什麼事。」

「我只是從旁協助你而已，如果那愛情長久以來都沒被人發現，那拿到一定也有難度，你需要有人照應，你也需要我想方法幫你摧毀愛情。」

「我考慮一下……」

「沒時間考慮了，至少我們要讓他沒有遺憾。」莉迪亞咄咄逼人。

「但妳得答應我，這過程中，只能由我動手，妳連霍華德的愛情也不能看一眼。」

她點頭。「我們什麼時候行動？」

「晚上七點，在車站集合。」

「為什麼不現在就出發？要帶什麼嗎？」

「東西我準備就好。」我補充說：「莉迪亞，摧毀霍華德的愛情，對妳來說是件殘忍的事，如果妳沒出現，我能理解。」

「R，謝謝你，到現在還在擔心我這個差勁、狡猾的人，我剛利用你對我的感情。」

「我不在乎，只要這件事落幕後，我希望我們還能是朋友……」

她眉頭微皺，眼睛濕潤，換她抱住了我。「我們誰也不用離開誰，這輩子我們永遠都會是朋友。」

我的頭輕靠在她柔軟頭髮上。「這樣就夠了。」

距離七點還有一段時間，莉迪亞打算先回去休息，她剛哭得筋疲力盡。

我從儲藏室找到一把小鏟子與手電筒，裝進藤製提籃，我也離開店裡。我到第五平臺的鬧區隨處亂晃，看到巷子就四處亂鑽，因為我不曉得老師是否還在暗中監視我，而我也已經不會再被蜘蛛網纏上。

到了約定時間，我到車站前，莉迪亞已經站在臺階上，她穿著一件黑色的長版大衣，她也提了一個籃子，雙眼還有些紅腫——回去後她又哭了多久？

「我們出發吧。」我說。

我們搭乘天際線，路途中沒有交談，我們各自有無法說出口的心事。下線後，莉迪亞已經猜到我們的目的地。

她問：「我們要去墓園嗎？」

「對。」

「我的父母也在這邊，但今天沒辦法去看他們，因為我當時沒什麼錢，不能把他們安排離高區近一點。這個時間沒人會來這，你的籃子裡裝的是什麼？」

「鏟子。」

「——我們要去挖誰的墓？」

「葛瑞絲的，霍華德將愛情埋在那。」

她知道後沒多說什麼。墓園是全高區最黑暗的地方，我們打開手電筒，鐵門已經被鎖上，我們翻過鐵欄杆。

「你知道在哪嗎？」她說，「這座墓園很大。」

「先找到教堂。」

我們翻過圍籬，爬上小山丘，穿梭在無數個整齊劃一的墓碑，直到我看到了夢中的教堂，還有那棵大樹。

我們到樹下，我說：「找到了。妳幫我把風，千萬別靠近。」

她點頭，我開始挖掘。

「R，之後你真的會離開嗎？」

「有可能……」

「你會記得我嗎？」

「我不知道，但我不想忘了妳。」

「忘了我也好，因為我只是個自私的壞女人。」

她用手帕掩住我的口鼻，一股濃濃的睡意朝我襲擊，我用僅存的意志力，將她的手撥開。她的眼睛瞪得好大，墨綠色的瞳孔收縮，我在女客眼中也看過那種狂熱。

「為什麼？」我問。

「我還是不能讓你毀了霍華德的愛情。他之所以想不開，是因為他還沒看過我的愛情。」莉迪亞脫下大衣，裡面是純白的禮服。「我會讓他想起我是誰，還有對我的承諾。」

「不要……莉迪亞……不要……」我雙腳無力，只能用爬行。

「R，老實告訴你，當初我會接觸迷路的你，是因為我覺得你或許能幫助我接近霍華德；還有那群將你圍毆在地的混混，也是我找來的，為的只是要讓你更加親信我。」莉迪亞再度堵住我的口鼻。

「現在我命令你挖到霍華德的愛情後交給我，然後告訴我他在哪，接著沉睡到明天。」

「求求妳……妳不能……」

之後，我的意識在黑暗中徘徊，霍華德——對不起，沒能守住與你的約定，還有莉迪亞，我……

「真受不了你。」黑暗中出現一條青色的隧道，耀眼的光芒照亮黑暗。

「是你。」我既高興又訝異。

「我們沒時間了。」男孩說。

「——幫幫我，我必須阻止莉迪亞。」

「跟我來，這青色容器還不穩定，我只能讓你甦醒一陣子。」

「謝謝你。」

我們在隧道奔跑著，半透明的男孩，拿著紙漿製的青光燈籠跑在前方，隨後他越來越透明。

「看來道別的時刻到了。」男孩說。他停下腳步，燈籠被燒破一個洞，火勢延伸到男孩身上。

我急忙拍打他身上的火，火並不燙，卻無法撲滅。「我該怎麼幫你？」

「你該幫的人是你自己，別那麼容易相信他人，外頭的世界可沒這麼好混。」

「那算什麼鬼世界，為什麼朋友之間還要互相猜忌？為什麼相愛的兩人不能坦誠？為什麼一家人要分離？」我哭了出來，在這世界情緒似乎沒辦法壓抑。

「那是你理想的世界嗎？」

「難道有這樣想法的我是異類嗎？」

「那你就去創造吧，這個青色容器，有這個能力。」他指向前方。「快去吧，在火將我燃燒殆盡前，我會讓你保持清醒，之後你又會昏睡。」

「不——別現在離開我。」

「離別總是讓人措手不及，所以才徒留遺憾。不管何時，你都要珍惜身旁的人，出口就在前方，別管我，快到莉迪亞身邊。」

「謝謝你、謝謝你。」

在這一刻，我只能這樣聊表我的謝意。他是對的，我要趁還未鑄成大錯前阻止她。我跑向隧道盡頭的光源。

我睜開眼，天空剛好開始飄下細雨，我看著散落一地的工具，還有墳上的窟窿，我環顧四周，她人不見蹤影。我大喊：「莉迪亞——」

「噹——噹——噹——」

我認得這鐘聲，是從教堂傳來的。接著，不遠處出現了異樣的強光，黑夜的餘韻瞬間消散，照亮整座墓園，彷彿太陽突然從教堂竄出，光芒隨後又消失不見，天空重回黑暗的掌控。

雨勢加劇，瞬間變成滂沱大雨。我朝教堂的方向狂奔，莉迪亞一定在那，我祈禱著，千萬不要發生無法挽回的事。

我跑到教堂旁，「噹——噹——」鐘聲持續，我抬頭，莉迪亞正站在吊鐘旁，不斷地拉繩敲擊著。

「莉迪亞——快停止——」我嘶吼著，但豪雨削弱我的聲音。「莉迪亞——快住手——」

「哈哈——哈哈哈——哈哈——」她絲毫不聽勸，並發狂大笑。

她跟車站的女性同樣無法自拔，我必須上去阻止她，但教堂的門被上鎖。之後鐘聲停止，瘋狂的笑聲迴盪在雨中，在夜晚的墓園裡，更顯得詭譎。

「哈哈哈——哈哈——」

「莉迪亞——我求妳快下來，把那愛情交給我。」

她面無表情地看著我，彷彿我是一個陌生人，她說：「這是屬於我的愛情，我不會把它交給任何人。」接著，她將紅盒子再度打開，光芒再現，她從裡頭取出東西，手臂一揮，往天空揮灑，晶瑩的藍色粉末被席捲到狂風暴雨中。「哈哈——哈哈哈——」

她根本聽不進我的話，我衝撞教堂大門，試圖破門而入，此時——遠處傳來一聲鞭炮聲，莉迪亞的笑聲也嘎然而止。

我後退，看到她的嘴巴微張，手伸向天空，鮮血從她的胸口滲出，迅速地染成一片，她雙腳一軟，從屋頂上滾下來。我不由自主地朝她滾落的方向奔去、飛撲，但依然來不及，她重重跌落在距離我兩公尺前的草地。

我爬到她身邊，我無法出聲，只能發出某種呢喃。我拉扯自己的頭髮，腦筋一片空白，無法思考到底發生了什麼事。

「誰在那？」她微弱地呼喊。

「妳還活著！妳等著，我這就去找人幫忙。」

「別走，待在我身邊……」她的聲音相當細微。

「可是妳傷得很重。」我不能哭出聲，我怕會漏聽她說的每一個字。

「你是R嗎？但不可能……他不可能醒來……我對他用了傀儡劑……」

難道她看不見我？

「好心人……我的好友在不遠處的大樹下……請你把這盒子交給他……」

「不用交給R，我來了，我就是霍華德。」我不知道為什麼我要這麼說。

「你說謊……你怎麼可能會來……」

「我的身體突然好轉，所以也趕來，不然我怎麼會知道你們在這？」

「……」

她沉默，當我以為這太牽強，瞞不了她時，她又接著慢慢說。

「也對……R是不會說謊的……」

「沒錯，我真的是霍華德。」太好了，沒想到竟然能成功。

「我可以拜託你……一件事嗎？」她問。

「好。」

「將我摟進你的懷中……好嗎？」

我照她的話做，她的頭髮在雨中褪色，只剩下稻草般的顏色。

「你的愛我找到了……現在還給你……」莉迪亞將盒子遞給我。「我剛打開了……同時也知道，那份愛不會是我的……」

「謝謝妳為我做這麼多，其實，我打算將它送給發現的人。」

「真的？」

「我用性命保證——是真的。」

「我……好開心。」她眼睛失焦，但還是露出微笑。

「我以後只愛妳一人。」

莉迪亞留下了眼淚。「還有一件事……幫我跟R說……我很抱歉……我對他實在是太殘忍了……」

「R一定不會怪你。」我強忍著淚水，聲音還是不停地顫抖。

「我想告訴你一個祕密……」

「是什麼？」

「你的耳朵靠過來。」

我將耳朵靠往她的唇邊。

「你的名字……也可以是Romantic的縮寫……」

莉迪亞說完後，似乎有某種事物斷裂，某種東西抽離，她闔上眼，睡得比誰都還要安穩、深沉，我知道這是怎麼一回事，這感覺我也經歷過。

「不——別這樣，不要所有人都離我而去。」

我仰天長嘯，在大雨中盡情嘶吼，我將莉迪亞摟得更緊，我們臉頰貼著彼此，她的體溫不斷流失，她再也不會醒來。

然後，尖銳的煞車聲，出現在墓園周遭，幾個黑影從天際線上一躍而下，他們的面貌，是比惡夢更加不祥的存在。

23 適應

不祥的黑影朝我逼近，他們一行人戴著不會反光的黑色面具，沒有五官，只露出兩顆眼珠，走在最前面的人手裡拿著長槍。

「是你們做的嗎？」我咆哮。

我放下莉迪亞，什麼也不管地，朝他們衝過去。我奮力跑去，草皮彷彿要被我鞋底掀起，他們停下腳步，似乎不打算閃躲。在距離十步左右時，我在濕滑的草皮上打滑，狼狽地親吻著泥土。他們一行人繼續走動，並帶著陰森的詭異笑聲。

「算你好運，你再往前幾步，我就會刺穿你的眼珠，攪拌你的大腦。」他的長槍上插著刺刀。

「與我們作對只有死刑。」

我的手腳移動緩慢，腰桿無法打直，睡意又侵襲而來，男孩要消失了嗎？我只有頭能勉強抬起。

「艾格索姆隊長，高能源反應在前面。」

「去檢查有什麼，然後向我報告。」

他們踩過我的手指，走到莉迪亞身旁。

「不准你們用髒手碰她，她並沒有做錯任何事，你們為什麼要殺她——」

「隊長，我發現這個。」其中一人跑回來。

「這銀藍的粉末是什麼？」艾格索姆問。

他的下屬，將粉末倒進某種儀器中。「初步判斷，這似乎能影響人們的記憶。」

「那她是罪有應得，散播這種東西——是死罪，我真搞不懂這女人在想什麼，這裡全都是死人，包括你——把他也殺了。」

「隊長，這恐怕不妥。」

「菜鳥，你還沒拿掉多餘的情感嗎？」艾格索姆將長槍的刺刀抵著另一人喉嚨。「我們黑色傑森有先判後審的特權。」

「報告隊長，眼前的少年並沒有犯罪。事實上，從監視畫面來看，他反而在阻止該女性。」

「嘖，高區現在連墳墓都有監視器，真是綁手綁腳。」

突然間，耀眼的亮光又一閃而過。

前去探查的人又回來一個稟報。「隊長，四號隊員出現異狀，該名成員試圖搶奪這盒子裡的物品，高能源反應就是從裡面傳出。」

那名四號隊員被兩人架住，從尖叫聲判斷應該是女性，她持續大叫。

「那不是你的東西，你沒資格拿。」我說。

「拿死人的東西不需要過問。」

艾格索姆毫不猶豫地打開，他取出霍華德的愛情，手上沾滿了忘卻粉。

他似乎也感到震撼，一旁被架著的女性，發狂地扭動著身軀，即使扯斷手臂也想掙脫。她成功掙脫後，如惡狼般撲向霍華德的愛情。艾格索姆身手俐落，他將兩根手指插進四號的面罩裡，四號一聲慘叫後應聲倒地。他抽出手指，血滴落下。

他的殘酷使我背脊發涼，如果我剛沒跌倒，這就是我的下場。

「無瑕的愛——它的存在，只會搗亂社會的秩序。」他把霍華德的愛情拋向高空，接著他舉起長槍，扣下扳機。

霍華德的愛在天空中炸裂，烏雲消散，愛情分裂成無數星星，星星的光輝變化萬千，從橄欖綠到墨綠；從粉紅到豔紅，天空如詩如畫，形成如極光般的景色，光在空中搖曳，逐漸升往高空。

葛瑞絲、莉迪亞，妳們看到了嗎？霍華德的愛，是如此美麗，令人屏息。

「隊長，還有另個盒子。」

「還有？」

「裡面只裝著一個小蛋糕。」那人手裡拿著密橙色的盒子。

「生日快樂，R。」艾格索姆說。

我說：「那是我的——」

「R是Ridiculous的縮寫嗎？」他把蛋糕丟在地上，一腳踩爛。

我連出聲阻止都來不及，便倒臥在地，睡意更加濃烈，只剩一絲理智。

此時，墳場周遭傳來嬰兒的哭泣聲，聲音忽高忽低，一下低吼，一下高亢。黑色傑森每人都舉起槍，這聲音是來自地獄的怪物嗎？是莉迪亞妳呼喚來的嗎？這些可惡之人奪去妳的性命，殺了他們——我由衷希望。

「這是什麼聲音？」

「菜鳥，這是貓叫聲。」艾格索姆說。

「貓叫聲？但那應該是種會讓人融化的聲音。」

「這是在威嚇時的叫聲，這隻貓來頭可不小，是沉默動物。」

「要呼叫支援嗎？」

「暫時不用，我們現在待在空曠處很安全，除非——」

此時，另一種悅耳的聲音也響起，如同數個錢幣落下地面、彈起。

「隊長，這美妙的聲音又是什麼？」
「通知總部，包圍這裡。」
「這個少年昏過去了，要怎麼處理？」
現在的我已經完全無法反抗，只能任由他們宰割。
「掃描他的眼睛，確認他沒問題後，留在這就好。」
黑色傑森將我的眼皮翻開，綠光在我眼前閃爍。
「確認完畢，他的父母雙亡，他的身分目前登記在一家咖啡館裡。」
——你說什麼！
最後在昏睡前，我又流下了一滴淚，好痛、好痛……
等我有意識時，我瑟縮在角落裡哭泣，我已經分不清楚現實與幻境的差別，青色的火焰，燃起一片看不到盡頭的火海。青焰中一一浮現出我所認識的人，從老師、喬米、霍華德、莉迪亞、黛西……還有一些我叫不出名字的客人。
除此之外，也出現一些片段的畫面還有情感，第一杯咖啡，第一口巧克力，第一次遭受背叛，第一次愛上一個人……
我低下頭，不忍看那些景象，但熊熊烈火底下，是我貼在牆上，無數的父母肖像畫，青焰將他們燒得面目全非。火將我團團包圍，我覺得好溫暖，我的胸口也被燒破了一個洞，青焰不斷向上延伸，直達大腦。
頭好沉重。從什麼時候起，我已經盯著天花板？
我對這個天花板感到陌生，我從床上坐起，映入眼簾的是陌生的擺飾，這不是我的房間，我也穿著不屬於我的衣服，純白的長衣與長褲，滑順得像是牛奶。

熟悉的只有咖啡香。

「你比我預期的還要早醒。」一位婀娜多姿的女子朝我走來。「還有哪裡不舒服的嗎？」

「妳是誰？」我無法分辨她的年紀，看上去大約三十歲，卻給我一種歷經滄桑的感覺。「我為什麼會在這裡？」

「我是芙瑞雅。」她用盤子端給我咖啡，她的眼珠裡有繽紛的亮粉，藏在濃密的眼睫毛中，也很難忽略。「你什麼都想不起來嗎？」

我試著搜尋腦中，第一個想法是——「我想做一個好人。」

「為什麼？」

「我想回到我的家人身邊，我的父親、母親都在等我……」我全身起雞皮疙瘩，雙手不停顫抖，咖啡灑在我的胸前，我看著咖啡在上衣肆意擴散。「不對——」

「什麼不對？」芙瑞雅拿著手帕擦拭。

「顏色不對，應該是——紅色。」一瞬間我全都想起，霍華德的朱紅色本子、裝有他愛情的紅色盒子，還有，我的胸口沾滿莉迪亞的鮮血。「這裡不是現實！我一定還在夢中，男孩！你快出現，快來幫我——」

我掀開被單，把一旁桌面上的東西全部掃落到地板上，那個女人退到牆邊。這個房間沒有窗戶，只有一道門，但被上鎖。我將椅子拿起砸門，木椅被我砸得支離破碎，那道門堅不可摧。「快醒、快醒、快醒——」

我捶著自己的頭，又咬向自己的手臂。

「法蘭克——」芙瑞雅大喊。

門被踹開，老師抓準時機，朝我吐息蘋果綠的煙，我隨即停止動作，冷靜下來，取而代之的是千根針的刺心之痛，熱淚滾落，我沒哭出聲來，只是任由它在我臉上流竄，我有很多次心碎的經驗了。

「你們怎麼會知道我在墓園？」

老師說：「芙瑞雅看到那光芒，她的眼睛很特殊，對容器的東西特別敏感，甚至可以直接看到人體內的光芒。」

「莉迪亞是我害死的，我只要不告訴她就好，我只要說謊就好，我只要像你一樣說謊，騙我說父母還在就好。」我再度激動起來。

「你從哪得知的？」他問。

「黑色傑森他們說的。」

「我很遺憾你是在那種情況下得知，我本來就不打算持續瞞你，只是時機未到。」

「你到底還有多少事瞞著我——」我怒吼。

「怎麼會這麼快又激動起來，你剛給了他多少劑量？」

這聲音——我想起來了，她是之前來店裡，說不想見霍華德，還請我傳話的女人。

「這就是他體內容器的效果，只要他駕馭這能力，他幾乎可以抵抗任何事。」老師問：「你已經可以用水晶了嗎？」

「這就是你帶我來高區的真正理由嗎？」

「對。」

我的眼角餘光瞄到了剛被砸爛的椅子，然後我撿起最尖銳的木頭，抵在我的咽喉上。

「從現在起，我問什麼，你都要回答。」

老師要芙瑞雅先出去。「可以。」

「這青色的容器是什麼？」

「是革命，而且數量龐大，是從國家的各個角落，還有生命起源蒐集而來，政府為了避免掀起叛亂。」

「為什麼這東西會在我身上？」

「你的父親把這東西託付給你，我說過，如果你不想要繼承，你可以選擇交給我們，然後忘了這一切。」

「我的父親——他又為什麼要這麼做？」

「首先，你父母都是沉默動物的成員，你在我房裡所看到的面具，是你父親的。」

白鯨是我的父親？「他們是怎麼死的？為什麼他們又這麼輕易地離我而去——」

「你的母親得了絕症，你的父親為了拯救她，受黑色傑森蠱惑，他們利用完你父親後，就想除掉他。身負重傷的他在死前告訴我，他從政府那偷出革命，並藏在你身上，在逃命之餘，他將你藏進一輛卡車，後來你就音訊全無。我們花了很多時間找尋你，直到你犯罪後被關起來，透過失蹤人口的基因比對，才終於找到你。」

老師的平板語調，與我激動的情緒形成對比，現在的他就像中督電腦。

「我來自哪裡？」

「牢籠，你只要知道這個就好。」

「所以——以前的我是個小混混、地痞流氓，不是一個藝術家、音樂家或廚師，也從來沒有一頓豐盛的晚餐，或乾淨的床鋪等我回去。」

「R，我保證，只要能早一天找到你，不管多遙遠，我都會去接你。」

「別說保證——那是不負責詞彙。」我大吼。

老師望著地板。「你已經適應這世界……」

我往後退，然後蹲坐在地，熱淚又溢出，誰能告訴我停止的訣竅？「你說我的父親也是被黑色傑森所害？」

「沒錯。」

黑色傑森殺了我的父親還有莉迪亞，我不想放過他們。「只要我想，就可以摧毀他們吧？」

「你的體內，擁有顛覆整個世界的力量。」

「既然這東西對你們這麼重要，你們大可直接把那東西騙走，以我失憶的狀態，你們應該很好下手。」

「事情沒這麼單純，你體內的東西是由數萬個人身上所汲取，坦白說這些年我們早已放棄尋找你，以為你承受不住，早就死了。但你活了下來，而且革命這東西有個特性——必須要從小輸入體內，如果長大後才使用，將會與自己的人格產生衝突，會變得比霍華德的分裂還要嚴重。所以，你自願加入我們才是最理想的結果，不然我們又必須花上十幾年的等待。」

「霍華德人呢？」

「這裡就是他的房間。我們會遵照他的遺言，將他葬在葛瑞絲旁。」

我的手臂垂下，木頭從我的手中滑出，我再也抓不住，什麼都沒了，家人沒了，朋友也沒了，只剩下……空洞與無法遏止的悲傷。

「莉迪亞在哪？」

「她被黑色傑森帶走。」

我下跪。「老師，求求你，把我對莉迪亞的愛情上鎖。」

「我沒辦法。」

「為什麼？我每一秒都比上一秒還要痛，如果這是愛情，我寧願從此不再愛了。」

「上鎖必須滿足起點與終點的條件。你不會知道你是什麼時候愛上對方，也不會知道這份愛會持續多久，這就是愛情。」

我是從什麼時候愛上莉迪亞的？是從她給我愛情的那一刻起？還是在她說要跟我當朋友時？又或者是，早在看到她第一眼時就萌芽？

「如果我選擇加入你們，你們會要我做什麼事？」

「我們要推翻這個政治體，你將會成為一個特別的存在。」

「只要能瓦解黑色傑森，我就願意加入你們。」

「你必須想清楚，別因為仇恨加入我們。加入後，更辛苦的永遠是明天，而且不能回頭。」

「我的父母曾選擇這，我要繼承他們的遺志，如果他們待得下去，我也待得下去。」

我們達成了共識，但老師並沒有開心，我猜不透，現在的我也不想懂。之後他留我一人，還留下霍華德的水晶戒指與朱紅色筆記本，上面有我的資料，並備註：「朋友。」

幾個月過後——

政府問黛西，有沒有意願領回莉迪亞的遺體。黛西通知了我。

我很訝異，在這個善於保存的世界，連屍體都能如此完善，我差點忍不住搖晃她的肩膀，試著喚醒她。

之後，我與黛西在墓園找了一個禮拜，才找到她父母的墳，我們將莉迪亞葬在她父母身旁，我放了一朵茉莉花在她墳前。

「接下來你打算怎麼做？」黛西問。

我說：「繼續生活。」

「你還在煩惱嗎？」

「大部分都解決了。」

「那是你想要的嗎？」

「不是，不過我不會重蹈覆轍。」

「你變了，你不再迷惘與徬徨。」

「因為我設了一個目標，在達成目標前，所有的事都是多餘的。」

「我要走了，這給你。」黛西給了我一本褐色筆記本。

我翻閱，前幾頁貼著相片，是莉迪亞與她父母的合照，她原來的髮色來自母親，笑容來自父親。筆記本後面是食譜，是莉迪亞這幾年的心血結晶，紙張上還殘留著麵粉。

「謝謝……」我說。我的心弦又被撥動。

「隨時歡迎你來找我。」

黛西給我一個擁抱後便離開，只剩我一人在莉迪亞墳前。

我原本以為自己好了，不會再哭，但莉迪亞留在我身上的愛情，像種詛咒，使這悲傷來得又快又猛，使我招架不住。

天色暗了下來，高區再度變得耀眼，在經歷過這麼多的事情後，我妥協了，我不再堅持不說謊，但我還要練習。

我起身，擦乾淚水。告訴莉迪亞我沒事，我很好。

——我首先要練習的，就是對自己說謊。

語言文學類　PG2347　SHOW小說 50

容器：無瑕的愛
【全新手繪封面修訂版】

作　　者／豪　雨
責任編輯／喬齊安
圖文排版／詹羽彤
封面設計／王嵩賀
封面插畫／馬文海

發 行 人／宋政坤
法律顧問／毛國樑　律師
出版發行／秀威資訊科技股份有限公司
114台北市內湖區瑞光路76巷65號1樓
電話：+886-2-2796-3638　傳真：+886-2-2796-1377
http://www.showwe.com.tw
劃撥帳號／19563868　戶名：秀威資訊科技股份有限公司
讀者服務信箱：service@showwe.com.tw
展售門市／國家書店（松江門市）
104台北市中山區松江路209號1樓
電話：+886-2-2518-0207　傳真：+886-2-2518-0778
網路訂購／秀威網路書店：https://store.showwe.tw
國家網路書店：https://www.govbooks.com.tw

2019年11月　BOD一版
定價：370元

國家圖書館出版品預行編目

容器：無瑕的愛 / 豪雨著.-- 二版. -- 臺北市：
秀威資訊科技, 2019.11
面； 公分. -- (語言文學類；PG2347)
(SHOW小說；50)
BOD版
ISBN 978-986-326-742-3(平裝)

863.57　　108015434

讀者回函卡

感謝您購買本書，為提升服務品質，請填妥以下資料，將讀者回函卡直接寄回或傳真本公司，收到您的寶貴意見後，我們會收藏記錄及檢討，謝謝！如您需要了解本公司最新出版書目、購書優惠或企劃活動，歡迎您上網查詢或下載相關資料：http:// www.showwe.com.tw

您購買的書名：________________________________

出生日期：________年________月________日

學歷：□高中（含）以下　□大專　□研究所（含）以上

職業：□製造業　□金融業　□資訊業　□軍警　□傳播業　□自由業
　　　□服務業　□公務員　□教職　□學生　□家管　□其它_____

購書地點：□網路書店　□實體書店　□書展　□郵購　□贈閱　□其他

您從何得知本書的消息？

□網路書店　□實體書店　□網路搜尋　□電子報　□書訊　□雜誌
□傳播媒體　□親友推薦　□網站推薦　□部落格　□其他__________

您對本書的評價：（請填代號　1.非常滿意　2.滿意　3.尚可　4.再改進）

封面設計____　版面編排____　內容____　文／譯筆____　價格____

讀完書後您覺得：

□很有收穫　□有收穫　□收穫不多　□沒收穫

對我們的建議：________________________________

____

____

____

請貼
郵票

11466
台北市内湖區瑞光路 76 巷 65 號 1 樓
秀威資訊科技股份有限公司 收
BOD 數位出版事業部

（請沿線對折寄回，謝謝！）

姓　　名：＿＿＿＿＿＿＿＿＿＿　年齡：＿＿＿＿　性別：□女　□男

郵遞區號：□□□□□

地　　址：＿＿＿＿＿＿＿＿＿＿＿＿＿＿＿＿＿＿＿＿＿＿＿＿

聯絡電話：(日) ＿＿＿＿＿＿＿＿＿＿ (夜) ＿＿＿＿＿＿＿＿＿＿

E-mail：＿＿＿＿＿＿＿＿＿＿＿＿＿＿＿＿＿＿＿＿＿＿＿＿